当代最具实力作家散文选 · 温亚军 卷

一场寂寞凭谁诉

温亚军 ◎ 著

中国言实出版社

图书在版编目（CIP）数据

一场寂寞凭谁诉 / 温亚军著 . -- 北京：中国言实
出版社 , 2018.7
　（雄风文丛 / 王巨才主编）
　ISBN 978-7-5171-2822-9

　Ⅰ . ①一… Ⅱ . ①温… Ⅲ . ①散文集—中国—当代
Ⅳ . ① I267

中国版本图书馆 CIP 数据核字（2018）第 139942 号

出版发行　中国言实出版社
　　　地　　址：北京市朝阳区北苑路 180 号加利大厦 5 号楼 105 室
　　　邮　　编：100101
　　　编辑部：北京市海淀区北太平庄路甲 1 号
　　　邮　　编：100088
　　　电　　话：64924853（总编室）　64924716（发行部）
　　　网　　址：www.zgyscbs.cn
　　　E-mail：zgyscbs@263.net
经　　销　新华书店
印　　刷　三河市祥达印刷包装有限公司
版　　次　2018 年 8 月第 1 版　　2018 年 8 月第 1 次印刷
规　　格　710 毫米 ×1000 毫米　1/16　13.25 印张
字　　数　184 千字
定　　价　38.50 元　　ISBN 978-7-5171-2822-9

何妨吟啸且徐行

王巨才

二十世纪最后几年，文学界一个引人注目的景观，就是散文热的再度兴起。进入新世纪以来，这种热度仍在持续升温。这其中，尤以反思历史与传统文化的"大散文""新散文"理念风靡盛行，出现一批思接千载、视通万里、谈古论今、学识渊博的作品，给散文园地增添了新的色彩和样态。与此同时，传统意义上靠阅览、回忆、清谈、抒怀等书写人生百态的散文作品，也有一定变革，多数作家不再拘于云淡风轻的个人世界，从远离红尘的小情小感中脱离出来，融入充满生机与活力的现实之中，写出大量贴近大众生活的优秀作品，受到广泛赞誉。大体来说，这二十多年来我国的散文领域一直保持着潜心耕耘，不惊不乍，静水深流，沉稳进取的良好态势，情形可喜。

这套"雄风文丛"的十位作家中，吕向阳和任林举是专以散文创作为职业和志向的散文家，曾先后获得鲁迅文学奖和冰心散文奖，是散文领域的佼佼者。石舒清、王昕朋、野莽、肖克凡、温亚军、吴克敬、李骏虎和秦岭八位则都是久负盛名的小说家，他们的小说作品曾分别获得过鲁迅文学奖等奖项。这些小说家绝不是"跨界融合"，他们的散文毫不逊色，从作品的质量和数量上看，他们从来没把散文当作小说之余的"边角料"，而是在娴熟驾驭小说题材、体裁的同时，也倾心散文这种直抒胸臆、可触可感的表达方式。从这些小说家的散文里，更能感受到他们隐藏在小说后面的真实的人生格局和丰赡的内心世界。

宁夏专业作家石舒清，小说《清水里的刀子》曾获第二届鲁迅文学奖，并被改编为同名电影在东京电影节获得大奖。这本《大木青黄》是他第一本综合性随笔集。书中的"读后感"类，是阅读过程中就一些作品所作的印象式点评，借以体现和整理自己的审美取向和文学观点；"写人记事"类，写到生活中一些印象深刻的人和事，字里行间充满深长的思绪与感怀；第三部分涉及个人的兴趣爱好，比如喜欢体育、喜欢淘书、喜欢书法、喜欢收藏等等，笔致生动活泼，读之饶有兴味；"作家印象记"，知人论事，是对自己"有斯人，有斯文"这一观点的考察和验证。其他如"文友访谈"及往来书信等也都是作家本人工作、生活、思想情感的多侧面展现和流露，从中可以感受到一位知名作家疏淡的性情、厚实的学养和开阔的思想境界。

王昕朋是位饶有建树的出版人，也是创作颇丰的小说家，出版有长篇小说《红月亮》《漂二代》《花开岁月》等多部作品。他的散文视野广阔，感觉敏锐，情思隽永，文笔清新，从中可以看出，他写东西并不求题材重大，也不迎合某些新潮的艺术习尚，而是铺开一张白纸，独自用心用意地去书写自己熟悉的动过感情的生活，从中发掘自然之美，心灵之美，感受生活的芬芳，人间的纯朴。一组美文，构思精巧，意蕴深长，绘山山有姿，画人人有神，充满浓郁的诗意和睿智的哲思。生活中，美的呈现是多样的，刚正不阿、至诚至勇是美，敦厚谦和、博大宽宏也是美。王昕朋发现了这些生活中的人性美，并且抓住极富典型意义的美的细节和刹那间美的情态，用点睛之笔，透视出人物性格的光彩和灵魂的美质，给人以强烈的感染。

天津作家肖克凡的小说获奖无数，让他久负盛名的是为张艺谋担任编剧的《山楂树之恋》。他的散文《人间素描》以老练精短的文字记录一个个普通人物，从离休老干部到"八零后"小青年，极力展现社会生活百态，从而构成生机盎然而又纷繁驳杂的"都市镜像"。在《汉字的望文生义》中，作者讲述中日韩三国文字含义的异同，如日文"手纸"、韩文"肉笔"等汉字闹出的误会，涉笔成趣，令人忍俊不禁。《自我盘点》是作者自我经历的写照，体现了"文学的生命是真诚"的写作观，不论是遥远的往事还是新近的遭逢，都留有成长和行进的清晰足迹。《作思考状》其实是对某些对社会现象的严肃思考，有批判也有自省。《怀旧之作》的一个个人、一件件事、一桩桩情感，虽没有惊天动地的事件与杰出人物，却是作者真情实感的记录。《我说孙犁先生》，文字朴实，情感真挚，表达了对前辈作家独特的认识与由衷的景仰，在伤逝感怀文章中别具一格。

与唯美派的散文形成对应，野莽的文字如删繁就简的三秋之树，力求凝练和精准。他在所谓的文化大散文和哲理小散文中独寻他路，主张并实践着散文的思想性和历史感。他往往在颜色泛黄的岁月里打捞记忆，以情绪沉淀后的淡淡幽默再现特殊年代的辛酸和苦涩，每每发出含泪的笑。书中写到的"右派"父亲喂猪的故事正是如此。在文体理论上，他对散文的诠释是自然形成于诗与小说之间的一片辽阔的芳草地，在这里，小说家可以摘下面具，以真身讲述真情和真事；飞天路上的诗人也可以暂回人间，轻松地打开自己的心灵。国外大学选译他的散文作为中国语教材，想来自有道理。

温亚军的短篇小说获得过第三届鲁迅文学奖。与小说的虚构不同，他的散文完全忠实于自己的人生经历，大多取材于早年的记忆。他的童年和少年都是在西北乡村度过，记忆中，乡村的生活虽然艰辛，但充满着温暖和亲情。童年的愿望简单而质朴，他写怀揣这个愿望及至实现愿望过程中的满足和愉悦，叙事平实，情感真纯，每每能唤起读者共鸣。记忆的深刻性与性格乃至人格紧密相关，他的记忆之所以筛选出的多是温情暖意，是因为艰苦的乡村生活和淳朴的生长环境塑造了他宽厚善良的品格，《时间的年龄》《低处的时光》等都是通过一段记忆，构成一种考问，一种自省和盘点、一种向往与追求。而像《一场寂寞凭谁诉》等篇什中那些从历史洪流中打捞的点点滴滴，那些被作者的目光深情注视、触摸过的寻常事物，经由他的思考、探索和朴素的表达，也总能引发人们内心的波澜和悸动。

陕西作家吕向阳曾获冰心散文奖。他扎根关中大地，吸吮地域沃土和民间风俗的营养，相继写出《神态度》《小人图》《陕西八大怪》等五十万字的系列长篇散文，这在城市化的车轮即将碾碎老关中背影之际，无疑有着继绝存亡、留住民间烟火的担当。三万字的《小人图》是作者从凤翔木版年画中觅得的一组"异类"和"怪胎"。民间艺人把"小人"的使坏伎俩镌刻成八幅版画，吕向阳的剖析则由此生发开来，重在考问国民的劣根性，着力于诫勉与警省。《神态度》系列是从留在乡民口头的"毛鬼神""日弄神""夜游神""扑神鬼""尻子客"等卑微细碎的神鬼言说中梳理盘辨出来的，这些言说最早在西周之前就出现了，如果忽略它们，将是关中文化的损失，也是中华传统文化的失血。这些追述关中民风村情的散文，需要智慧，需要眼界，更需要广博的知识与执着的耐力，吕向阳付出的心血令人尊敬。

吉林的任林举以报告文学《粮道》获得第六届鲁迅文学奖。他的散文在精神取向上，一向以大地意识和忧患意识见长。他的诸多散文，突出表现即为情感的浓烈和哲思的深刻。而从文章的风格和技巧上考量，他又是一位最擅长写景、状物的作家。凡人，凡事，凡物，一旦经过任林举的笔端，定然会获得不同寻常的光彩或光芒，有时，你甚至会怀疑那人那事那物是否是一般意义上的文学客体；显然，其间已蕴涵着作家独到的理解与点化之功。至于那些随意映入眼帘的景物，经过他的渲染，便有了"弦外之音"和"象外之象"，有了一番耐人寻味的意蕴、情绪或情怀。这一次，任林举以《他年之想》为题，一举推出近六十篇咏物性质的散文，读者或可借此窥得其人生境界或散文创作上的一二真谛秘笈。

吴克敬是第五届鲁迅文学奖获得者，他进入文坛，是一种典型，从乡间到了城市，以一支笔在城里居大，他曾任陕西一家大报的老总。他热爱散文，更热爱小说，笔力是宽博的，文字更有质感，在看似平常的叙述中，散发着一种令人心颤的东西，在当今文坛写得越来越花哨越来越轻佻的时风下，使我们看到一种别样生活，品味到一种别样滋味。从吴克敬的作品中，能看到文学依然神圣，他就是怀着这样的深情，半路杀进文学界的。他五十出头先写散文，接着又写小说，专注于文学创作的他，看似晚了点，但他底子厚、有想法，准备得扎实充分，出手自然不凡。社会生活的丰富多彩和纷扰烦乱，在他人，只是领略了些许表面的东西，吴克敬眼光独到，他能透过表面，发现潜藏在深处的意蕴。他写碑刻的散文，他写青铜器的散文，都使我们惊叹其对历史信息的捕捉与表达，更惊叹他对现实生活的挖掘和描述，散文《知性》一书，充分展现了他的文学才华。

作为鲁迅文学奖获得者，山西作家李骏虎以小说成名，但从他的创作轨迹不难发现，他的散文写作历史更长。他以散文写作开始文学生涯，兴趣兼及随笔和文学评论。在把小说作为主要的创作形式后，李骏虎从来没有放弃散文，他的笔触始终跟随脚步所到之地，无论出国访问还是国内采风，都"贼不走空"，写出一篇篇具有思想华彩的散文作品，体现出朝学者型作家迈进的趋势。《纸上阳光》是李骏虎近年读书阅史沉潜钻研的成果，从"纸上得来未觉浅"和"阳光亮过所有的灯"两组系列文章不难看出，一个具有小说家飞扬想象力和史学家严谨治学态度的人文学者是如何苦心孤诣辛勤笔耕的。

近些年来，实力作家秦岭在《人民日报》《光明日报》《中国作家》《散文》《文艺报》等报刊发表大量散文随笔，叙说自己在生活与文学之间行走的发现与思考。他善于在历史和时代的交叉点上思考人生与社会，注重视角的多重选择和主题的深度开掘，既有对乡情的深深眷恋和回味，也有对自然和生态的无尽忧虑和追问，更有从自身阅读和创作经验出发，对当下文化、文学现状的深刻反省和诘问，从而使叙事富含思辨色彩、反思力量和唤醒意识。构思新颖、意境高远、韵味悠长。其中《日子里的黄河》《渭河是一碗汤》《走近中国的"大墙文学"之父》《烟铺樱桃》《旗袍》等作品，多被北京、广东、天津等省市纳入高中语文联考、高中毕业语文模拟试卷"阅读分析"题，受到专家好评和读者的欢迎。

文章合为时而著，歌诗合为事而作。在众多文学样式中，散文是一种最讲情理、文采，最能充分表达作家对时代生活的真情实感，也最能发挥作家艺术修养和文字功力的文体。《文心雕龙》讲："情者文之经，辞者理之纬；经正而后纬成，理定而后辞扬，此立文之本源也。"情有健康晦暗之分，辞有文野高下之别。作家的使命，是以健康思想内容与完美艺术形式相结合的作品去感染人、影响人、塑造人，进而推动历史发展和社会文明进步。纵观"雄风文丛"的十位作家，他们经历各不相同，创作各有特色，共同的是，他们都把文学当作崇高的事业，始终以敬畏的心情对待每一次创作、每一篇作品；他们与人民群众保持着密切的联系，坚持从丰富多彩的现实生活中获取创作资源和灵感：他们有高尚的艺术追求和鲜明的精品意识，竭力以精美的精神食粮奉献广大读者。正因为如此，他们的作品总能较为准确地反映时代的本质、生活的主潮、人民的呼声和愿望，总能给人审美的愉悦、心智的启迪与精神的鼓舞与激励。或者换句话说，在我们看来，这套丛书里的作品，正是当下社会需要、人民期待的那种弘扬主旋律，传播正能量，有道德、有温度、有筋骨又有个性和神采的作品。中国言实出版社精心组织这样一套丛书，导向意图不言自明，其广受读者欢迎和业界重视的效应，自可期待。

（作者系中国散文学会会长、中国作家协会原党组副书记）

目录

第一辑

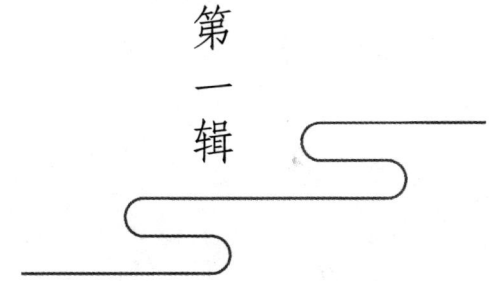

时间的年龄

在我们老家，问你多大年龄，不问多少岁，而是问多少罪。我一直弄不明白为什么要这样问，如果是方言，"岁"和"罪"的发音相差也太大了。后来，经历了人世间的一些艰辛后，才渐渐明白，你活了多少岁，其实就是在人世间受了多少罪。老家人一语道破了人生的玄机，简简单单的一个字，却比所谓的哲人要深刻得多。

我的父母已经七十多"罪"了。

如果以我当兵入伍为分割线，来写我的父母，大致可以分成两个阶段。第一阶段，就是当兵前，我在家里与父母相处了十七年时间。这一辈子最让我刻骨铭心的，就是这十七年，父母为养活我们兄妹三人（其实是四人，最小的弟弟从小就送人了），受尽了苦难。

我的记忆是从饥饿开始的，童年基本上是在饥饿中度过的。现在说的"三年困难时期"，可能指的是沿海地区，在我们陕西岐山，因为是贫困地区，何止三年？直到我当兵走的前几年，也就是包产到户，把地都分到各家了，才解决了温饱问题。在那些饥饿的日子里，父母充当着非常尴尬的角色，尤其是我们家还没分家时，父亲弟兄四个，都已成家生子，在我奶奶的统治下，在一起吃大锅饭。每到吃饭时，十几口人拥挤在厨房门口，分领自己的饭食。奶奶不一定参与分发饭食，但她会把蒸馍、饼子（每次都会做够吃几顿的）等贵重的吃食看得很紧，她把这些干粮挂在自己屋子的房梁上，谁也不敢动。我们兄妹三人是奶奶这些孙子辈里年龄最大的，可得到的食物却和别的孩子一样，哪能满足我们成长阶段紧迫而急切的食物需求，每顿饭都吃不饱，经常去奶奶的屋子里眼巴巴地看房梁上的那个篮子。那可是填饱我们肚子的希望，是我们最甜蜜的想象。我们看房梁上的篮子，也看一脸肃静的奶奶，每个人的眼神都是饥饿和贪婪的。奶奶不为所动，我当时心里一直恨着她老人家，现在想来，在那样一个年代，奶奶也只能那样做，她并不是看不到我们目光里的渴望，而是在回避和抗拒她会为那些目光而产生的软弱啊。奶奶这一辈子是很不容易的，爷爷得病去世得早，他没能够亲眼看到自己的一个孙子出世，就把这个家交给奶奶匆匆地走了。奶奶很厉害，她一个女人家，能给自己的四个儿子全娶上媳妇，并且坚持不分家一起生活，可见她老人家持家的本领了。所以，在奶奶面前，她的儿子媳妇们都很听话，尤其是我的父亲。

在我的印象里，还没分家时，父亲弟兄四个，爷爷去世早后，奶奶掌管着一大家子人不让分裂，大大小小二十多口人，大伯在外工作，最小的四爸是医生，家里就父亲和三爸承担着全家做饭、烧炕的柴草。当时家里一共有五个炕，一个锅灶，一到冬天，需要的柴火量非常之大，除过出工下地干活，父亲和三爸基本上是一个礼拜就得上一次山背柴。后来，三爸被铁路招工走了，家里剩下父亲一个男劳力，上山背柴的事当然得靠父亲了。大伯和四爸都有正经事做，闲不出工夫来去做割柴这样的事情。这个大家庭的重任理所当然落到了父亲身上。父亲去山上割的柴全是蒿草，不经烧，夏天还好点，不用烧炕，也就一天三顿饭的柴火量。冬天就不行了，五个炕像五张同我们一样饥饿的嘴，等待着吞噬大量的柴草，来度过那冰冷而漫长的冬天。隔一天，父亲就得上山割一次柴。我记得总是天还黑乎乎的，父亲就背上干粮绳索一个人孤零零地走了。

在山上得割一天的蒿草，半下午时，父亲背着柴从南山下来，大概得有十七八里的路程，还得上一个四五里长的坡，才能到四原上。到天黑透了，父亲才背着一捆比房檐还要高出许多的柴草回来。刚进家门，柴捆还没放稳，婶子们已从后面砍断捆柴的葛根，东拉西扯地抱柴去烧炕做饭。父亲常常在家里看不到一个完整的柴捆。

我当兵后第一次回家时，下了汽车上四原，这一段我曾经熟悉得不能再熟悉的的坡路，竟然在我出去的几年后变得那样漫长和艰难。那时，我突然想起父亲上山下山，上原下原，还得背着能把他淹没的巨大柴捆，那段时光，父亲究竟是怎样走过来的啊！

父亲去山上背柴的日子，对他来说肯定很辛酸，但当时，却成了我们兄妹三人的节日，因为父亲总会给我们留他吃剩下的干粮。从父亲揣着黑出门，我们一整天都在盼着父亲能早点回来，看似盼着父亲，其实是盼早点吃到父亲剩下的干粮。吃过简单的安慰肚子似的午饭后，我们兄妹三人就急不可耐地跑到河湾坡的原边上，坐在一个叫大塄坎的地方，望着原下那条曲里拐弯的小路，一点一点地数着时间过去的声音，焦急地候着父亲。我们往往要等到天快黑时，才会看到一排蠕动的大柴捆，艰难而执着地向原上移动。在那些队伍里，辨不清哪个是父亲，但可以肯定，那里面肯定有父亲。我们欢呼起来，一边乱喊着爹，一边向原下冲去。每次，我们跟母亲总说是去接父亲，但我们从来没替父亲背过一小捆柴，惦记的不过是他身上的干粮。每当听到我们的喊叫声，父亲会从那排队伍里移出来，早早地把柴捆放到一边，用身子撑住柴捆以保持稳当，再取下柴背上的干粮袋，给我们兄妹三人分好干粮候着。我们跑下去围着父亲，从他手上接过干粮，还要计较谁多谁少，这时父亲冲着我们的笑脸上，汗水都没来得及擦掉。多年后我再想起这一幕时，才知道，父亲脸上淌的不一定全是汗水，或者还有泪水……辛酸的泪水！

我们却浑然不觉，那些干粮其实都是父亲舍不得吃，给我们省下的。冬天，山上没有野果子充饥，父亲为给我们省下干粮，全靠吃阴坡还没融化的冰雪充饥；秋夏时节，他能吃些野果子喝山泉水了。母亲后来告诉我们，奶奶把干粮控制得那么紧，怎么会给父亲多余的干粮？还有更倒霉的时候，父亲在山上割柴时，干粮有时会给乌鸦叼走，下午我们去原下接他时，没有如期得到干粮，都一脸的不高兴，嘟嘟囔囔埋怨父亲，那时，父亲显得很羞愧，好像他没能给我们带回干粮，是他的错，不断地给我们兄妹说着好话。年少的我们，在艰辛的岁月中，只顾及自己的肚子，哪里能体会到父亲的心情呢。

父亲上山背柴一直延续到我上小学。那时我们已分了家，父亲去乡镇企业工作，生活比原来要稍好一些。可做饭烧炕还得要柴草，依然得去南山里割柴。我十一岁时，每逢星期天，父亲就把我和哥哥带上，一起上山背柴。我身单力薄，父亲怕我拿镰割伤自己，不让我用镰刀，他和哥哥割柴草，我一个人坐在山坡上边吃干粮边等。当然，我只吃自己的那份。到半下午时，我们父子三人背着大小不一的柴捆就下山了。背柴走的是小路，不是人工修筑的，大多沿山梁靠背柴的人走出来的路很窄，只能一人通过，两边就是深山沟。背着柴捆下山，得把柴捆拖在地上，才能保持稳定，小路中间被柴捆拖出一道深槽，里面全是沙石，很滑，人不能在深槽里走，只能双脚分开，踩在两边的坎上，拖着柴捆向山下移动。背着比自己身体大几倍的柴捆下山，是有技巧的，脚下不能停，得不断倒换，掌握着节奏一路小跑，不然，巨大的柴捆重量会把你推下沟谷。每年在背柴的山道上总会有人掉下沟里，出过不少问题。可是，还得上山背柴，怎么办呢，得烧火做饭啊！

背柴下山时，得经过一个叫水泉的地方，那里有个水源很旺的泉眼，住着几户人家，我们往往要在那里停下喝水、歇息。水泉那儿因有泉水，比别的地方要好得多。可我最怕经过那儿，因为那里的人见到我背的柴捆，总要取笑，问我是不是刚生下来，就在炕头练习背枕头了？我羞得满脸通红，回头看一眼父亲。我发现，父亲则显得更尴尬，总是低着头一言不发。我们父子三人不像别人，在水泉边上要歇息好久，我们只停下喝口水，像是急着赶路，便匆匆走了。

自从分家后，我们一家五口人搬到北面院子，分到了一间半厦屋，还有一些日常用品。我记得很清楚，分到了一口三锅（最小的锅），有一天还被妹妹生气时端到院子，在石头上摔碎了。妹妹是出去玩，母亲叫不回来，就生气不给她留饭，妹妹脾气更大，干脆摔了锅。后来，我们家是怎么做饭的，我却记不清了，只记得家里一直没吃的，母亲挖野菜，到生产队收获过的地里去刨遗漏的小萝卜、红薯根。父亲上山背柴时都带过拇指大小的萝卜和红薯根。就这，还是不错的，如果到每年的春季青黄不接时，野菜吃没了，树叶老了吃不成，母亲就和一些妇女晚上去偷割生产队喂牲畜的苜蓿。那个时候，苜蓿可是个好东西，它救过全村人的性命呢。至今，我还记得苜蓿的味道。我在新疆当兵时，偶尔在菜市里碰上苜蓿买回来，却做不出当年母亲做的那种味道来。到北京后，就见不到苜蓿了。

那时，父母春夏秋三个季节全在生产队上工干活，一到冬天，得兴修水利。修水利在我们那里是一件徒劳无功的事，没有水源，为响应上级号召，一直坚持在修。修水利一般放在没有农活的家闲空档，也就是冬春两季，恰恰这个时段青黄不接，缺乏填肚子的食物。记得母亲经常给我们兄妹三人留下掺有粮食的菜饼子，自己则煮几个小萝卜带到工地当午饭。挖土方、搬石头，干的都是体力活，不知道母亲是怎么撑持下来的。有一年冬天，父母去五丈原公社的石头河修水利，他们就在刺骨的冰水中捞石头，晚上还住在工地上不能回家，我们兄妹三人留在家里，由我哥给我们做饭。我哥那时最拿手的饭，就是拌汤（疙瘩汤），他把疙瘩做得很大，味也调得重，吃了不容易饿。记得有一天上午，父亲突然从工地回家，他不知从哪里得到了一只橘子，上原下原走了七八里路，专门送了回来。那是我第一次见到橘子，可没我的份，因为妹妹最小，橘子给了妹妹。我没见过橘子，根本不知它的滋味，那次，我偷偷吃了橘子皮，很涩。

就是父母在家的日子，白天上一天的工，晚上还要参加队里组织的学习、开会，把我们兄妹三人锁在家里。父母有时难得晚上在家一次，母亲不是纺线，就是织布、缝衣服、做鞋子，一家五口人穿的衣服、鞋子，都是母亲一个人织的布，坐在油灯下一针一线做的（现在母亲的眼压高，动不动疼得整个眼窝都会肿起来，绝对与那时在油灯下做针线活有关系）。在那个时期，母亲很要强，她一直坚持着上工，一年下来，母亲几乎出的是全勤，工分始终排在妇女的最前面，但家里年年都欠着生产队的钱，不管一年有多么辛苦都是白干，可母亲从来没抱怨过，她不识字，也算不来这个账。话说回来，母亲就是能算清楚，又能怎样？那个年代没有一个人闲着，却还是吃不饱肚子。母亲像大家一样，一边辛辛苦苦地白干着，一边想法子解决我们的肚子问题。青黄不接时，为了我们能吃上一口粮食，母亲时常带着我们兄妹三人回娘家，外婆家的情况稍好一些，我们去了，外婆总会倾其所有，叫我们美美地吃饱肚子。后来为避嫌，母亲不能带着我们兄妹三人同时去外婆家吃了，就只带着哥哥，因为哥年龄大些，能多吃点。另外，哥哥劲大些，叫他去背外婆躲着舅舅和妗子给我们藏的几块干粮、几把米或者面粉。我们兄妹能活下来，除过我的父母，与外婆她老人家的救济是分不开的。到这里，我忍不住得说一下我的外婆，她老人家一生积德行善，颂经念佛，不食荤，活了九十多岁，于二〇〇〇年十一月份去世。外婆有二十多个孙子、外孙，她唯独最喜欢我，尤其是在我当兵走了之后，外婆常常念叨我，啥时候才能把兵当完。她不知道新疆在什么地方，光听别人说很远、很荒凉，她就一直担心我，她不知道部队是个很浩瀚的概念，也不知道兵和兵是不一样的，她只知道我当了兵穿身军装，于是，不管在什么地方只要见到穿制服的（后来制服品种很多），上前就问我的情况，常常弄得人家莫名其妙。我是二〇〇一年二月调到北京的，她老人家没等到我离开新疆就去逝了，成了永远的遗憾。

大概是我上小学后，父亲去了公社的装卸队当会计。父亲在他们四兄弟中，是上学最多的，他上过初中，字写得很漂亮，算盘打得也很出色，但一直没能用上，这下总算有了用场。公社在原下的陕西汽车制造厂所在地，算是繁华场所，每到星期六下午，如果礼拜天不上山背柴，我便下原到父亲那里去耍，晚上还可以住上一夜，星期天下午再回家。父亲他们的装卸队就是为陕汽厂服务的，经常给粮店装卸粮食。父亲是会计，按说可以不干装卸的活，但只要是去给粮店装车，他都参加，为的是装卸完后，他可以和其他人分一些撒在地上的杂粮。大多是一些碎粉条，父亲拿回家，母亲用筛子筛去沙土，煮了给我们吃。碎粉条很好吃，就是不好消化，半夜肚子疼，但这毕竟是上好的吃食。后来，父亲库房的人关系不错，偶尔能扫些粮店地上的面粉，里面有不少细沙子，筛子没法把沙子筛去，母亲用这些面烙饼子，吃时根本不敢用牙咬，太碜牙，只好用唾沫慢慢泡软咽下去。就这样的面粉，我们一点都没浪费，在母亲的调剂下，全都吃了（母亲与妹妹后来有胆结石，不知与那时候吃这种面有没有关系）。

有时候，我晚上常常会想起过去，只要一想到这些，我绝对失眠。过去留给我刻骨铭心的饥饿，致使我的童年一点都不美好。现在反过来想，也正是那种苦难的日子给了我坚强的韧性，促使我不断进取，一步一步地走到了今天，成为一个作家，还进入了首都北京。能有今天，这是我绝对没想到的，我的父母更是没有想到。

我初中还没毕业，便辍学了，原因是我的学习很一般，恐怕考不上高中，便提出退学。当时父亲还不同意，他一心想叫我把书读下去，可我对自己没一点信心，父亲没法，只好同意我退学。其实，我退学是明智的，我们那个班考上高中的只有一个人，别的只是多交一些学费，最后都回家种地了。关于辍学的事，后来我在写作者简介时，总喜欢写成因家庭贫困辍的学，其实，那时我家情况明显有了好转，最主要是分田到户，家里有了粮食，再也不会饿肚子了。父亲也有了很大变化，装卸队变成了运输管理站，先是经营几辆手扶拖拉机，后来换成了汽车，最多的时候有六辆汽车，成为乡里最好的企业，父亲也当上了副站长，我们家门口就经常停着汽车了。这可能是父亲一生中最风光的时候，他第一次给自己买了一件高档衣服，是中长式的黑棉布大衣，很实用的那种，整个冬天都穿着，这就区分开了与普通农民的身份（我当时是这样想的）。父亲还给哥哥和我，分别找到一份临时工，一个月四十多块钱，我们都很知足。家境慢慢地好了起来，率先在我们村子盖起了砖瓦房，率先取消烧柴改烧煤，率先用上鼓风机，率先买了黑白电视机，率先买了压面机……

这些率先，都是父亲这一生最引以为自豪的，可在当时，每一次率先，都会遭到母亲的反对。母亲是一个勤劳、俭朴的人，因为受苦挨饿的那些日子，把她给整怕了，她想攒下钱粮，以后如果再碰上饿肚子时就能派上用场。可父亲坚信饿肚子的事以后不会再有了，他坚持干了几个率先的事，唯一没干的，就是尊重母亲的意见，没卖掉多余的粮食，致使家里每年吃的都是陈粮，磨的面粉压的面条没有劲道。

就在这个时候，我提出去当兵。当时，好多人已经满足吃饱肚子的现状，都不愿去当兵了，我的哥哥就是这样想的。可我坚持要到外边去见见世面，到部队上去，这是我唯一的出路。我还有一个目的，就是想学开汽车，依我的文化程度，绝对没想过混出个人样来。父母同意了我去当兵，当然也希望我能出息。一九八四年十月，我十七岁，父亲给我虚报了一岁年龄，顺利通过体检，后来知道要去的是新疆，父亲嫌太远，心里有点动摇，可我坚决要走。最后，父亲还是尊重了我的选择，只是在我拿上入伍通知书的那几天，外婆哭丧个脸来到我们家，饭都吃不下去。父亲则和我睡在一个炕上，晚上他用手摸着我的脚，一个人默默地流泪，有几次半夜里父亲忍不住哭出的声音，把我惊醒了。父亲在我的心目中一直是坚强的，可在那时，我看到了他脆弱的一面。母亲更是受不了，在我离开的前几天，一个人发呆，动不动就流泪，搞得我得躲着她，不然，我也会因为离家而流泪的。

一九八四年十一月十日，我离开家，穿上军装，离开生活了十七年的那个叫四原的小村子，蹬上西去的列车。这一走，我的命运彻底改变了。

我一直当到第四年兵时，才回了一趟家。那时，从我当兵的新疆喀什回趟陕西，得坐三天半的汽车，三天火车，来回得半月时间。现在想想，不知是怎么熬过来的。那四年，父母对我的操心挂念，我用文字根本没法描绘出来。不过，第四年兵后，基本上每年都能探一次家，每次离家归队时的伤心场面历历在目。到后来，父母亲慢慢地习惯了儿子在外面的事实，反正每年都能见一次，不是太伤心了，他们把心事又转移到我的终身大事上。他们先后托人给我在老家介绍过几个对象，有的我根本就没见过面，他们找人测生辰八字，认为不相符，就做主推掉了。在我的婚姻上，父亲还有很天真的想法，那时我还没提干，只是我平时闲下爱写几个字，因此认为自己有文化了，赶紧弄副近视眼镜戴上，留在部队一直不见复员，父亲以为他的儿子已经出息，连眼镜都戴上了，就要给我找一个各方面都相当的媳妇呢。有一次，别人给我介绍了一个在火车站税务所当合同工的女孩，父亲给我寄来照片，我探家时见了一面，没想到，那个女孩还想着我能在部队混出名堂，以后可以把她随军带进城市呢。依照当时情况，显然是不可能的，我还是个兵呢，以后的路谁能看得见？那个女孩能图我什么？只好拜拜。这件事伤透了父亲的心，对我刺激很大。当时，我对自己的前景没一点信心，根本不认为自己能混出什么名堂来。我如实给父亲说年底会复员回来，父亲很难受，认为我不能白当了五年兵，到处托人给我找工作，不想叫我再回农村。显然，父亲的努力根本没用，没有人会帮他这个忙的。我做好了年底复员回家的准备，把东西都托运回家了。可是，事情突然有了转变，年底部队又把我留下，并且给我转了志愿兵，我终于拿上工资，算是有点小出息了。就这，父母亲已经很知足，很扬眉吐气了，到处给人说，他们的儿子在部队混出名堂了。

后来，我自己找了对象，结婚成家后不久，又赶上好机会，我干的那个专业全部提干，我有幸成为军官。这是父母绝对没想到的，他们比我还高兴，认为我是给他们撑了脸面，也把我当成他们的精神支柱。

我的命运比较好，因为写东西，提干后从喀什调到乌鲁木齐，几经煎熬，终于分上房子，父母还带着我的大侄子去了一次乌鲁木齐，他们在城市极不习惯，只待了十几天，但他们却非常高兴，认为我算是真正进入城市，又在写书，成为作家，是我们村最有出息的人了。他们心满意足地回去了。父亲拿着我出的小说集，到处给人说，书是他儿子写的。农村人大都不看书，写书跟他们的生活太远了，几乎没人响应，但父亲一点都不觉得尴尬。

二〇〇一年二月，父母万万没想到，我突然被调到北京，很快，妻子女儿随军进京，一家三口进入首都。终于走出艰难困顿的日子，又开始了摩登城市里繁华无助的新生活。这下，可把父母亲高兴坏了，尤其是父亲，他所在的乡镇企业几经改造，已经被乡里干部毁了，父亲因此也结束了他长达二十七八年的乡企生涯，回到家里。这个时候，是父亲最灰暗的时候，两三年里，他整天待在家闷闷不乐，身体也出现问题，我突然调入北京，使父亲心里一下子明朗起来，他像换个人似的。妹妹给我打电话说，父母这下高兴得不得了，觉得我给他们把面子撑得太大了，商量着啥时候到北京来看看呢。真正叫他们来，他们未必会来，我知道，他们怕花钱，怕给我添麻烦。二〇〇二年冬天，母亲因为眼疾，非常严重，我便趁机叫父亲陪着母亲来北京治病，他们才终于来到北京。但他们并没好好看一下北京，一是母亲身体不好，她晕车，二是北京的冬天出门不方便，在给母亲看病时，我带他们只去了天安门和故宫，走马观花地去了北大、清华和王府井，还有离我家很近的人民大学，别的地方都没去，母亲已经待不住了，她一点都不习惯，吃不下去饭，操心着家里，他们只待了九天，就回去了。

哥哥经常在电话上，叫我多回家。现在离家近了，可是我不知在干什么，整天沉浸在自己的创作之中，每年能回去一次，但都匆匆忙忙，待不上几天。

有一年暑假，我带女儿回了一次家。在西安转车时，这里的部队有我的一个兄弟，他找一辆小车把我们父女从西安送回老家。这在我们村子轰动了，我不但调到北京，西安的部队还用小车把我给送了回来，真正是给父母家人脸上增光了。可是，问题总是出在可是上，因为送我的车是红色的桑塔纳，村里有人说我叫的是出租车，摆谱造势的（村子里的人早就认为我已经不在部队，因为后来这些年我回家没穿过军装）。这怎么行，父亲到处去给别人解释，这是部队的车，从车牌照上可以看出不是出租车。

父亲的解释也不知有没有人信。第二年过春节时，我们一家三口坐车回家过年，过后，我听父亲说，村里人说又是谁谁他舅的车，根本与我不搭界……

父亲为改变村里人的看法，证明我还在部队，就给我揽了不少别人家孩子要当兵、考学、提干、转士官的活。我在部队上根本没这个能力，弄得父亲很没有面子。但我是尽了心的，只是能力有限。

父亲六十多岁了，他的脾气越来越不好，从乡企回到家里后，待在家里总是不习惯，动不动与母亲为一些小事吵架，他还托人给他在外面找活干。我妹夫给他在宝鸡找了一个工地看大门的活，一个月只有三百多块钱，父亲瞒着我去了。我知道后，心里很难受，想劝他不要干了，母亲却对我说，叫他去吧，他在外面几十年，回到家待不住。可是我后来听说，父亲在工地不光是看大门，还要干活，并且住的条件很差。我打电话叫父亲回家，可是说什么他都不回去。二〇〇三年闹"非典"时，我抓住这个时机，硬把父亲叫回家。

可是，时隔不久，父亲一次又一次地找看大门的事，总要出去干活，不然在家身体就不舒服。二〇〇五年三月，父亲大病一场，把我们吓坏了，我赶回家带他到西安治疗，不久康复后，他又到处找活。去年，在离家不远的高店镇，我妹夫又给他找了一个看大门的活，离我妹妹家近，说是条件比原来的好得多，我知道阻止不了父亲，就让他去干吧。只要他身体没毛病。可是，我的哥嫂常年在外，我的小侄女上中学后，家里只剩下母亲一人，她的身体一直不好，她不认识字，光会接电话，不会往出打，我又多担了一份心……

低处的时光

时光容易把人抛

说起来，我的家乡在秦岭的北面。可具体到我们那个村庄，似乎与秦岭没丁点关系。

我的家乡叫四原，是个大村庄，当然在原上，属关中西部的黄土高原。与此相连的还有三原、二原，却没有叫一原的，可能最平坦的高店小平原算是一原了。它们像大土台阶似的，从北向南依次走到顶，就是我们四原了。我的出生地在四原一个叫皂角树底的村子，十七岁的时候，我背负着十七年的村庄时光，当兵去了新疆。这一走，我的命运彻底改变了。

与四原相对应的，是三国时期诸葛亮曾屯兵打仗的五丈原，至今还有一座雄伟的武侯祠镇守在原边上。我不是刻意要用三国来强调这个五丈原，只是这个地方与我有很大关联。我外婆家在五丈原，这个就很重要了。站在四原能一眼望到五丈原，可以看到原边上的武侯祠。但去外婆家得从四原下到原底，再上到五丈原。有点像倒梯形上的两个顶点，看似近，但除了最短的直线距离不能走外，剩余三条线都得用脚丈量。小时候去外婆家，下坡上坡，得三四个小时，走得腿酸脚疼。可小时候对吃似乎更在意，耐不住外婆家吃食的诱惑，兄妹几个还是争着去的。后来，外婆离世，我那时还在新疆部队，没能见她最后一面。后来我到了北京，离家近了，每次回家，却再没去过五丈原。

地图上标示，我的家乡在关中平原的西部，秦岭以北，应该是水脉旺盛，水源充足的地方。实际上，那是我们岐山县大致的地貌地形，县城在渭河北面的原上。我们四原在渭河以南的原上，不在山脚下，但离大山也不算多远。可老家人不承认自己是山里人，还常常嘲笑住在昂梁上的鱼龙（地名）人是山里人，他们走路脚步重，像没走过平坦的道路。其实，四原也不算平坦，除过我们庄子，还有三四个庄子在平处外，其余几个村庄也在昂梁上，一样的出门下坡，回家上坡。

四原缺水，基本上靠天吃饭，不像五丈原紧挨着斜峪关，从石头河上游能引来水灌溉。上小学时，老师让写家乡的作文时，我们无一例外，在开头都会写下"有女不嫁干四原"这句，可见水对四原人来说有多么刻骨铭心。大兴修建水利时，四原在南边的深山里修过一个叫双岔河的水库，全靠人工修建，没有丁点机械，一是没有供车辆上山的道路，二是那时根本没有机械。可还是在半山腰，绕来绕去，硬是凿出了一条引水渠，大约有三四十里长，把水库的水引到四原灌溉农田，供人畜饮用。那时候，水最大的时候会有半渠深，安安静静地淌着，着实让我们四原人欢天喜地了一阵。后来，山里的水源逐渐枯竭，那条费了很大劲修成的引水渠慢慢也坍塌得像条小沟，看不出曾经是水渠了。多少年来，吃水难一直困扰着四原。早先，山里的水源没断时，每个庄子都挖有一到两个深水窖储存水。水窖关乎人们的生计，很讲究的，一般以宗族或集聚地为中心，选个远离牲畜的干净之地，挖十几米深，在地底下再挖成三间房子那么大空间，将四壁夯实，避免渗漏。然后修道小渠沟，从大渠引水注入水窖。大渠通到山里，沿途经过不少山坡、村庄，水里难免混杂些枝叶，甚至羊粪蛋，人们都不觉得脏，待水注满后，用竹篱笆捞出来就没事了。可是，如果谁有意把枝叶扔进水窖，这跟水渠里泛着枝叶的性质大不一样，算是人为污染水源，可不得了的，众人的白眼、谩骂是免不了的。当然，除过夏天偶尔有顽劣的孩娃捕捉水窖里的青蛙，不小心把树枝叶片弄到窖里，一般是不会有人刻意去污染水源的。现在看来，那窖里的水实在算不得卫生，本就是渠沟里引来的水，引入窖变成了死水，谁知道那里面有多少现在人常挂在嘴边的这种细菌那种细菌呢。可我就是喝那种水长大的。那时候好像都不喝开水，大人小孩都是直接饮用，也没见谁得过啥病。

那种水窖也不加盖子，旁边竖着一架辘轳，没人管理，谁来了都可以放桶下去打水，包括不是同宗的其他庄子人，只是那些人总避着人，一旦碰到这个庄子的人，不管认不认识，得说上几句自家庄子水窖断水的缘由，其实，不见得有人计较，可总觉得理亏，没有打自家庄子的水理直气壮。

水窖断水是常有的事。山里的水渠坍塌，干旱时为引水发生争执，上游村庄截断水源……再就是家里或者邻里发生争执，一时想不开跳水窖寻短见的——一般多为妇女，当然，这种事不太多见，都知道水的珍贵，实在要跳，也去跳干枯坍塌的水窖，不给人们留下骂名。也有不管身后事的，六队就有个想不开的女人，不知为什么事，竟然跳进大队小学旁边的那口水井里寻了短见。那可是口井啊，不是混有枯枝败叶羊粪蛋的水窖，几十米深的纯净地下水啊，供着六队一部分人和大队小学的饮用水。可女人就那么直截了当地跳了下去——她倒是死得干干净净，那口井却从此废弃不用了。谁敢吃死过人的水！

不管出于什么原因，断了水后，最简单解决吃水的办法，就是到原下的陕西汽车制造厂挑水。有七八里远吧，对农村人来说不算什么，关键要挑着水上坡，得重劳力去干。父亲当仁不让，去原下挑水非他莫属。陕汽厂很大，占了一条非常宽敞的山沟，是真正的一马平川之地，虽然被周围的黄土原包围着，但陕汽厂到底是国企，表现出与周围村子不一样的气质。他们工人说话都是仰着头的，带了些睥睨，一看就是与当地人有很远距离的。陕汽厂用的是自来水，那种冒着气泡经过漂白粉处理过，龙头一拧，水哗哗地，流得很随意也很大气，一点都没有我们用窖水时的那种谨小慎微。但陕汽厂的人不让农民随便挑水，得看人家高兴不高兴，或者，遇到个好说话的。父亲他们挑着水桶，在陕汽厂生活区的公用水龙头那里徘徊，得寻找机会。有时挑一回水，得大半天时间。后来，不知道是谁用废弃的汽油桶改装成水箱，装在架子车上去拉水，大家都纷纷效仿，终于结束了挑水的历史；再后来，用上了拖拉机拉水；再再后来，国家出资在原下打井，原上建水塔，把自来水装进了各家各户。

可是，由于施工时监管不力，村干部偷换了材料，管道三天两头出问题，不是这段破裂，就是那儿断流，你也不知道什么时候才会有水。这样的情况下，大家对交水费也就不那么积极，本来有水是好事，但水来得不痛快，遇到跟钱有关，当然就跟自来水一样不痛快了。大约有十七八年时间，四原人的饮用水一直得不到解决。问题反映上去，实在拖不过去，县上水利部门会派人前来督导，这样的督导似乎并不解决问题，水路依然不能畅通。后来成了规律，隔天供一次水，一次大约一两个小时。就这一两个小时也是不自在的，住在地势较低的人家还好些，水相对流得通畅，像我们较高点的庄子，水龙头就傲气得很，只让听管子里面空气行走的咝咝声，偶尔会出来一些水，弱弱地，安慰人似的。但有水总比没有好，大家在水龙头下面挖个坑，放上大水缸，把水直接贮存在缸里，就成了小小的水窖。冬天倒还好点，夏天存水容易变味，可没办法，得维持生命啊。在我的印象里，四原人好像没吃过新鲜水。

为了四原的吃水问题，政府后来的确没少费事。山里的水源枯竭后，水利部门给四原打过几眼机井。我们村庄就有一眼，耗时大概有两年之久，第一次抽出水来的那个场面，我至今记忆犹新，那天是全民出动，连瘫痪多年的老人都被家人背到现场，一睹井水。在水泵巨大的轰鸣声中，在地下水喷涌而出的瞬间，孩娃们欢呼雀跃，大多数上年纪的老人却泪流满面，尤其是那个多年没下过床的瘫痪老人，接过儿孙递过来的水碗，喝了一口，竟然失声痛哭。多少年了，谁喝过那样清澈甘甜的水？那时，大家激动地以为，从此告别了缺水的过去，生活翻开了新的一页。然而，美好的只能是憧憬。机井接二连三地出故障，检修水泵、换水管，那几年，四原最流行的话语就是"水井修理"。直到所有的机井全部报废，那个话才寿终正寝。

喝井水的梦，像树上的累累硕果，眼瞅着已经成熟待吃了，却狂雪寒冰，将所有的果实全部凋落腐烂。可以想见，那时候人们的心情有多沉重，倒不如一开始就没有果实。没有期冀，也就没有失望。

吃水又成了问题，而且还是大问题。为了解决这个难题，水利部门又动脑筋要从五丈原往四原引水，类似于现在的南水北调、西气东输吧。但问题是，水利部门采用U型管道法。怎么勘察论证的没人知道，但往简单处想，四原比五丈原要高，如果用U字形管道引水法，五丈原的水只能引到四原的半坡，不可能到原上。这个项目顺利通过，很快在两座高原之间的平坦处圈起一个大约有几十亩大的院子，那可是另一个村子上好的水田，我们四原给人家兑换了成倍的土地，才换来那个地方。大卡车从石头河拉来石头，几天时间就让那块肥沃的土地变成了工地。半年之后，那个院子成了水利建设指挥部，白底黑字的大招牌张扬地挂在了非常气派的大门上。随之，一大批工程技术人员进驻，引水工程宣布开工。又是一个希望的开始，四原人的心又热了。四原真是一个诞生希望的地方。

U形管道法工程量之大，耗时之久，前所未有。先去五丈原征土地，挖引水管道，然后在四原半坡修了一条能走大卡车的简易公路，开始分批分段地挖一条条引水山洞，都是人工作业，是四原的农民自己干，没有一分钱的报酬，还得自己从家里带饭、带水。特别是挖山洞，工程队的人戴个红色或者黄色的安全帽，在洞外指指点点。打山洞的农民没人给发安全帽，也没有安全意识，磕磕碰碰的事常有发生，好在没出过人命。就是这样，四原的人也乐意，只要能顺利地让水流过来，他们没什么不肯干的。引水工程耗了十几年，工程从没停止过。不过最终五丈原的水依然在五丈原，四原仍是望水兴叹。据说，十五六年之后，在四原半坡一个沟壑里试通过一次水，可是，不知出于什么原因，最终悄没声息，不了了之。至于这项工程耗费了多少资金，不得而知。别的不说，光四原村出的免费劳力，绝对是个天文数字。

这项巨大的水利工程失败——不能说失败，没有人说不行，只能说工程暂停。之后，那个气派的指挥部院子撂置不用，起初还留有人看守，后来连看守人都耐不住寂静，走了。附近村子的人把门窗拆下，能拿动的全都拿走了，偌大的院子长满了杂草，几只猪几头牛常年在里面野养得膘肥体壮。

假如，我说的是假如，把那些资金用到就地取材上，打几眼深井，或者把原下的水源整修一番，早就解决了四原的吃水问题。可是……

尽管缺水，土地得不到灌溉，可四原的土地一点也不贫瘠，仅靠雨水，每年的收成都还不错，家家丰衣足食，如今大都是高高的砖墙瓦屋，甚至两层楼也不少，正面贴着白瓷砖，耀人眼目。原上的其他植被，各种树木、野草，也很厚实。四原不能水秀，但能山青，到处是绿色一团，一点都不像黄土高原。

多年的事实证明，解决四原的吃水问题，就地取材是最根本的解决之法。国家去年又划拨资金，这次没让当地乡村干部插手，直接由县水利局派出工程队，把原下的机井淘了一番，不再"缝缝补补"，而是重新铺设了管道，那么多年断断续续的自来水终于痛痛快快地流出水来，算是解决了四原吃水的问题。

就这，村里好多人家已急不可耐地装上了太阳能热水器，年轻人大多去城里打过工，或多或少享受过城里的现代化生活，已经过不惯洗不上澡的落后生活。水的问题有所改观，即动起了向城市看齐的念头。这是向改善生活质量迈进了一大步。我建议给家里也装个太阳能，母亲坚决不同意，她还是担心以后自来水会出问题，再流不出水来，到时太阳能就又成了摆设。父亲干脆在墙角专门盖了一间澡堂，用瓷砖砌了个澡盆，烧上两桶热水，照样能洗。

有了水，怎么样过日子，就随自己心意吧。

山影处处皆事物

沿着四原往南走，下到原下，越过西沟，再往上就是大秦岭遗脉，统称南山，巍峨绵延，挡住了望南的目光，却挡不住脚步，能走进每道沟壑卯梁。这些卯梁都以形似取名，祖先给最高的那座形似石榴的山峰取名石榴山；有一眼山泉的地方叫水泉；沙石多的叫沙沟；有间瓦房的叫瓦房沟；两条河交汇的叫双岔河……最重要的是个叫大头木的地方，这个拗口地名不知是怎么来的，为什么不叫"大木头"？为此我充满疑惑，曾问过父亲，他和其他人一样，从没想过这个地名的由来，说一直这么叫下来的。不一定每个地名背后都得有个典故，哪怕形似也罢。比如我们家的村庄叫皂角树底，为什么叫皂角树底？村子里没见过有皂角树。或者跟历史有关，但在我的记忆中却是没有这段历史的。所以，都属于无从考究的范畴。这个世上弄不清楚的事物何止一个小小的地名！

大头木有一个很大且向阳的山坡，属于我们三队所有，山里的土质极其肥沃，除生长着大片的杂木林外，曾经种植过不少玉米。山里气温低，不像山外一年可以种两季。大头木只能种一季玉米，每到夏秋，玉米刚出天花，玉米棒还没长成形，深山里的大批野兽已按捺不住，前来寻找吃食。

野兽们对吃食可没有人的珍惜之情，它们对玉米的破坏极其严重。这个时候，生产队派出青壮汉子，轮流在山上看护秋庄稼，一般是两人一组，十天半月轮换一次。也有自愿待三两月的，图山里清闲，不用干重农活，又能挣满分的工分，他们各自从家里带上米面，在一间茅屋里搭伙坚守。父亲没去乡镇企业之前，在生产队劳动挣工分，也曾去大头木看过秋，他说看秋并不清闲，种玉米的山坡太大，两人根本顾不过来，而且还有危险。特别是到玉米开始成熟的季节，山猪、狗獾、松鼠，还有熊，成批地来啃玉米棒子。尤其是山猪，它不像熊，只掰玉米棒子不乱糟蹋。山猪吃不了多少，主要是搞破坏，一只山猪一会儿就能拱倒一大片玉米，而且山猪没有单来独往的，一来就是十几只，浩浩荡荡的一大群，它们十分凶狠，一点都不怕人，还有攻击性。

队里给看秋的人配有一杆装火药铁沙的土枪，有年秋后我有幸见过，黑得跟烧火棍一样，不知能不能放响。父亲说，那杆枪不是随便就能放的，队里管得很严，火药控制得更严，不到万不得已，不能放枪。父亲看过几年的秋，就没放过一枪。而且，面对一群山猪，你也不敢放枪，一旦枪响，那些铁沙打在山猪身上，根本不能打穿它盔甲似的厚皮，命不中它的要害，倒惹急了它，它们会毫无惧色地向你冲来，非把你撕碎不可。

父亲说，对付山猪只能站在远处，或者上到树上靠呐喊、敲脸盆，制造声音轰赶，千万不能到它跟前，否则是非常危险的。听好多看过秋的人说，对付山猪根本没有更好的办法，它要生存靠的就是这种蛮横，驱赶它只为让它破坏的少一点而已。对南山里是否有熊，我原来一直持怀疑态度，好多看过秋的人也没真正见过熊，只听别人说过。我以为大头木不会有熊，熊只不过是个传说。有一年初冬，我家隔壁的张家父子去大头目砍柴时，竟然捡了一头毙命的黑熊回来，一时轰动了四原，连三原的人都跑过来看。那时候的农村难得有新鲜事，一头死熊的出现不亚于山里出现老虎，围观的人很多。张家父子便把死熊挂院门外的树上，让大家评头论足。我那时大概十岁不到吧，第一次见到熊，尽管是软沓沓地挂在树上的死熊，可还是觉得熊太可怕，不敢近前，一直站在远处抖索的寒风里，不忍错过这份热闹。至于后来，张家父子把那只熊怎么处理的，就记不清了。

还是回到山里看秋的话题。因为有两个人不得不提。一个姓曹，一个姓慕，具体叫什么名字，我想不起来，或者我原本就不知道他们叫什么名字。按辈分，我得叫他们爷爷。这是两个可怜人。有一年轮到他俩去大头木看秋，一天，他们吃过午饭，爬到坡顶茅草搭就的窝棚里。为安全起见，窝棚搭得比较高，离地面得有两三米高，坐在窝棚里，居高临下能看到窝棚周围玉米地的任何情况。那天可能太阳好，窝棚里的温度有些高，那时候没有什么动物跑到玉米地里捣乱，俩人犯起困来便迷迷糊糊睡着了。正熟睡间，他们被一种奇怪的声音惊醒，只见一条碗口粗的菜花蛇爬在他们身上，正昂首吐着鲜红的蛇信子望着他们。难以想象当时有多么恐怖，这两个正当壮年的可怜人，竟然被吓傻了，从此精神上出了问题。他们从山里被换回来后，精神就再也没正常过。姓曹的那个爷爷最惨，他是个庄稼能手，精神分裂后，所有农活还能干，只是神智有时不清，分不清地畔，经常跑到别的生产队地里去干活。他有两个儿子，老婆是从四川来的，本来很不错的一个家庭，因他的突然遭遇，出现了变故，老婆抛夫弃子，改嫁到太白县去了。他的两个儿子和我年龄差不多，他们的父亲指望不上了，全靠他们的爷爷和叔叔拉扯成人。他们的娘后来还回来过几次，两个儿子不怎么理她，前夫更不可能理他，在他的意识里可能早就不知道她是谁，与他有什么瓜葛了。她显得很孤单，在庄子里转悠。她个子不太高，一口四川话，见到认识的人还热情地打招呼，只是大家对她都冷眼相对，基本上不与她搭话。姓曹的爷爷后来病好了一些，生活也能自理，白天出去干活，晚上也知道回自家睡觉，整天不说一句话，碰上谁都不打招呼，只知闷头干活。地分到各家后，他记不住地界，如果没人看着，他经常会跑到别人家地里干活。他的农活依然干得不错，一旦进到地里，他不知道偷懒，也不知累乏，一个顶仨，效率非常高。不断有人请他去帮忙干活，刚开始也没人给他工钱，有时会管他一顿饭。后来，在许多人，包括他儿子的谴责下，才会付他一点工钱。当然，他不会花钱，别人给的钱他都交到儿子手里，用来娶媳妇了。姓曹的爷爷受了不少常人没法受的罪，比如吃食，他连生熟都弄不清，更别说好坏了，只要填饱肚子就行；比如穿衣，只是一种惯性，遮遮体罢了，至于能不能御寒，他哪知道呢。还好，他活到了六十多岁，最后不知得的什么病，去世了。也算罪受到了头。

那个姓慕的爷爷，他有个好老婆，已生有两男两女，还抱养了一个儿子，对患病的丈夫不离不弃，在他神志不清时，打理他的生活。他家离我家不远，在我的印象里，他见人就笑，不管认不认识，一脸慈祥，只是他经常尿裤子。他活得时间不长，不知得的什么病，很早就过世了。他老婆得把这个家撑下来，为养活五个孩子，后来与自己的小叔子过到了一起。小叔子没家没口，年轻时不知犯过什么错，被送到新疆去劳改，刑满后回来，无处可去，不知哪个好心人撮合，与他嫂子合成一家。也没过几天好日子，小叔子又瘫痪了。老婆婆毫无怨言，一直将小叔子养老送终。要说这个婆婆的命够苦的，一生尽照顾病人了。好在善有善报，老婆婆的几个子女长大后日子都过得不错，对她也孝敬，她的晚年子孙满堂，算是有个和美的结局。

再回到大头木种植玉米的事情。尽管野兽糟蹋，但还是有收获的。每到初冬，队里选个星期天，在大头木分玉米。每次在山里分玉米像过节一般，除过老人孩子，几乎全家出动。我家就全部出动过，五口人从凌晨三四点就拿上口袋，背上干粮，在夜色里出门。这时候的夜色就显得特别动人，没有一点儿冷峭之感。先是下原，然后上山，路上都是三队的人，一路说着话，话里都是欢喜，憋都憋不住，好像脸盆里盛满的水溢了出来。待爬到水泉，天色才微亮起来。赶到大头木时，看秋的人还没吃早饭呢。队长、会计带着几个青壮小伙，抬着大秤，来一家人，就分一户的。全家人围着一大堆玉米棒子喜滋滋地坐下，开始剥玉米粒。山里种的全是白玉米，颗粒不大，因生长期长，个个晶莹剔透，珍珠似的。这种玉米磨碎后熬的糊糊就更不用说了，香甜爽口，山下的玉米是没法比的。

我们剥玉米的时候，父亲会离开一会儿，他在大头木看过秋，知道哪里有野果子。果然，我们没剥多少玉米，父亲就兜来半口袋野葡萄。其实，我们兄妹的目的，就是奔着野葡萄去的，往山下背玉米只是借口，大多都是父母背回来的。但那其乐融融的气氛，是很温馨的，还有那自内而外散发着的喜悦，像膨胀的气球，一撒手可以飞到空中的感觉，现在想起来都挺美好的。可惜后来再也没有了。地分到各家后，大头木的地队里没法种，包给二原的一个人种，听说他没法轰赶野猪，也种不成了，撂下，荒了。

我上小学三年级时，每到春天，偶尔与几个同学星期天去山里采野韭菜和其他野菜。野韭菜味道非常之好，母亲用它烙的韭菜盒子，是其他韭菜没法比的。其实，采野韭菜不用跑得太远，在水泉、沙沟一带的树林子里也能采到。有一次，我动了去大头木看看的念头，与同学多用了近两个小时，爬到了那里。大头木的景况使我心里非常难受，那个曾经肥沃的山坡已经面目全非，长满了杂树和野草，根本看不出那里曾种过玉米。山坡上最多的是洋槐树，长得不高，细长长的枝条，在我们村庄被种在路边当栅栏用。洋槐树开满了槐花，白得像成串的雪，嘟噜噜的，厚实得很。最主要的是香，槐花的香味轰轰烈烈，却一点也不浓艳，绝不叫人腻歪，在那样的香气中，难免有点伤怀。记忆中的那片玉米林不再有了。全家出动在夜色里爬山的热闹气氛不再有了。人头攒动分玉米棒子的喜悦场景不再有了。

但大头木的野果树还在，山核桃、毛栗子、野杏、苦李、五味子，当然还有紫色的山葡萄。每到夏季，有靠山吃饭的农人，上山去摘野杏。他们摘杏子不为吃也不为了卖，只要杏核，然后取杏仁送到收购站换钱。对有些家庭来说，这是一年中最重要的收入来源，几乎全家出动，用背篓往回背山杏。背回来的山杏在院子里堆成了小山，这时候，还不能自食其力的孩子就派上了用场：免费吃杏子。我家隔壁的张家每年都去山上摘杏子，就是说我们每年都有杏子吃。山杏没人打药护理，虫子很多，几乎看得过眼的杏子里面都有虫子。所以，吃山杏也需要胆量，不是碰到蠕动的白虫子，就是酸得倒牙，几天都吃不成东西。到了秋天，他们又去山里打核桃、毛栗，还有五味子，只是，这些就不能再免费吃了，人家得卖钱，大多卖给了陕西汽车制造厂的工人。说实话，一年靠下这种苦力也挣不到多少钱，山里的各种野果树没人管理，都可以去采摘，采摘的人多了，心就急，不管不顾，对果树的破坏力极大。再者，果树也老了，能结果子的树越来越少。像五味子已经很难寻到了。野葡萄不知还有没有，再没人提起过。

夏有酷热冬有雪

依山而居，就得打山的主意。在山上讨生活是不现实的，毕竟，山里能供人生存的资源很有限，但山里的柴草却取之不竭。过去，方圆几个乡镇的人们做饭、烧炕所用的柴草，除少量的庄稼秸秆外，全来自南山。那时候人们还懂得保护自然生态，不乱砍伐树木，只割蒿草。尤其到了冬天，取暖的唯一办法就是烧炕，耗柴量之大，也没把南山里的枯蒿荒草烧光，足见山里的柴草有多少了。

渐渐地，很少有人上山背柴了。生活条件稍好一些后，能买煤烧了，便不再去受那个罪。后来，随着人口的大量外流，留在家里的老人小孩没几个，煤都不用买，每年的庄稼秸秆都够烧了，听说山里的蒿草能把人淹没，也没人去割。上山背柴的时代，在二十世纪八十年代后期，彻底终结。

蒿草没人要了，山里的树木却从那个时候失去控制，滥砍滥伐之风一日胜于一日。有人找到了致富门路，给矿区贩卖矿柱。南山里尽是矿区最喜欢的硬木，杨槐、青岗、橡树，还有过去人工种植的松树，已长到了碗口粗，正好可以做矿柱。那些人买通村干部，或者与村干部合伙，去林业部门办上手续，雇人在山上搭起帐篷，日夜砍伐。那时候提倡劳动致富，到处都在开矿，矿柱的需求量极大，山上的砍伐速度也得加快，他们顾不上分辨是否硬木，拦腰先锯倒再说，留给后面检验的人挑选。一个山头一两天就满目疮痍，到处是横倒的树木树枝，且大多是不能用做矿柱的软木。那些软木其实也是能用的木材，贩矿柱的不要，林业部门的批文里没有这条，所以谁也不得运走，就扔在山坡上，雨淋日晒，一年复一年地腐朽，直到腐烂。

山里水土好，留在那里的树根又发出了新芽，许多树木一年就能长到手指粗细。如果再加保护，次生林还是有希望的。可是，贩不起矿柱的普通人家，发现了另一条致富之路——大力发展养殖业，牛羊成群地往山上赶，那些次生林全成了牛羊的美食。生长一茬吃一茬，次生林永远长不起来，却没见谁家因养牛羊暴富的。我有个堂哥，也没错过凑这个热闹，贷款买了几头黑白花奶牛，雇人到山里去放牧，结果钱没挣上，心没少操，事没少费，还死了几头牛，亏得一塌糊涂。

就这样没过几年，一个个山头眼见着都秃了。更奇怪的是，那些没了树木的山坡上，连野草都很少生长，有闲人居然去向阳的山坡开荒种地，种荞麦、洋芋、萝卜之类的作物，每逢暴雨，秃山被雨水冲得坍塌不成样子，那些作物七零八落，也能收获一些，收获的却还不如付出的。

前些年，国家出台政策，要求退耕还林，有人又动起了脑筋钻政策的空子，在什么是耕地，什么是林地上做文章。他们的智慧总是超群的，永远有办法对付政策。他们把自家和亲戚家的耕地全上报成林地，每亩地为多领三十元钱补贴，依然在那些"林地"上种着庄稼。这叫双收。而且，他们双收得理直气壮，凭什么以前有人有树木砍伐，到他们手里只剩下秃山荒岭？沾这点退耕还林的光，算是补补。

　　说起来，林业部门似乎也重视起护山保林工作，不让砍伐——也没了可供砍伐的树木。不光村里，到处都筑了宣传牌墙，有大标语，制定有破坏生态的处罚措施。这样，起了作用。

其他的交给时间

与大多数年轻人一样，从戎都抱有前程的幻想。我当兵的目的是想学开车。

在二十世纪八十年代初期，会开车也是一门技术，是一个牢靠的饭碗。当时社会上还没有驾校这一说，要想学会开车再考取驾驶证，是非常难的。当时，对我构成最大诱因的是父亲所在的公社运管站拥有六辆汽车。上初中时我住在父亲那里，习惯了大家对司机的尊重甚至敬畏，致使我想开车的欲望非常强烈。我一直在寻找着机会。

一九八三年秋，征兵工作开始，当年征的是汽车兵，得知这一消息，激起了我极大的兴趣，多好的机会啊，只要当兵就有车开！我赶紧给父亲说了当兵的想法。我清楚地记得，当时父亲没吭声，只闷闷地抽着烟，在我一再地催问下，父亲才把烟头拧灭说，你才十六岁，还差两岁到当兵的年龄，我可没法把你弄到部队去。父亲的话像一记闷棍，把我打懵了，心里凉了半截。又是年龄！辍学后，年龄一直令我头疼，到哪儿去找活干，人家都嫌我年龄小，为此，我是很自卑的。有时甚至会想，我妈为什么不早生我两年。

当时，农村已包产到户，再也不是吃不饱饭的时候。解决了温饱，家庭情况也逐渐好转。我那时还算是个比较懂事的孩子，处处为父母着想，也很能干，已经能替父母分担部分农活和家庭负担了。十四岁的时候，父亲不在家，留下犁地的钱，我能招呼着犁把式将自家的地全部犁完翻过，像个大人似的陪着犁把式吃饭、闲聊；我一个人将新盖的柴房墙用草泥抹得平整光滑；收完秋庄稼，种冬小麦时，在父亲的指教下，我已经能像模像样地撒种子了，这是农活里技术含量最高的，左臂挽个盛麦种的大篮子，右手从篮子里抓出一把种子，踏着步子的节奏，手腕一扬，将种子成扇面形状撒出去，种子必须撒得均匀，撒得稀了，麦子出苗太少，直接影响到第二年的产量；撒得稠了，麦苗拥挤着长不高，也影响收成。还有夏收碾完麦子后的扬场等技术活，父亲都想让我尽快学会，继承下来，他内心里其实是不希望我去当兵的，他想把我打造成农活把式。从父亲的言谈举止中，经常流露出要把我留在身边打理家庭，想让我哥出去闯荡的打算。父亲的想法自然没错，我是个踏实肯干的孩子，而且也具有这方面的潜质，而我哥——这么说吧，直到现在，他都四十八岁了，一直没离开过农村，可他还不会扬场和撒种子。我哥其实不笨，甚至比我还聪明，只是，他不喜好种地（其实又有多少人喜欢种地呢），他心里是揣了梦想的，只是那梦不过是梦，却荒废了他，不肯用心学与庄稼有关的活计，所以他的半辈子都只能是个不称职的农民。可是，若不是我比我哥多了一份坚持，我也就成了一个标准的农民。看来，听话和能干有时不见得就是好事。

那一年，我把父亲关于年龄的话，理解成他阻止我出去当兵学开车的理由。

思前想后，我决定不那么听话了，我要瞒着父母自己去报名当兵。我在大队门前徘徊了几圈，又跑到公社门外偷偷往里瞄，我生性胆子小，加之我个头也小，长身体时吃不饱肚子，营养跟不上，就显得又瘦又小，根本不像十六岁的青年，就是虚报年龄，也瞒不过征兵干部雪亮的眼睛。说到底还是我没见过世面，没敢进大队和公社的大门，灰溜溜地回来，沮丧地打消了自己去报名当兵的念头。

我的梦想以失败告终，在此之前，我还不曾真正体会人生的失败，打击当然是相当巨大的。

当时，我还在陕西汽车制造厂的车队干临时工，是装卸工，体力活，按天计算工资，每天只挣一块四毛五分钱。我能吃苦，装卸的活对我来说不算太累，可心里觉着累。我的内心开始有了不甘，今后的出路在哪里？梦想怎么去实现？心里相当茫然。还有，父母不断地托人给我提亲，想订下一门亲事，把我留在身边。梦想照不进现实，而现实是让我做一个踏实的庄稼人，这对内心留存着梦想的我来说，无疑是痛苦和悲哀的。我却不能拿我的悲哀来面对父母，我依旧听父母的话，不去抗拒他们，不伤他们的心，但我的听话不等于就是甘于现状。或者，我还并不真正懂得什么是人生，可我知道，父母准备给我的生活并不是我想要的！

在痛苦与彷徨中煎熬到第二年秋天，也就是一九八四年，那个阳光和煦的季节，公社围墙上大红的征兵宣传标语刚贴出来，我的精神一下子振奋起来，迫不及待地向父亲再次提出了当兵的要求。我的年龄其实还是不够，但不知是不是过去的一年父亲看出了我内心的萎靡，这次他没有再用年龄搪塞，而是很认真地对我说，如果不让你去，你肯定会恨我一辈子，可让你去，我又舍不得！怎么办？父亲说是要与母亲商量一下。的确是要商量一下，一个孩子离开家去外面闯荡，不是小事。不知父亲与母亲是怎么商量的，反正，他们同意了我去当兵。父亲带着我去报名，为以防万一，将我的年龄写大了一岁。父亲的意思是，一旦要去，就要去成。经过体检、政治审查等层层选拔，我胜利地拿到了入伍通知书。

一切都成定局，我才长舒了一口气，心中是欢天喜地的，好像新的鲜花盛开的生活已经在前方向我铺展开。可就在我内心的欢喜还未平息时，却得到一个消息，我们这批兵去的是新疆。新疆？！那是多么遥不可及的地方啊！

这下，母亲不愿意了，新疆那可是蛮荒之地，在天的尽头……

父亲也有所动摇，可他没说出口，他知道入伍非同儿戏，是不敢轻易反悔的。那几天，家里的空气异常沉闷，我不敢轻易说话，连安慰父母的话都不敢说。母亲知道胳膊拗不过大腿，不再说不同意的话，只是哭，好像他儿子干的不是光荣的事情。父亲虽然表面上情绪还稳定，可到了晚上，他压抑的哭声几次把我从睡眠中惊醒。我躺在炕上黯然不语。

一九八四年十一月十日，一个我至今都记得非常清楚的日子，我离开了生我养我的父母、兄妹，还有生活了十七年一个叫四原的小村庄，穿上了一身黄军装（更准确点是上黄下蓝），踏上了西去的列车，开始了我的梦想之旅。

我的梦想依然是学开车，当完三年兵复员回来能拥有驾驶执照。我的梦想就这么简单。

这是我平生第一次出远门，第二次坐火车。在此之前，我去过最远的地方是宝鸡，离我家只有四十三公里，我第一次坐了火车，尽管只有不到三十分钟的路程，却让我有了见过世面的傲然一直矗立在心头。这次可不一样，三千六百多公里，这个数字在我的脑子里还没有形成具体的概念，但我再没有第一次坐火车的傲然，而是惶恐，不知道得走多长时间，又不敢问，在脑子里把这段漫长的距离拿小时来丈量，量到最后自己都晕了。有个新兵忍不住大着胆子问接兵干部，人家瞪了一眼不给回答。说实话，我们只知道去的是新疆，至于是新疆的什么地方，一点都不知道，只管跟着接兵的走。

我们新兵坐的是临时加开的运兵列车，这种车是插空走，得给所有的列车让道，走走停停，慢得有时像牛车，竟然在铁路线上走了三天三夜，才到达乌鲁木齐。十一月中旬的乌鲁木齐不知已下过了几场雪，走下火车，我们被眼前的冰天雪地惊呆了。

这就是新疆啊！太冷了！

那时候，完全不知道在遥远的南疆有个叫喀什的地方正等着我，我命中注定要与那个地方发生关系。那是未知的命运。当我满含热泪目送着姓汪的老乡去了另一节车厢，从此，我们俩一南一北再也没见过面。但他的消息我还是知道一些的，我们俩曾通过好几年信，直到他三年服役期满复员回家后，我们才断了联系。听说他在部队学会了弹吉他，可乡村没有能够展示他音乐才华的舞台，他背着一把旧吉他出外揽活打工，赖以维持生计。除此之外，还能怎样！

人的命运就是这样，曲里拐弯的，你以为前面看到的是辉煌光明的前景，可是一拐过去，却陷入无尽的黑暗；你以为是一片荆棘的后面，没准却是一片平坦开阔。但谁能知道自己命运会在什么时间什么地点发生转折呢，没人知道！

我们在乌鲁木齐火车站西边的军事供应站住下后，接兵干部将我们临时分成几个班，每个班的人员基本上都来自一个乡，大家为此正高兴呢，毕竟以乡为单位是远离家乡的我们当时最能接受的现实，感觉上很亲近。但是，接兵干部在我们毫无准备的情况下，突然指定了班长和副班长。当然没我的事，又瘦又小，一点都不起眼。接兵干部指定的是比较灵活的那几个人，这事对我，包括对其他没当上班长副班长的新兵是个不小的打击。这刚刚起步，第一步就没迈好，不知以后到了部队还能不能有所发展？

在军供站的地板上睡了一晚上大通铺，第二天一大早，我们乘坐大轿车由乌鲁木齐出发，穿过达坂城，翻越天山，经过库米什、库尔勒、阿克苏、阿图什，每天摸黑上路，擦黑住宿，在路上颠簸了三天半，终于在第四天的午后，到了距乌鲁木齐一千四百四十七公里的南疆喀什。一路上没丁点绿色的荒漠戈壁，使我们的心情异常沉重，直到进了喀什市，有了城市的模样，七拐八拐进了支队的院子，我们的情绪才明显有了些好转。这里再偏远，毕竟是城市，与我们的家乡山村有天壤之别。可是，车子只在支队大院停了不到一分钟，就调头开了出来，一直往西，开出了我们觉得熙攘的喀什市，往西、再往西，把我们拉到远离市区的疏附县一个叫八里桥的地方。

这就是新兵连所在地。

时值初冬，四周的田野里光秃秃的，远处的村庄也光秃秃的，天上地下全是灰色，没有一点儿让人心动的颜色，只有初冬的阳光照在身上，在寒冷的风中略显淡淡的暖意。

新兵连由四排平房和一个偌大的土操场组成，操场边沿就是长满骆驼刺的盐碱滩，骆驼刺坚硬地凋枯着，在颜色相差无几的盐碱滩中没有一点生命的迹象。如果不是这里有许多兵的身影，新兵连跟盐碱滩中的那一簇簇骆驼刺一样显得异常荒凉。我们从车上依次下来，你看看我，我看看你，大家从彼此的眼神里，分明看到了一丝失落，我们的心再次被荒凉蓄满，一个个垂头丧气地寻找自己的行李。然后，我们七八十号新兵在连部门前的操场上，按个头大小排成一队，打乱重新分班。我被分到了三班。队伍解散后，趁每个班还没来得及登记姓名，正暗自神伤时，有人捅我，提出要我与他的老乡调换，我没犹豫背上自己的行李，换到了一班。没想到，一班里有我的一个远房亲戚，姓汪，还有一个公社的，姓周，虽然彼此都不熟悉，但总比完全不认识的好。更使人心里踏实和安慰的，是原来由接兵干部指定的班长和副班长就此作废，真正的班长全是从各个单位临时抽调来的，他们是戴有领章帽徽的老兵，这就意味着，我们这一趟列车过来的新兵，依旧站在同一条起跑线上，谁也没有在刚刚开始的军旅人生中比别人抢先一步。

我们的班长姓陈，新疆本地人，瘦瘦的，高高的，上唇留着小胡须，不说话时，很像我的一个表哥，一旦说起话，满嘴新疆的普通话，就一点也不像了。但我心里还是感到暖融融的，在远离家乡的异域，一张相似的脸也可以是一份温暖啊。

班长登记每个人的情况，问我有什么特长，我说了谎，回答了会开车。班长看着瘦小的我，眼睛一亮，问我有驾驶证吗？我摇摇头，班长便不再问了，却在特长那栏写下了驾驶二字。我长舒了口气，认为离自己的梦想越来越近了。

接下来，新兵连把我们召集起来，让班长们表演了一套倒功操，显然是要给我们没见过世面的新兵下马威的，没承想却大大地激发了我们，使萎靡不振的我们顿时热血沸腾，刚下车时的沮丧消失了不少，对自己已经改变的身份突然间生出无比的自豪感。

我们已经是兵，不再是无业游民！从那刻起，我在心里暗暗发誓，一定要当个好兵。当然，是个会开车的汽车兵。

军训正式开始之前，全体新兵参加了一个星期的义务劳动，给喀什市蔬菜公司储存大白菜。当时的新疆冬天全靠"老四样菜"度日，即大白菜、土豆、大葱和萝卜，所以，在大冻来临之前储存冬菜非常重要。眼看着已经起了霜冻，每天吃过早饭，大卡车就拉着我们去市郊的蔬菜公司基地，天黑前回到新兵连。我们的任务是把堆得小山一样的白菜，剥掉外面的枯叶，削去带土的根须，搬进菜窖里码放在架子上。这些活对我们大多数新兵来说太小儿科了，玩一样就干完了，有些城市兵吃不消，偷懒躲藏不好好干活，见到班长来查，便给班长敬烟堵住他的嘴。多干点活对我们农家子弟来说不算什么，没有人会把这点活放在眼里，所以倒也相安无事。可令人不安的是每天中午的那顿饭，蔬菜公司中午会拉来半卡车馒头和一些骨头，就扔在满是白菜叶子的地上，在院子里撑起大锅，烧开水后直接将骨头架子放进去，熬一大锅骨头白菜汤，每人一碗骨头汤，馒头随便吃。骨头不是羊骨就是牛骨，在熬制的过程中，慢慢变得浓郁的肉香味充斥了院子的每个角落，可这种香味很多人都不对胃口，尤其是我，根本闻不惯那汤的味道，没喝过一口，每次只抓上三四个馒头躲在角落里吃完，也没觉着有什么不好。有天中午，趁班长不注意，我和姓汪的亲戚溜出蔬菜公司的大门，在外面一个烤馕的铺子里花两毛钱买了个刚烤出来的馕，我们两人分开吃了，那个香酥味一下使我喜欢上了馕，就连馕背面沾着焦黑的坑土也觉得那是一种诱惑。在后来的十几年里，我最爱吃的新疆食物就是馕了。哪怕现在，离开新疆十几年了，什么时候在新疆的饭馆里吃饭，第一个想要的便是馕。

一个星期后，冬储大白菜结束，军训开始了。从一个普通老百姓转变成军人，跳跃性太大，刚开始大多数人都吃不消。于我而言，每天从出早操、训练、吃饭、唱歌、睡觉，再到半夜的紧急集合，都不觉得有多苦，要命的是每天早晨得把被子叠得方方正正。我干粗活行，细致的手上功夫差，要把那软沓沓的被子叠得刀砍斧劈过似的，那不是一般的功夫！所以在新兵连，叠被子是最令我头疼的事情。后来有人问我，新兵连训练苦不苦，我回答：不苦！最难忍受的是叠被子。每天早晨出完早操后，砸开营房后边渠沟里的冰，取水洗脸，渴了就喝那水，我都能挺得住，觉得比叠被子要好得多。可见，叠被子对当时的我来说是多么痛苦。由于我叠被子不好，再加上掌握不了技巧，投弹训练经常达不到规定的三十米远，班长一直对我另眼相看。当然，另眼相看的不止我一人，还有三四个垫底的，比如在队列、拳术训练方面跟不上的，像汪姓亲戚，和我一样不讨班长的喜欢。班长惩罚的办法很简单，把我们新兵分成了"三六九等"，每到星期天休息，每个班按比例，可以有三两个人去喀什市逛一个半小时，总是训练好的那几个人，其他人慢慢地等候排队。终于能排到我时，倔强的我拒绝了那次去喀什的机会——我是用这个行动抗拒着班长。后来想自己那时真的太过年少，并不知道自己的那份坚持落在旁人眼里就跟一颗小石子掉进大河，那小小的涟漪或者只有自己明了。其实，当时我也是很想去喀什转一转的，偏僻的新兵连，放眼望去只有望不到头的盐碱滩，还有那同样望不到头的骆驼刺，哪里能比得上喀什的热闹繁华，风情旖旎！

直到新兵连结束，我也没能去趟喀什市。

最难忍受的，就是想家。越受到"不公正"的待遇，就越想家。我们被班长排到最后面的几个新兵，躲到操场西边的沙枣林里，偷偷地哭过好多次。哭过后，与羊群争抢地上遗落的沙枣，比赛谁捡得多，那种争先赶超的乐趣会略微冲淡之前的悲伤。

对我今生打击最大的第一次，是新训结束，新兵去向分配的名单公布后，我就像被谁当头猛击了一拳，被打得跌倒在地。我失败了，被分到了英吉沙县中队，没能分到梦寐以求的汽车队，实现自己的梦想。同我一批来的同乡新兵中，有两人非常幸运地分到了汽车队。在此之前，开车是埋藏在我心底的秘密，没与谁正式交流过，也没法知道那两个幸运儿是不是也有这个梦想？但当时开车确实是很多人的期望，成为汽车兵，也是很多当兵的人的梦想，那两个人的梦想算是实现了。当个汽车兵的愿望支撑着我，而今，我却在新训结束时失去了支撑。

那天，应该是一九八五年的一月二十一日，对我来说是个刻骨铭心的日子，正值隆冬，我的心像八里桥的冰雪世界一样冰凉，眼前一片迷茫，看不到一丝真实的东西存在。得知我的去向与汽车无关的那一刻，我的心里空荡荡的，看着一个个从我面前走过的新兵，他们那张张或兴奋或平静的脸，我以为世界都离我特别远了，非常迷惘，不知今后的路该怎么走，在失去支撑后，我是否能坚持着走下去。

真是造物弄人啊。在班长的斥责声中，我失落地提起自己的行李，爬上一辆帆布篷大卡车，去了另一个未知的地方——英吉沙县。

这一去，就在英吉沙县中队的看守所监墙上看了四年零九天的犯人。期间，我做过近一年的饭，喂过猪、马，养过鸡，也当过一年正儿八经的班长。

从无奈的失败中我终于还是走出来了，不走出来怎么办呢，人生本来就没有那么随意，不会把你想要的统统都给你。有人说，做事要从身边做起。我就从身边做起。每天出完早操回来，随便抹把脸就去扫院子，吃完饭帮炊事员收拾伙房，然后抢着去喂猪，与老兵换他们不愿站的半夜岗哨，正常的训练、菜地劳动、政治学习……对我来说都不是难事，我能把这些尽力做到最好，所以，我经常得到中队的表扬。于是，新兵下连不到三个月，我就光荣地被嘉奖了一次，还被挑选担任了炊事员。要知道，这可是大家都眼热的岗位，一般都是各方面表现突出的才能担当此任，有重点培养的意思，几乎每个炊事员后来都发展得不错，像当时的副指导员、司务长都是从炊事员提升为干部的，最不济的也被提升为班长了。我暗下决心一定要把饭做好。

可是当兵以前，我没做过饭，一切得从头开始。在老炊事员的指导下，我先从发面、揉面、蒸馒头开始。和面时的软硬程度，发好面后兑碱，怎样揉面才筋道，上笼蒸时得掌握的火候……看似简单，却有一定的技巧。那时候的连队伙食比较单一，每天早晚要吃两顿馒头，做的次数多了，我就掌握了蒸馒头的整套技术。接下来学炒菜，大锅菜并不难学，只要用心，很快就能上路子。我不满足于光会炒大锅菜，请假去县城的新华书店买来仅有的两本汉文菜谱，照着上面的步骤研究做菜。受当时物质条件所限，我每月也只有六块钱的津贴，还要拿出一部分订文学杂志，显然，我在做菜上没弄出多大名堂。不过半年后，我做的部分菜还是受到下工作组的支队政委的表扬。

做了近一年的饭，同时，按规定也参加一部分训练和站午夜的第一班监墙哨。第二年新兵下来接了我的班后，我回到了正规的班里，但仍然喂养着中队的鸡、猪，还有三匹军马和一头牛（中队后来把牛卖了）。不久，在中队还有部分第三年度老兵没入党时，通过大家民主评议，我以高票通过成为预备党员。年底，我因军事训练科目比较突出，毫无悬念地成了班长。按当时部队的规定，不再从士兵中直接提干部，必须得考入军校，经过正规的培训才能当干部。以我初中都没毕业的文化程度，就是说，三年的兵生涯，已经快到头了，再往前走的道路不可能再有了。我不再像初当兵时那样对未来做过多的规划，人生就是一步一步往前走，计划做得再多，走不到那一步也就没用。尽管内心并不坦然，但我还是像大多数老兵一样，只能等待着服役期满，复员回乡。这是我在部队的最后一段时间，无论如何我也要把这段路走好。脚踏实地走好每一步，是父母传给我的做人原则，也是我的人生信条。

我最终没有像我更多的同年兵一样服役期满后离开部队，回到乡里像我的大哥一样做一个安身立命的农民，或者成为汹涌的打工一族中的一员，这得益于我的另一个梦想——文学。

按说，比起同年入伍的兵，那时我把身边的事情做得够好了，可是，我还是时常觉得心里空落落的，也就是所谓的空虚。从第一年当炊事员起，我忙碌完伙房的事情，训练的事情，站岗的事情，我心里一直觉着空虚。但除过身边的事，我还能干什么呢？于是，我选择了写东西。在当时，我的这个选择连我自己都认为是幼稚可笑的。一个初中都没毕业的人，想学开车倒也罢了，要写东西，真不知天高地厚。热爱上写作，是我自己的选择，没人逼迫，在那个年代也没人嘲笑。可我内心里将自己从那个表面热闹的集体中剥离出来，从此一人孤独地行走，与其他人有了隔膜。我偷偷地在一毛钱一本的单线本上，编织起自己的梦想。

第一个梦想破灭后，文学算是我新的梦想。

可这是一个危险的梦想。所以，我的梦想一直在偷偷地进行着。中午，等大家都午休了，我悄悄地来到饭堂，在油腻腻的饭桌上，我把身边的人和事，经过想象，加工成短篇小说。几经修改，誊抄在方格本上，偷偷地寄往新疆的文学杂志。一次又一次地退稿，或者杳无音信，对我的打击是不小的。可是，我还是坚持着写。不写，又能干什么呢！在马厩旁边那间堆杂物的小土屋里，趴在给鸡踩草食的木板上，我写出了一部十五六万字的小长篇。在班宿舍那间仅容一人进出的储藏室里，顶着十五瓦的小灯泡，我站着（没有凳子）趴在水泥台面上写下了四个中篇小说……这些文字没一个变成铅字的。

但我还是坚持往下写，就像穿上了红舞鞋，已停不下来旋转。其实，我心里很明白，实现这个梦想的可能性十分渺茫，其路途可能比当一名驾驶员更加艰难和漫长，可我还是想走下去，走下去，一开始仅仅是为了慰藉自己，填充空虚。后来，就成了一种追求。

我一直走着，走着，有时觉得太累，快要放弃了，咬咬牙，给自己打气：快看到曙光了，不远处已经有了一丝微弱的希望，于是，我坚持了下来。因为写东西，四年后我从英吉沙县中队走到了喀什市，在支队政治处当电影放映员、保密员、报道员。后来，还幸运地提了干，又从喀什走到了乌鲁木齐，没通火车的时候，得走三天半的车程，我于一九九四年中秋节那天，终于结束了那段旅程，在总队当了宣传干事。在新疆整整生活了十六年后，我从乌鲁木齐走到了北京，我永远记着那个日子：二〇〇一年的正月十五元宵节，我到了北京。从此，我干上了与文学有关的编辑工作，一直到现在。

这看似简单的走过，从新疆南疆一个僻远的小县城，一路走到首都。这都取决于我的第二个梦想——文学。是文学改变了我对人生的认识，更改变了我的命运。是环境改变了我的梦想。时间可以作证。

这或许就是我的宿命。

何处惹尘埃

　　我表面上很坚强，内心却是很脆弱的。母亲要回家了，送她上火车的那一刻，我流泪了。为了掩饰，背转身打声招呼匆匆下车离开，我肯定受不了发车前那段时间的烤灼。进入中年，已经没那么脆弱，这么多年的来来去去，在离别的惯性中我已经越来越坚强，可是，这次母亲来北京治病，待了两个月时间，这是自我当兵后，与母亲相处时间最长的一次，也是我成年后，真正亲近母亲的一次机会。可是，刚开始那几天，我适应不了，母亲的到来，直接打乱了我的生活规律，我的心思没法放在自己的那些破事情上，我得顾着母亲。母亲刚来那几天，江苏的姜广平要给我在《莽原》杂志做个访谈，杂志社发稿在即，催得非常急，我却无法静下心来完成，致使没能细细琢磨，匆匆交差。那时，我心里隐隐产生一种念头：母亲给我添了麻烦，使我没法在文字上一以贯之。这个念头使我有种犯罪感，过后越想越强烈。

　　其实，我还算有良心，母亲是我专门回家接到北京看病的。

　　在求医治病的过程中，我发现，母亲是个好运之人，不像我总是碰上不少医德医术都很差的医生，弄得身心都很糟糕。这次，我的一个未曾谋面的铁杆博友于蕾，在国家体育总局任职，是个绝对的善良之人，听说我母亲的病情，极力推荐了一位医生——管恩福，于蕾还专门请管医生和我吃了顿饭。我们聊得非常投机。管医生是总装备部第二干休所门诊部的医生，颈椎治疗专家，是一位颇有修养和医术的高人。他的新法正骨纯属独创，在瞬间之内，可以使你的颈椎感受到轻松，在一个半月的治疗过程中（我与妻子也跟着治疗颈椎），管医生不但没收任何费用，而且从没给过我们脸色。要知道，我可是见过不少医生脸色的，有病时最怕去的就是医院了。

管医生不光医德崇高，他还是个有慧心的大善之人，吃斋、信佛，并且对人世有着不同于哲人的理解。几次的治疗之后，管医生认为我母亲是个有佛心的人，而对我的"奋斗历程"和"业绩"总结如下：一半是我自己坚持不懈努力的结果，一半是母亲行善给儿子修来的福气。管医生一语惊醒梦中人，联想到母亲为我的前程和写作所做的种种祈祷，我羞愧不已。

其实，谁也没法远离人间烟火，都在尘世之中，我得像个正常人似的（我不正常吗？）放下自己的那点事情，顾及家人。可是，我以前把写作看得太重了。

接下来那段时间里，我和母亲在一起闲谈、生活，我意识到，给了我生命的母亲，比我热爱着的写作重要得多。过去，我的身心大都沉浸在自己的文字梦想之中，在文学的谜宫里，艰难地寻找救赎自己的出口，而忽略了许多本应该能使自己灵魂安宁的亲情，被那些乱七八糟的文字消磨得痛苦不堪，一直处于无法解脱的焦虑之中。我的焦虑大多来自写作，总想着写出超越自己的作品，有所创新，可这何其难啊，我经常告诫自己，只要能够避免自己作品中的感情重复，就已难能可贵了。可我总是对自己正在写的任何东西都不满意，不是我对自己要求太高，而是不想制造过多的文字垃圾。

母亲来后，除过带她去看病，我还得上班，家里住房太小，离单位又远，中午没法回家给母亲做饭，我在单位跟前借了一间单身公寓供母亲住。母亲不会用煤气灶和电磁炉，教她用，她怕不慎失火，惹下大麻烦，我每天早上去单位食堂吃过早饭，再给母亲带饭回来。母亲吃素，我们食堂的饭食荤味大，油多，母亲也吃不惯这些口味，我中午便买些面条之类的给母亲做简单清淡点的饭食。午饭后，往往会成为我们母子交谈的最佳时机，说说过去的苦难，抑或赞叹现在的美好，要不就说些老家的左邻右舍。一般都是我提问一些人和事，母亲竭尽全力将她尘封的记忆打开，一五一十地详尽道来，其中掺杂着她自己的情绪，大多都是宽容的，偶尔也有些激愤，过后，她又替他人开脱，就像管医生说的那样，母亲是有佛心的人。在此期间，时不时地，我也将自己一些想不开的事讲给母亲，她静静地听着，当然会帮着儿子发几句感慨，但是，最多的还是开导我，她没有大道理可讲，也没有比喻，只是普通的几句话，看似不太沾边，却能使我阿Q一回。比如一直困扰我的房子问题，一次又一次人为地使我错过机会，母亲的说法是"迟早会有，等你搬新屋时，别人住的都是旧屋了"。就这样，我本来激愤的心里，慢慢地会平静下来。

谁说，作家只有在自己的文字中才能倾诉自己的心声？在母亲跟前，我找到了比文字更确切的表达方式，我把自己这些年写作中的焦虑、郁闷，还有生活中的无奈，尝试着一点一点地说给母亲。我是个直性子，但这次却有所保留，没把憋在心里的焦虑直接告诉母亲，怕她感受到我的痛苦。要知道，在母亲心目中，我一直是她的骄傲，是她最大的荣耀，我要是不如意，她肯定不好受。其实，我的痛苦大都是无形的，也是自找的，自从我当兵懂事后，向来不给父母诉说不高兴的事，哪怕是精神上的，不给他们增加多余的压力。但是，这次母亲还是从我绕来绕去的话音里感受到了我的压力，她长时间的沉默后，对我说，每个人都得信命。

我一直坚信，天地之间是有大公正的，上天不会让一个人什么都顺心，也不会让一个人一生都倒霉的（当然也有例外）。这几年，我总是尝试着寻找自身的不足，把生活和写作中的矛盾试图化解，尽管有时难以说服自己，但还是避免了心理上时常有的不平衡。我想，这才是一个人正常的生活态度，像母亲说的，我已经写了十几本书，够多了，还有啥不知足的。我这个人一点都不超脱，什么事都会挂在心上，除过生活中的事外，稿债是近两年困扰我最大的，久了，成为一种压力。如果不写作的时候，我总觉得自己无所事事，每天在办公室耗费着时光，但我又不能脱离，这是我的饭碗，捧了二十多年，不能因为写东西而扔掉，不值。尽管写作对我来说非常重要，但我是有理智的，生活是首位的，像我这样的人，一旦没了生活依靠，将会手忙脚乱一塌糊涂，我从来没对自己的生存能力抱有足够的信心。可我对自己的写作在绝望的同时，还是能看到一丝希望的。

说到我写的东西，母亲不识字，从来没看过我的小说内容，我有时会把她讲给我的事情或者她本人的一个侧面写进去，像中篇小说《喀什的魅惑》，还有很早以前有关苦难的片断，都有母亲的影子，但我从没告诉过她。母亲从书的外表上瞅瞅，根本不知道我写的是什么东西，但她对我写的东西非常看重，对其他文字也充满了敬意。收拾屋子时，她从来不敢私自处理一些书刊报纸，甚至上面有字的碎纸片，她会问一下是否有用，或者整理放好。在北京的这段日子里，除过隔天去管医生那里治疗一次外，我上班走后，其余时间都是母亲一人待在屋子里，不敢出门，她怕找不回来。母亲对城市是胆怯的、惶恐的，她走在宽阔的街道上，没有走在乡村的窄土路上自然，她的眼神是茫然的，她的话语是拘谨的。

不久，母亲想家了。她失眠、困顿，坐在屋子里发呆。她不会看书看报，只能看看电视，她的眼睛不太好使，电视不能看得太久，视力不济。就这样断断续续地看，她竟然喜欢上了《动物世界》节目，经常给我讲看到的动物之间的残酷或者美妙，她讲得最多的是海里的奇妙世界。我见她对动物这么感兴趣，打算带她去动物园海洋世界看看。可是，到母亲离开北京，也没能实现这个心愿。无论有什么理由，也不能改变这个事实。当然，今后还有机会，但我现在痛恨我自己，漫长的两个月啊，难道腾不出半天时间陪母亲去趟海洋馆？还有母亲刚来时，我丑恶的那个念头⋯⋯

人一生中，痛悔不已的事情很多，有时一念之差，就会痛恨终生。话说回来，人世间的事就不能细细推敲，谁不是淹没在生活的尘埃之中？谁没有过痛悔？谁不是好了伤疤忘了疼？谁的身上没蒙上一层尘埃！但是，在被尘埃包裹的内心里，得掂量出孰轻孰重。

跌落在尘埃里的故乡

　　故乡岐山，在历史上非常著名，统治了八百多年的周王朝，岐山就是发祥地，同时，岐山也是华夏文明的起源地。"凤鸣岐山"的典故，我就不赘述讨嫌了。关于故乡，想说的话题肯定很多。

　　无论现在还是将来，我绝不会勒索家乡关注我，我还没到家乡应该关注的地步。我是个普通人。对于历史上赫赫有名的故乡来说，我更是个普通人了。可是近些年，家乡还是有些小动作，因为一些文化活动，会有意或无意地提到我，但从没邀请我参加过家乡的任何活动。但我出本新书，他们也会闻声在报纸上发个书迅，致使我对故乡的亲切感逐步加深了。更有几位评论家，在文章中提到我时，一再强调我的出生地岐山，使我对故乡才渐渐地敬重起来。从出生到离开，我在岐山这方土地上生活了十七年，大多时候还处于无知的懵懂状态。在故乡我还上过八年多学，竟然不知道故乡岐山在中国古文明史上举重若轻，可见我当时学习的成绩是多么糟糕。我只记住了岐山的臊子面、面皮、锅盔，还有搅团这些吃食。再就是贫穷、饥饿，还有偏僻、落后。但是，我从来没嫌弃过故乡，像狗不嫌家贫一样。我只是淹没在生存的赤贫之中，对故乡的历史人文一点都不了解。坐落于岐山县城西北凤凰山南麓的周公祠，我至今都未涉足。这座于唐武德元年（公元六一八年），为纪念西周著名政治家、曾帮助武王灭商立国和辅佐成王平叛安邦的周公姬旦，也就是后来众所周知的《周公解梦》的周公，为他修建的周公祠，也称周公庙，我十七岁以前从未曾听说过。怪谁？一般都会怪罪于那个知识匮乏的年代，还有贫穷落后的物质和文化生活，我也概莫能外，凭什么让我背负没文化的"罪名"。

岐山县城离我们家比较远，有二十多公里，而且交通极其不方便，至今，我也只去过三次而已。在我的印象中，我的家乡就是秦岭遗脉的山峁峁，与岐山没丁点关系。我离开家乡三十多年，过去因为无知，现在不那么幼稚了，才越来越觉得，故乡的人和事有些不可思议，再厚重的历史、礼仪、文化，与家乡山区，不，黄土高原上的人，基本没有丝毫的关系。乡村人很现实，只知道土地里能生长出赖以生存的麦子、玉米，自然环境再怎么恶劣，也要结婚生子，还有无法选择的生老病死，虽然他们在自家大门楼上镶嵌着"家传耕读"的字样，可老祖宗传下来的，除过耕地，读则是为求取功名利禄铺路搭桥，而不是继承故乡的历史，为弘扬故乡的文化。这与他们的生存没有丁点关系。这样说，不是无知，而是祖辈血液里传留下来的，是根本无法改变的事实。

假若旅游，拜谒历史名胜，你绝对会看到当地人对身边文化古迹的冷漠，好听点，也可称为习以为常，他们除过借用名胜兜售或者骗取钱财外，鬼才会信他们对那些劳什子怀有深厚的感情。

同样，故乡人对文明积淀深厚的岐山，只是看谁家的儿子能够平步青云，别的，对他们构不成诱惑，也不关注，什么家国天下、国际关系、期货外汇，都跟他们扯不上。他们只过自己的小日子，打自己的小算盘，把一点点小利益，看得比国际争端严重得多。我家的左邻右舍为了躲避赡养老人，兄妹反目；为一根椽子，兄弟成仇；为地畔上的一株玉米、邻居墙头的一颗冬瓜，经常打得头破血流两败俱伤……

我年少时离开故乡，去了新疆，在军营里一待就是十六载，我早在内心里感叹过：是新疆拯救了我，改变了我，也成就了我。不是我的故乡有多不堪，直到今天我仍然爱着故乡，深深地。我从没嫌弃过故乡的贫穷落后，只是，我难以接受故乡的人情世故。我知道，假如我不离开，一直在那个环境里浸泡着，也会成为那个精于算计、斤斤计较——群体里的一分子。

幸亏，我早早地从那里剥离了出来，但我的根还在那里，经常得惦记着回到那里，看望父母、兄妹，与那里有着永远无法扯断的关系。我也从没想过要与故乡断绝关系。我很早就看出了故乡人的一些弊端，只是扯再多也是无用的，还是说些切身体验吧。

还在很早的时候，我不到二十岁，远在新疆的南疆服役，四年后才回了一次故乡。在这期间，父母在故乡一直未曾停止过给我介绍对象，由于路途遥远，没有别的通信功能，就是写信，一封信得走十天半月。往往是我刚接到父亲的信，说给我介绍了一个女孩，如何的好，还没等我回信答复，紧接着就收到父亲的下一封信，说这个女子生辰八字与我不合，考虑一辈子呢，算了。一来二去，介绍了不少，我没统计一共有几个，反正到最后没一个说成事的。究其原因，还是沿袭下来的父母做主在作祟，说是征求你的意见，其实都是以他们的眼光和观念做的决断，与找对象的本人倒没什么关系。

我的侄子眼下就面临这种局面，因为他在上学期间没有处上对象，在这方面无能为力，终身大事还得靠家人张罗。眼看着他快二十七岁，已经到了该着急的年龄，他的父母，尤其是他爸自视与平常乡下人不同，有些清高，独来独往，基本不与其他人交往，他在当地一家公司门口干些收费登记的活计，属于打工性质，收入可想而知。关键是他不愿放下身段，去求他人给自己儿子介绍对象，只是一味地依靠我的父母张罗。我的父母义不容辞，早早地就给孙子托人介绍了，只是他们的骨子里依然保留着以前的办事规则，得他们看着顺眼，生辰八字能够合上。哪有这么好的事？什么年代了也不想想。所以，注定失败的相亲一次又一次，反正，侄子大专毕业后在西安的一家物业公司工作，离家也不算远，回来相亲也方便。可时间长了，无望的相亲次数太多，侄子的不耐烦有时表现得很激烈。每当这个时候，父亲会给我打电话生气地诉说，我再打电话劝说侄子，碍于我的面子，侄子勉强去了，最后还是一样的结果。这与当年我的这件事如出一辙。眼下，对我父母来说，最煎熬的莫过于我侄子对象的事了。

可问题究竟出在哪儿，到底是谁的错？只能说谁也没有错。错的只能说是缘分没到，侄子与他的另一半还在这条道上跌跌撞撞。后来，我才知道在此之前，侄子刚毕业工作那年，本单位的一个女孩小洁对他产生了好感。小洁家在西安城中村，属拆迁户，生活条件比较富裕，花钱大手大脚，性格也泼辣，敢说敢为，不拘小节。侄子从小被罩得太严，性格里缺乏刚性，独立意识也不强，碰到小洁这样的女孩，自然不会在一个频道。但每天见面，相处时间久了，侄子能感觉到小洁的善良和真诚，可他总是没法把小洁往对象方面考虑，面对小洁的进攻，他犹豫不决，就把这事给家里说了。没想到我父母连小洁长什么样都不知道，就坚决反对，原因是小洁家里姐妹三个，没有男孩，小洁排行第二，年龄比我侄子还大一岁，她姐姐已经结婚生子，剩她与妹妹待嫁。我父母的反对理由是：小洁主动出击是为了让我侄子将来做上门女婿，我们温家是大家族，这种让人鄙视的事情绝对不能做的。

侄子本来对小洁的性格不能完全接受，一直在观望，这下像吃了定心丸，更加畏缩不前，见了小洁只有躲避的份。我一直不知道此事，偶尔听说后，曾问过侄子，他只说与小洁绝对不可能，但他们一直交往着。听侄女说，侄子实在躲避不过小洁的"纠缠"，就说他先找着，如果三年内还找不到合适的，会考虑与她结婚的。

这个约定不知道算不算爱情？小洁是什么感受，我不得而知。关键是我侄子在后来一次又一次的相亲中，一直没有成功，小洁也一直等着。这不知是不是宿命？

前年国庆节，恰逢父亲七十大寿，我回家给父亲做寿时，真正与侄子接触了几天，原来只把他当孩子看，加上他懒惰、性格孤僻，我在心里一直把他划归到他父亲铁定接班人的行列，从未与他深入交谈过。就在那几天里，除过懒惰之外，我发现他说话做事还比较靠谱，有点不像他父亲。回京后，我思索了很久，与父亲通电话时，提出侄子在西安落脚一定要买房的必要性，父亲当即赞成，想着只要买上房，对象的事会迎刃而解。买房说起来容易做起来非常难，侄子没有积蓄，就是贷款也得把首付凑齐。我在北京刚买了经济适用房，父母也没考虑要我帮衬，倒是我妹妹与妹夫帮了大忙，借给侄子十万，使买房有了希望。这期间，我哥是坚决反对给他儿子买房的，且打电话给我，话语里透露着站着说话不腰疼的埋怨。我与他大吵过几次，甚至扔下不让他参与买房的狠话，咬着牙促成了侄子在西安北郊凤城四路买下一套正在建设的商品房。这一步总算迈出去了，在买房的整个过程中，从看房、贷款、首付，都是侄子一人在跑，可以看出他处世上能够独立支撑了。这是个不小的进步。再就是，观念必须要转变，总不能等到攒够了买房的钱再考虑买房吧，那是个没完没了的等待。

去年阳春三月，我送女儿去西安上学时，带上父亲到侄子买的样板房里去看，那天下着小雨，有点寒意。进到干爽的毛坯房里，隔离开了阴冷的雨水，在陌生的西安一下子有了遮风避雨的屋檐，父亲显得异常激动，他拿出自己这么多年卖粮、卖树，还有以前给人看门攒下的全部积蓄，给孙子在西安盘下了这么一个小窝，他说他这辈子知足了。

是啊，祖辈为农，能在大都市买套房子，哪怕背了一身的债，在我们家族史上却是个伟大的创举。债，总会还清的，没啥了不起，现在的年轻人，哪个没有背负着房贷，人家不都活得欢天喜地？

意想不到的事情还是发生了：小洁在我侄子的小区也买了一套住房。这下，我家的战备等级直线升级，随时都有擦枪走火的危险。反应最激烈的当属我母亲，坚决不同意我侄子与小洁在一起，绝对不能做上门女婿，并且加紧了给我侄子找寻对象的步伐。这些都是我后来才知道的。我知道的时候，小洁已经准备结婚了，她的这个对象是不是上门，好像没人关注。至于小洁家是否有让我侄子上门的意思，到现在都没弄明白，从来也没正式谈过这事，只是我们单方面的猜想而已。我也不好就这话题问侄子。

现在，还有问这个的必要吗！

小洁失信于我侄子，快要结婚了，是因为侄子前阵对老家介绍的一个女孩比较中意。这个女孩有个弟弟，首先不存在上门一说，而且她只上过技校没有正式职业，在西安打工，以她的条件，大家都觉得稳操胜券。我哥还专门赶往西安，去这个女孩工作的地方，远远地观望了一次进行了实地考察，觉得此事可行。那就开始动手吧。

至于小洁，以我的看法，她是看不到希望才这么做的吧。我打电话问侄子，他沉默不语。我猜不透侄子心里到底是怎么想的。眼前的这个女孩得到全家认可后，他也全力以赴，邀请看电影、七夕节送花……

可是，这个女孩出乎所有人预料，她竟然不为所动，总是很冷漠地对待我侄子，有时打电话根本不接，当然也不会回复。到底是哪儿出了问题？介绍人是我妹妹，她问女孩的母亲，人家未置可否，只打哈哈。

这次全家人都能中意的女孩，第一次被对方抢了主动权，搁置一边。接下来该怎么办，从我这里是讨不到答案的。在侄子后来的每次相亲中，我都充当着督促侄子主动配合的角色，这次，我却一点主意都没有了。

在此之前，受父母的嘱托，看在父母年迈期盼能在他们有生之年看到我侄子成家的份上，我曾托付西安的朋友给侄子介绍对象。朋友 W 一听我的意思，当即推脱，说没这方面的资源，一点商量的余地都没有。我曾帮 W 推荐过作品，感觉挺真诚的人，这种做法使我心里有些不爽，后来渐渐疏于联系，大约一年后吧，W 突然间发微信给我，说起我侄子找对象的事，不是他不愿意帮忙，主要是他接触的都是高端人群，没法帮。今年五月，我母亲干活时手指不慎被石头夹了，没有及时处理，拖延到后来必须手术截掉一段手指，我因孩子的事不能离开，没有回去看望母亲，在微信上忏悔，大家都在安慰时，W 冷不丁留言：理会那些事干什么？还不如出去听听鸟叫呢。侄子找对象的事，我就权当听 W 叫了一次吧。

其实，很早的时候，我就主张侄子找个外地的女孩，不到万不得已，尽量不要在老家找。老家岐山人的腐朽观念和工于心计，至今是我无法苟同的。自私、贪婪、冷漠……这些人性的诟病，我还能接受，但为人处事缺少真诚，暴露出来狡黠的小聪明，我绝不认同。所以，我很早就意识到这个基因的弱点，有意识地要把自己骨子里遗传的这些弱点强制性地转了基因。我要踏踏实实做人，才能有自尊；认认真真做事，才能有进步；真诚地待人，做到无愧于内心。一路走来，我得到的太多太多了：健康、家庭、幸福、名誉、利益，更重要的是我女儿的顺利工作，上天真是太眷顾我了，让我得到了这么多，我真的很知足了……

可是，说到家乡，唉！其实我并不是有意贬损，谁会无缘无故地说自己的家乡不好呢，可事实上，近年来我越来越发现，家乡人的所作所为，早已背离了岐山这个华夏文明的起源地，连为人处世的表面性礼仪都抛弃了，有时候实在令人咋舌。今年十一黄金周，外甥女结婚。我就这么一个外甥女，而且她在北京读了几年书，周末常来我这儿，比起其他几个孩子，我们接触更多，彼此更熟悉，况且她是我们家第一个结婚的下一代，我很重视，抱着欣喜的心情如约回故乡庆贺。谁知，结婚的前一天，在外甥女家待客吃饭的一幕，令我目瞪口呆：前边的人还没吃完，后边就有一堆人站边上挤来挤去地等着；客人刚准备放碗筷，等待的人一拥而上抢位子；无论大人小孩，两人为抢一个凳子互不相让，甚至恶语相向……全赤裸裸的，一点谦让、礼貌都不讲了。

我发现，大家对此习以为常，对我的惊讶却表现出不屑。我离开家乡三十余年，后来经常回去看望父母，只做短暂的停留，几乎没再经历过这种大场面的流水席，残存在我记忆里的还是三十多年前的礼让、表面上虚假的文明。可是，怎么现在连最基本的廉耻都不顾了？有个表弟对我的疑问不以为然，他说大家都忙，急着吃完饭赶着上班打工，怕耽搁时间……这是黄金周，法定假期，哪有班可上？这种借口太牵强，难以抹平我心里的愤然，去找妹夫，他无能为力，只答应找人为我去占座。我怎么会为坐不上吃饭的位子去找他？我是接受不了这种野蛮的行为。过去生活条件那么差，吃不饱肚子，不管内心怎样，大家还要个脸面，没到吃饭哄抢的地步。况且，还是亲戚友人、左邻右舍的熟人，都到了这个份上，要是陌生人，为一点点利益，还不大打出手？民风民俗居然败落到此种地步，如果不是亲眼所见，真是难以置信。

接下来发生的事，更让人匪夷所思。在外甥女出嫁的送女客（女傧相）人数上，出现了严重的分歧。一般送女客大概四至六人，可陪我外甥女的已经达到十二三人，超出了一半，而且人数还在递增。我两个姨，各派出了她们的女儿与儿媳妇，这已经四个了，在近亲中，我嫂子、侄女是理所当然的送女客，还有外甥女家族的直系亲属，也得六七人，这个必须得算上。关键是我还有个从小就送给别人的弟弟，他的媳妇也在理所应当之中。送女客人数已经超出了民俗能够容忍的最高值，怎么办？在弟媳妇这个人选上，我母亲是坚决反对的。母亲做事向来直接，不绕一点弯子，对一直等候在那儿的弟弟下了逐客令。弟弟本来就憋屈，出生刚满月就被送了他人，长大后认了亲生父母，可一直被排除在外，不当一家人对待，这种时候他绝不妥协退让。一时间，情形非常尴尬。第二天，弟媳照样出现在送亲的队伍中。我不明白为什么非得争着去当送女客，后来才得知，把新娘子送到男方家后，送女客每人可得一个篮子（还是塑料的），内装八个馒头和一条毛巾。仅此而已。

原来如此，真叫人哭笑不得。怪不得第二天在婚礼现场，碰到弟弟一家人，他们脸上都淡淡的，与第一天判若两人，先前听说我要回来，还答应给我准备带回京的猕猴桃，一直到我离开家，也没见到。我不明事理，知道了真相，还是把母亲说了一顿，虽然于事无补。

故乡，你到底哪里出了问题，致使人们变得如此地不可思议？故乡的人们，就是像我以前那样，不知道岐山是文明礼仪的发祥地，不知道我们的祖先曾为规范人们的行为举止，让我们脱离野蛮，而劳神费力，经过了多少年，经历了多少代人，才得以改变。可是，仅仅二十、三十年，就把那些可贵的人伦纲常、道德礼仪丢弃得不见了踪影……

以前，贫穷、愚昧、落后，我们还要用破衣烂衫遮体。眼下，我们富裕、时髦、新潮了，却将人性丑陋的一面暴露无遗，毫不掩饰。十一长假结束，在返程高铁上，我旁边坐着一位与我年龄相仿的男士，显然他的家乡也是岐山，看上去不像乡村人。他带着一大堆东西，头顶的行李架上没地方了，他将几个纸箱全堆在座位跟前，坐着极不舒服，但他竟然能睡着。离开故乡岐山站二十多分钟，快到咸阳站时，有人下车空出了头顶的行李架，我赶紧推醒旁边的男士，让他将脚下的东西放上去，可以让他坐得舒服些。他搬东西时，因为起身太猛，将我塞在靠背网兜里的双层玻璃茶杯挤出掉地上摔碎了。那是我刚泡的一杯红茶。他竟然看了我一眼，眼神里充满了怨恨，理直气壮地问茶杯是不是我的。那一刻我居然没一点怒气，还点了点头。自始至终他连句道歉的话都说，以我现在对岐山人的理解，他大概还在心里嘀咕，谁让你叫醒我搬东西的，茶杯打碎活该！说句实话，我怎么与他计较？他不是故意的。所以，我一直保持着沉默，只能自认倒霉。一个茶杯不算什么，大不了七个小时的旅程我不喝茶罢了，我能忍受，可我对他这种理直气壮的态度无法忍受。

我这样说故乡的疾痼，内心里其实是极其矛盾的，甚至鄙视自己不够宽容，不能容忍这些人情世故。其实，在哪个地方都会有这样的人，也会发生这样的事情，为什么落在日常生活尘埃里的故乡，我就不能模糊过去呢？可能是我对故乡的人文历史了解之后，期望太高了吧。反正，面对故乡的种种，心里怪不是滋味的。

对于故乡，我已经做不到一味地赞美了。原谅我吧，故乡！

第
二
辑

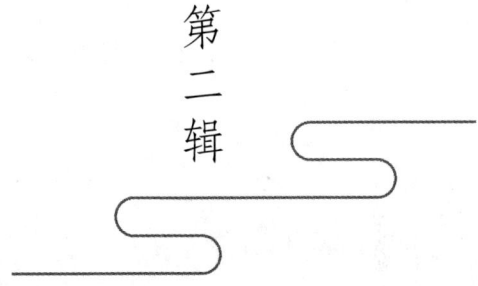

有女温馨

女儿还没出生，我们就给她起好了名字：温馨。当时还不知道是男是女，也没考虑生个男孩子叫这名字合不合适。反正，认定了我们的孩子就叫温馨。

一九九三年十月二十五日凌晨四时八分，女儿温馨来到这个世界，她的眼睛很大，继承了我唯一的优点，并且发扬光大。她的哭声也异常嘹亮，这一点都不像我，我从小到大非常安静。果然，女儿特别能哭，她除过睡觉能安静一阵外，其余时间基本上是在哭声中度过的。她哭得特别有耐心，饿了哭，吃饱了也哭，在吃奶的间隙也得抓紧时间哭两声。当时，江南下着缠绵的秋雨，从新疆赶过来的我，面对秋夜雨声中混合着女儿的哭声，不知所措。幸亏，有岳父岳母顶着，不然，我们夫妻可真不知该怎么办才好。

温馨在江西的外婆家长到两岁，随军到新疆乌鲁木齐，与我们在一起生活了。那个时候，我职务低分不上房子，在乌鲁木齐六道湾租了一间民房，是那种土坯平房，没有暖气，冬天必须生炉子，煤灰时常弥漫着整个屋子，我觉得很对不起妻女，可总算安下了家。那时，温馨还不懂房子的重要性，她天性活泼好动，看上去无忧无虑，与愁眉苦脸的我形成鲜明的对比。我一直是个心事重的人，在冰窖似的乌鲁木齐，忍受着零下二十多度的寒冷，每天奔波在单位与租住的家之间，身心疲惫。在争取房子的事上，我到处求人，被人家拒之门外，曾在乌鲁木齐冬夜的大街上，一个人冒着雪花，默默地流泪。但一回到生着火炉的家里，温馨欢快地迎上来，扑进我怀里，我暂时会忘记一切艰难和不快，心里像温馨这个词似的，慢慢会暖和起来。

　　后来，我几经周折，搬来搬去，终于努力到一间楼房，是与别人合住，人家住两间，我住一间，带阳台的。终于有了一间不用生炉子煤灰到处飞的家了，那种幸福感至今历历在目。在这个家里，我感受到了温馨带来的许多乐趣。温馨有许多的问题和好奇心，她好动，跑来跑去，根本不觉着累。只要我出门，她一定要跟上，只要可能，我总是带上她去参加各种活动。真正享受到女儿的快乐，还是在家里。温馨不爱睡午觉，刚上幼儿园时，中午必须睡觉，温馨在老师的监督下躺在床上装睡，回到家对我们说，她长大要当幼儿园老师，一定不叫小朋友们睡午觉。看来，睡午觉对温馨来说是很痛苦的事。我过去有睡午觉的习惯，逢节假日温馨不上幼儿园时，她见我睡觉了，绝不吵闹，把电视声音开到最小，一个人静静地看，或者看书，还经常小心地给我盖被子，真叫我感动。但温馨也有另外一面，她性格倔强，脾气很大，这点像我，温馨除过偶尔会闹别扭，哭闹外，她还是很听话的。再就是，温馨从不记仇。有时我心情不好，给她发通脾气，过一会我还后悔着，她已经不记恨了。温馨是个懂事的孩子，从上幼儿园，到小学，学习态度很积极，可看上去她却不怎么用心，但一学就会。

　　温馨在乌鲁木齐刚上小学一年级，我突然被借调到北京。上一年级的小温馨，学会了几个字，竟然给我写信，在信中懂事地给我说她的学习，主要还是问我什么时候才能回去。时隔不久，我正式调到北京，回去办手续时，温馨对我说，能不能不去北京，她不愿与同学分开。我对自己的命运做不了主，只能对女儿说，你暂时不用去北京，那里没地方住，爸爸还住着办公室的折叠床呢。再说，转学也是很麻烦的。

　　二〇〇二年初，单位统一办理小孩转学，我给温馨报了名。那时，我调到北京快一年了，妻子女儿的户口已经随军进京，孩子转学越早越好，否则，学习会跟不上。接到转学考试的通知后，我乘飞机赶到乌鲁木齐搬家。把妻子女儿送上火车，在赶往机场的路上，我发愁她们母女到北京后，往哪儿住？当初说到转学的事，妻子和温馨也一直回避着住房的话题，我更是心里没一点底，就是租住，我也不知到哪儿去找。依我当时的想法，她们来了再说吧。就这样，温馨离开生活了六年的乌鲁木齐，到了北京。

上天总算有眼，我乘飞机回到北京的第二天，单位分配刚建好的单身公寓。因为早有消息传出，说单身公寓暂时不分，等过完春节才排队分配，不知什么原因，在我最需要的时候，竟然拿到了黄灿灿的钥匙。从西客站接到妻子女儿，给她们看公寓钥匙，她们怎么也不相信，会有这么巧的事。待回到单身公寓，在带有厨房卫生间和全套生活用品齐备的屋子里，虽然只有一居室，但温馨高兴极了，嘴里胡乱哼着自己临时编的歌曲，这里看看，那儿摸摸，不相信似的。

转入北京上学，温馨早已知道这个事实，所以在乌鲁木齐时就已经和老师做好了心理沟通。温馨学习不错，虽不见她多么用功，平时在家里做作业也常发现她粗心大意犯下屡见不鲜的错误，但她的学习成绩总是名列前茅，老师对她很喜欢。所以对于第二天的转学考试，温馨自以为是小菜一碟，一副志在必得的样子。

到底是在一个陌生的地方，到底只是个八岁的孩子，妻子不停地叮嘱，温馨终于有些担心了，她不停地问："妈妈，我能考上吗？如果考不上，我回乌鲁木齐第一小学，老师还会要我吗？"

我们尽量给温馨鼓劲，劝她不要压力太大，她肯定行的。

第二天，临进考场前，温馨却安慰着比她还紧张的我们："没关系，我会考好的！"她一副大义凛然无所畏惧的样子，迈进已坐满考生的教室。

几十分钟过去，许多考生从教室出来了，但始终不见温馨。我们急了，爬在窗户朝里张望。只见教室里为数不多的考生中，温馨是表情最为丰富的一个，她时而蹙眉凝思，咬笔啃指；时而举头四望，一脸忧戚；时而翻动试卷，作笔捣乾坤状……我们顿时明白，这次考试恐怕要成为一向自信而骄傲的女儿的"滑铁卢"了。果然，温馨从窗户上一看到我们的脸，便呈现出一副凄惨的景象：嘴扁着，手不停地抹眼睛，低下头看试卷又动不了笔。我们便做手势让温馨交卷出来。可温馨指着试卷伸着三个手指（表示还有三道题未做）头摇得像拨浪鼓，死活不肯出来，既狼狈又要强。

好不容易熬到交卷，平时活蹦乱跳，话多得比小麻雀还烦的温馨，低着头，一副受挫的表情。后来我们问过老师，才知道两地学校学的不是统一教材。乌鲁木齐用的是全国通用教材，而北京用的却是北京编著的教材，所以，温馨考试时才遇到了不会的题目。成绩要过两天才能出来，那两天温馨就格外乖巧，稍有闹腾，她妈便刺激她："想想你考试的成绩……"她便悄然呆立一旁，一副痛苦不堪的样子。两天后，成绩出来了，语文待及格，数学良好。温馨更像一只斗败的公鸡，我们更是担心今后她的学习能不能跟得上。

春节过后，温馨还是顺利地入了学，学习态度还是一如既往地漫不经心，但她的学习很快就跟上了。一个学期后，她当上了班干部，一直到小学毕业，她的学习成绩都不错。小学毕业时，温馨还评为北京市的"三好学生"。

温馨贪玩，但她聪明，尤其是对电脑等电子方面的东西很有灵性，从八岁开始，她就在摆弄电脑。我换过三次电脑，每台里面都充满了温馨的痕迹。今年，我换了一台新笔记本电脑，好多玩意我边看说明书边摸索，温馨却不这样，她面对这台新的、程序又比较陌生的电脑，一点也没有胆怯之意，丝毫不理会我对她不要轻易动新电脑的百般叮咛，经常趁着我用电脑的空档，把里面知道和不知道的东西都倒腾一遍。很快，我们就发现，电脑里总会有一些莫名其妙的东西，要让我们手忙脚乱很久才能适应，这些自然是温馨的杰作了。她轻松自如地操作着对我们来说不得不小心翼翼应付的新程序。

还有一件说来很有意思的事情，就是我父母买了一个电子钟，想用来早晨报时，但一直没有把闹铃弄响，有次回老家时他们说到这事，我还研究了半天，也没把它摆弄出声音。后来，温馨随着我回老家，她对闹钟充满了兴趣，抓过闹钟就摆弄开了，不知她是怎么整的，没几分钟竟把闹铃和报时给弄好了，那时，温馨还没有上小学呢，她可能对电子方面有天赋吧。有次，温馨放假到我办公室里去玩，没事摆弄起传真机。这个传真机上的时间显示不准确，有三四年了，我一直调整不过来，温馨摆弄了一阵，就把时间给调准了，并且还教会我一些别的功能，那时她才八岁。现在更不得了，我们家新买的照相机、电脑，包括手机，都是温馨调试，她也不看说明书，自己摸索。比如新买的手机，我得看着说明书，好几天才能学会发短信和别的功能，温馨好像对电子方面的产品特别敏感，她一会就摸清楚了，并且教我摆弄，手机的好多功能都是她教会我的。

温馨好学，对什么都感兴趣，但能坚持下来的却不多。她两岁多就开始学绘画、舞蹈、小提琴、电子琴，直到现在的跆拳道、吉他。随着她对社会的接触，兴趣发生转变很正常，可我怕影响她的学习，不太赞成爱好太广泛。当然，我也不希望孩子像我这样，除过看书写字看电视外，再没其他爱好，人生失去了许多乐趣。但是，爱好是需要把握尺度的。我一直认为，温馨在度的把握上有些欠缺，比如学习和爱好的选择，她有点把持不住自己，尤其对音乐的狂热程度使我难以接受。其实，我有点过度控制孩子，在行为和话语中有点偏激了，偶尔翻看孩子小学毕业的纪念册，发现她在崇拜者一栏中，竟然写着自己的父母。我很惊讶，温馨整天把那些歌星挂在嘴上，其实她心里有数，一点都不盲目。虽然我这个父亲并不是最优秀的，也不是成功人士，但在温馨的心目中，她认为自己的父母才是最值得崇拜的。不是吗？还有什么人比创造自己生命的父母更值得崇拜的？孩子懂得这个道理，这叫我欣慰。

话题再回到房子上。单身公寓住一家人还是小了点，尤其是孩子每天有写不完的作业，没有一个属于她的空间不行。温馨转学后不久，我们分到一个两居室，搬到塔楼里住，这一住进去就是七年。温馨的小伙伴一个个都搬家走了，她越来越孤独。每当有人搬家时，温馨总是问我，咱们什么时候才能搬家呀？我无言以对。因为……所以……后来……我一直住在三十八平方米的塔楼里。我这个人对生活的要求一点都不高，有地方住就行了，可是看着女儿没有了玩伴，心里总觉得愧对女儿。可是，有什么办法呢！

随着温馨升入初中，她突然间长大了似的，懂事了，知道我在房子方面的压力，不再催问搬家的事，知道回避这个话题了，她懂得了不给我增加压力。

温馨上的是重点中学一〇一，位于圆明园西侧，离北京大学西门很近，但离我家就不近了。每天早晨，温馨五点五十分就得起床，六点多就得出门，走很远的路再乘公共汽车去学校，中午在学校吃食堂，下午再坐车回家。刚开始，温馨提出要骑自行车上学，我坚决反对，没让她骑车，也没送过她一次，只是冬天时，晚上天黑透了还不见温馨回来，虽然我们院子里有个女孩和她一起走，但我还是去过车站等她，怕她刚开始不熟悉，可温馨不喜欢我在车站等她，认为没有必要，可能是她懂得体贴人，想着我在车站挨冻吧。我没问过，她也没说，我一直是这么理解的。因为我越来越觉得，温馨上初中后，像个大人的样子了，只是，她太天真单纯，还不够成熟。我问过初中的老师，她说温馨比较幼稚，不像个中学生。这点我深信不疑，与她同龄的孩子一做比较，温馨的幼稚就显示出来了，她太单纯了，这不见得是好事。

温馨是个率性的孩子，从不拐弯抹角，眼睛里容不下沙子，脾气相对也比较暴躁。这很像我。但在顽强、持之以恒上，她与现在的孩子一样，有些欠缺。升入初中后，孩子得有个适应过程，因为教学方式、学习环境都发生了重大变化。但我忽略了这点，第一次期中考试，温馨的数学刚刚及格，这在以前是绝无仅有的，我非常恼怒，说话方式与态度非常粗暴，对温馨发了一通脾气，还摔坏了一些东西。当天晚上，我失眠了，心里非常后悔，不该这样对待孩子，她没考好已经够难受了，我再发火摔东西，给她造成的伤害更大。况且，温馨是个很要强的孩子，过去如果在学习上出点差错，她会伤心得大哭。我为自己的做法自责不已，第二天给她写了一封长信，表达我的歉意。温馨看到信哭了。孩子慢慢在长大，我的说话方式得改变了，不然，孩子会对你失去亲情感。到现在，我还后悔那次的做法。

最近，应一个杂志的要求，需要给我写个印象记，妻子不知怎么动员温馨给我写。有个星期天，温馨说要开电脑写了，我说你写吧。一个多小时后，她说写完了，将近两千字。我不信她写这么快，怕她写成千篇一律的记叙文，没想到打开一看很吃惊，她写的角度很特别，以她的年龄为界，一年一年地写，语言简洁，直率认真，写我的缺点和优点并存，我认为这是温馨写得最好的一篇文章。我也感受到了女儿对父亲表达爱的独特方式。我很感动，同时，从文章中也看出了自己对女儿做得不够的地方。

我觉得，大人与孩子的这种交流方式值得推广。站在孩子的立场上写自己心目中的父亲，而不是老师布置的作文，这样可以获取更多更真实的信息，便于孩子深层次的交流。就是这么一篇两千多字的《爸爸印象记》，使我对女儿刮目相看：温馨具备一定刻画人物的功力。但她一点都不喜欢写东西。

从小，温馨只知道我经常从晚上写到天亮，有写不完的东西。我要是住在办公室写东西，几天不回来，她就会在电话上说，爸爸你回来写吧，住办公室你一个人晚上会害怕的。我说我又没有干过亏心事，有什么怕的？我当然想在家里写了，可怕打扰孩子的休息，只有节假日，我才允许自己在家熬夜。我也有种怪癖，只有晚上才能写字，白天再安静也进入不了状态。所以，我不喜欢别人节假日打扰我。

以前，温馨经常问我，爸爸，你什么时候才能把东西写完呀？我回答她，我也不知道。温馨得到这样的答案，心里一定不高兴，但她不再问了。

温馨不喜欢看我写的东西，但她能记住我的一些书名。有次，语文考卷中有个写出作家和作品的题目，她居然写了我的一串书名，老师也挺有意思，判她答对。温馨拿试卷回来给我看，我说，老师对你的答案肯定很疑惑，但还是打了对号。就在前几天，温馨与同学一起去学校图书馆借书，竟然发现有我的长篇小说《伪生活》，她高兴坏了，要拿下来给同学看，被图管理书员训斥了一顿，但从她讲给我的语气里，能听出她还是很自豪的，不过，全在内心里。就是说，温馨还是关注着我的，只是我写的东西不是她喜欢的那类。还有一种可能，我没把东西写好，孩子看不进去。

我有必要这样自问。我绝对不是那种写东西只是为自己看的人，我没那么自恋，我一直认为那是一种矫情的做法。

我从来没有想过，要把女儿往写作的道路上引，她喜欢音乐，喜欢乐器，喜欢快乐的生活，这是她的权利。我不会强行改变温馨的喜好。

一个人的人生位置是很难确定的，所以，谁也不能预测一个人的将来。我对女儿的原则是：顺其自然。

那个度日如年的初夏

　　高考一模之前，女儿一切都是正常的，每天摸黑起床悄悄地洗漱完，带上简单的早餐，由她妈妈开车送，或者自己乘坐近一个小时的公交去上学。学校在北四环以外快接近五环的地方，是女儿中考时自己选择的一所重点中学，除过离家比较远点之外，学校还是不错的。

　　距离高考越来越近，女儿的话越来越少，可能她的压力比较大，不想多说话吧，除此之外，看不出她有什么变化。说实话，一进入那个敏感的学期，我们与孩子之间的交流也变得少了，如果话题非得扯上高考，也尽量言简意赅。按我个人的意愿，安安全全度过这个"高危期"，比什么都重要。

　　可是，一模的成绩出来之后，女儿考得不是太理想，与她平时的成绩有一些差距。女儿的成绩有时候会过山车一样，忽上忽下，令人难以捉摸。但高二以后，本属她弱项的数学倒稳稳地保持着偏高的成绩，她开了窍似的，莫名地对数学有了很大的兴趣；而一直是她强项的英语倒十分勉强地维持着居中的位置。很难想象，女儿看到这个一模成绩单时，心里是怎么想的，更为难的是，在一模之前的一次海淀区摸底考试中，女儿的成绩冲到了班上的前几名，我想这时候的过山车绝不是女儿想要的刺激。我坚信，高考前后，很多考生和家长的心脆弱得像糖稀做的玻璃，一碰就碎。不是谁想这般脆弱，是身不由己。得到消息后，我怕女儿心理压力过重，忍住沮丧，给她发了个短信，安慰她没关系，这又不是正式高考，不要看得太重。事情远远没有我想得那么简单。到晚上上完自习回家，女儿直接把自己关进屋里，一个人哭得黑天昏地。女儿其实是个内心简单的孩子，我以为是她考得不理想，心里难过借此发泄而已，因为以前这样的事也发生过，哭过，也就罢了。可这次是临近高考的一模，不能掉以轻心。从孩子那儿得不到消息，便问妻子，才知女儿在学校已经哭了一天，中午饭都没吃。原因不仅仅是一模考得不理想，更重要的是班主任老师说这样的成绩排名按往年的经验，也只能够着三本线，使女儿如跌万丈深渊。老师也是心里着急，说了些别的话，语气上有些硬吧，我绝对相信这个时期的班主任都有一颗慈母之心，应该不会说太过头的话来刺激孩子。可女儿的性格从小就潜藏着一份敏感，而且她争强好胜。女儿把老师的那句话当成了晴天霹雳。她受不了。妻子在接女儿回家的路上，问出事情的真相，开导她别把老师的话往心里去，老师也是为她们好。没想到这种劝说适得其反，女儿认为她妈是为老师开脱，而罔顾她的感受，越发生气，也懒得跟她妈再作交流，只是一个人委屈万分地哭着。

妻子也置气不与我交流。我心里更不踏实，真不知怎样才能与女儿扯起这个话题，把她心里的结解开。我坐立不安，熬到晚上十一点多，女儿一整天都没进食，还撑着在她的屋子里复习。要是往日，我看不下去了，想着得劝她吃点东西，这样下去怎么行。于是，我装作轻松地揽住女儿的肩膀，像她小时候那样逗她开口。可女儿不吃这一套，她早不吃这一套了。我没别的招数，都已经死乞白赖了，女儿终于忍不住，又大哭起来。边哭边说，爸爸，我不想上学了！让我休学吧！这句话在我的头脑里爆炸了。愣了好一阵，我才强忍着怒气对女儿说，这十二年都熬了过来，就剩最后一月，再坚持一下吧。女儿抬起泪眼看了一下我，绝望地摇着头，哭得上气不接下气，且全身发抖，拳头攥得过紧，胳膊上的青筋都暴起来了。我看到了女儿眼神里的绝望，那一刻，我害怕了，头皮发麻，不知怎么办才好。

我怎么劝都无济于事，女儿的哭惨烈得如同世界末日，说实话，那一刻我心里有了恐惧感。这节骨眼上，我只求千万别让女儿出啥岔子，她的一生还长，不能因为一次考试就叫她的人生有裂变。女儿与考学，孰轻孰重，显而易见。我决定同意女儿不去上学的想法。妻子却嫌我太草率，她总认为女儿应该有承压能力。可当时的情况几近失控，我这个决定或者不明智，但我这时候只是一个父亲，我不想女儿有任何意外发生。女儿似乎有点出乎意料，待情绪稍稍有了些好转，她抽噎着对我说："爸爸，我不想去学校，但我一定要参加高考！"

我知道，内心要强的女儿不会放弃的，她是过于敏感，心理压力太大所致。有了她这句话，我心里还是踏实了一些，拉过她的手说，没事，女儿，没什么大不了的，有多少人没有参加过高考，不照样生活得很好，爸爸就是其中一个。

那天晚上，我陪着女儿说了一个多小时的话，这在近几年是少有的。刚开始也没话说，为打破那个阴影，我把话题转到女儿小时候的一些趣事上。说着说着，女儿的情绪慢慢平静下来，我趁机转弯，劝她得吃些东西，不然半夜会饿醒的。女儿点点头，算是默许了。可是，她也只是简单地吃了几口。不能太强求女儿能像平时那样，只要她表面上能过了这个坎，心里的结肯定是一时半会解不开的。

终于，女儿在我的劝说下，上床休息了。那一夜，我却怎么也睡不着。

接下来的事情比我想象的要麻烦很多。既然答应了女儿不去学校，可得给学校有个说法，又不能怪罪班主任，只能不停地请假。临近高考，女儿的学校对毕业班的管制更加严厉，连晚上都开设了各种班，由任课老师轮流帮助学生们解惑。这种时候的请假就变得非常不明智而且非常可笑。妻子为给女儿请假找了各种借口，这借口无非也就是一个"病"字，是各种病。当然，也不完全是造假，女儿心理压力一大，头疼和胃痛的毛病一直就有。只是，我们都不拿那些小毛病当事。或者班主任已经洞察女儿并非真有各种病，而是一种软弱的逃避吧。班主任也心生焦虑，女儿这样不愿上学的孩子在他们班上也不是一两个，却不能开了这个头，那会影响更多学生的。班主任自然是不准假，并且声色俱厉：耽搁了高考，后果自负。

妻子在班主任那儿碰钉子后向我讨主意。我能有什么主意？比起高考，我还是更心疼女儿，女儿若是出了什么问题，高考又有什么用？当时，我有了最坏的打算，大不了被取消高考资格，待女儿心绪平静下来，回炉复读，来年再考。只要孩子没事。

也只能这样了。我把想法告诉妻子，妻子几乎先于女儿崩溃了。我们回到家强作笑颜，绝口不提高考的事，连个"考"字都不提。我注意观察了，女儿也是小心翼翼，一日既往地复习着功课。但是，我发现她是茫然的，不知从何处着手，一会儿背英语，一会儿又演算数学题，有点无所适从，可一模给她带来的恐惧已经淡了许多。有天晚上，我还发现她有了笑容，我心里一下子轻松了不少。后来才得知，是她的那些同班好友不断来短信，说是特别想念她，问她何时去学校上课，他们要以壮烈的气概走向那个谁也改变不了的考场，来终结他们十二年的求学生涯。

从学校传递来的各种消息，使女儿在家待不住了，眼看二模临近，她像思考了很久，终于做出决定，要去学校上课。女儿主动提出，我当然支持了，嘱妻子送女儿去学校。原想老师又会说些什么，没想到，老师并没为难我们，也没有对女儿缺课提出批评，从头到尾，根本就没取消高考资格这一说。我悬着的心总算搁回肚子里。一切没我想象得那么坏。

二模考后，成绩与一模不差上下，女儿依然提不起精神。我从她的表情上看到了失落。那个时候，成绩已经不重要了，重要的是女儿不要被这种成绩打败，心理一旦有了阴影，就不好办了。但对女儿主动参加二模，积极向高考迈进，还是得严重鼓励的。我回到家总是笑呵呵的，与女儿扯来扯去，她再没兴趣的话题，我也试图陶醉其中，连我自己都觉得不可思议，在女儿跟前，我居然没那么多悲观情绪，反而把生活想象得美好极了。可是，不这样，我又怎能让女儿感觉生活其实不仅仅只有高考，还有其他更多的美好呢。

二〇一二年的那个初夏，我是数着时间过完每一天的。简直是度日如年。相信许多家长都有过这种感受。

二模之后，妻子又给女儿请几天假，到最后，班主任的短信询问都变成一种常态的无奈，问的是，孩子今天还来吗？看来，高考前的这段时间，老师们所承受的压力也不亚于正待奔赴考场的孩子们。回家待了几天，女儿情绪看上去已经平稳了，她自己还去学校领了考号，填报志愿时也非常激动地与我们商量来商量去，对于我们的意见，她也平心静气地接受。紧接着看考场，规划去考场的路线，连应对堵车转地铁的方案都制定了出来，一切似乎都正常运行了起来。按我当时的想法，只要正常去考，至于成绩怎么样，真的都不重要了。

可喜的是，女儿高考时发挥正常，虽然经历了高考前的变故和煎熬，顶着莫大的压力，但还是考出了她的真水平。最后，女儿顺利地进入她希望的大学。

稻香园西里

人民大学西门对面的三角区，面积不大，却因为有一点闲置的地方，成了一个小公园。后来又装了几件健身器械，成为一帮老头老太太跳舞锻炼的地方。我有散步的习惯，经常在晚饭后混迹其中，与老头老太太们争抢器械锻炼。如今，那里已经成为地铁十六号线的工地，小公园自然消失了。

稻香园西里距人民大学西门约三百余米。在小公园成为工地前两年，我放弃与那帮老头老太太争夺健身器械，而选择去大学院内的塑胶操场快走，才发现走路的效果远比玩那些器械好得多。但去往人民大学必须经过小公园，依然会看到那些老人在健身器械上舞着身段。有几位老人与我住一幢楼，偶尔还点头微笑致意，只是从没劝他们也去院内操场快走。他们有他们认准的生活轨迹和行为方式，我的选择不见得适合他们，也说不定，是他们放弃的。

我居住的一号楼是栋三角形塔楼，耸立在万柳东路与万泉河路的交叉地带，属单位上个世纪八十年代购买的过渡性公寓，住户都不长久，流动性大，经常能听到装修的嘈杂声。围绕着楼用铁栏杆隔出一个不大的独院，原来与二号楼还有个小铁门，自二〇〇三年"非典"那年封死后，再没打开过，一号楼就彻底变成了独门独院，十分孤傲。塔楼共十八层，每层十户，共一百八十套住房，电梯竖在楼体中间，三个过道呈放射状，连接着每套住房。楼道拐弯抹角像个迷宫，但孩子们喜欢，可以奔跑，便于捉迷藏，楼道里便总少不了叫嚷，倒也不乏热闹。

女儿八岁那年春季，从外地转到万泉小学上二年级，我们搬到了这栋塔楼的五楼。是套小两居室，后来公寓房象征性收房租时，才弄清楚使用面积只有三十八平方米。塔楼的设计一般都不规整，我们住的这套房内，卧室与厨房隔了一扇窗，窗的两边各是个拐角，拐角落在卧室，就像某个物件多出来一个折角，实在无用得很。女儿倒很喜欢这个无用的拐角，要占领这间屋子，为便于她的学习，还是做工作才让她住在另一间光线更好的屋子。通往两个卧室的是两个呈直角的长方形通道，通道比较窄，除了放个鞋架子，也排不上更大的用场。

小孩子适应性强，女儿与楼内几个同龄女孩很快成为好朋友，经常这家那家的串联写作业、玩游戏。当然，也接触到别人家的饮食，很快对老北京的爆肚、炒肝、卤煮、火烧、驴打滚、糖耳朵等五花八门的小吃产生浓厚兴趣。幸好，我们院子东边有家老字号"华天烤肉苑"，这些吃食正宗且全乎。只是，稻香园西里的另几栋楼里，住的全是二环内胡同里的拆迁户，他们都好这口吃食，早晨的队伍七拐八折，有时候能排到门外。我是个素食者，不吃这些，但看着女儿吃得香，心里还是很高兴的。

稻香园西里的北面，当时还没修高架桥，是条普通的马路，马路对面有个菜市场。周末的时候，带孩子吃过早点，过马路顺便买菜。那时候菜市场没现在规范，菜贩子较少，有些菜农直接来市场卖自己种的，清晨的菜叶还带着露珠，新鲜极了，而且还便宜。对周围的居民来说，再好不过。可是不久，菜市场被迁到了西边的巴沟村，原址盖起了现在的海润酒店。酒店当然比菜市场高大上，在北京寸土寸金的地方，能容下这么一大块地当菜市场，想来还真是一种幸运呢。再后来，普通的马路修成了高架桥，要到对面，得爬天桥过去了。

巴沟村的菜市场存在时间不长，那里要修高尔夫场，又往西迁。没过多久，修建地铁十号线，菜市场就自然消失了。一个菜市场的兴衰史也反映了社会发展的进程，现在看巴沟，哪里还有一点当初的破败痕迹？曾经那一大片低矮的民房里，多是租住的外地打工者，为在北京有一席之地，他们吃着苦受着累忍着委屈，坚强地生存和生活着。而今，巴沟的高端大气里，我不知道还有多少人是当初在这里守候过的。

几番来回，巴沟的菜市场成了过往后，那些菜农没地方卖菜了，只是偶尔，会在海淀妇幼保健院的那条路上碰到他们，还有赶着马车的，他们一边忙活着手里，眼神还警觉地四处打量，以防备突然出现的城管。

　　海淀妇幼儿保健院的东面，原是一些小店铺，随着菜市场的迁移，也被拆除改成了初具规模的街边公园，种植了些花草。每逢周末，女儿不愿午休，也没有朋友玩耍时，便要我陪她来这里走走。花草树木间，有条葡萄藤长廊，被月季、芍药、紫薇簇拥着，各季有着各季的花朵，倒也别有趣味。在公园东头，靠近苏州街的地方，还有一座假山喷泉，每到黄昏才开放，围了一大堆人观看。过了两年，公园里的树木刚呈茂盛之势，突然间被砍伐掉，说是要修地铁站，就是后来修成的十号线苏州街站。眼瞅着这些熟悉的景象一个一个消失，我不能不感叹，自从北京被确定承办奥运会后，城市发展实在是太神速了！

　　早些年，单位在昆玉河畔的世纪城修建经济适用房，我不具备购买的条件，女儿的几个玩伴家都陆续搬走了，幸亏离学校近，一百多米的路程，她有一帮同学才没感到孤单，经常带同学来家里写作业。只是家里地方太小，她一直盼望着也能有个大点的房子。女儿升初中那年，我的购房条件都够了，也有了新建住房，可分房政策变了，倾向于一帮置换户，我们只能仍住在稻香园西里。我安慰自己，住这儿也好，交通便利，东西南北向的车都有，院外就是公交车站，不用多走路，也是一些人求而不得的呢。女儿那时已在圆明园旁边的一〇一中学，来去乘车倒很方便。只是到了冬季，放学后再挤公交车，回到家天都黑透了。

　　不久，借口为了女儿，我们买了辆车，除了每天接送她上学放学，平时的外出确实不怎么开，仍习惯一家人坐公交车。因为院子小，规定院内不准停车，大家都把车停在院外的马路两侧，那时候车还不太多，路边有停车的空闲处。慢慢地就不行了，车越来越多，如果回来得晚，找个地方停车非常困难。协警也时不时地跑来贴罚单，我家的车有过一个月被贴三次罚单的经历，停车的成本让人崩溃。

　　我们住的那幢楼虽然住户流动性大，但熟悉不熟悉的，大家见面都很客气，邻里之间关系和睦，还从未听说过楼里的人彼此间有过口角。整栋楼就像凝聚塔，将大家紧紧地凝聚在一起。对于外面停车贴罚单，大家也颇为一致，门口保安与楼里人只要看到协警，不管给谁家的车贴罚单，都会先过去好言好语，劝说协警撤销罚款，再通知车主将车挪开。楼是老楼，住在楼里的人却不觉得它老得碍眼，反倒珍视得很。有年冬天，有人提议塔楼年久失修，楼内过道墙面太破，是不是联合起来写个请愿维修一下。提议得到大家的热烈响应，各户踊跃签名。不久，单位出资将楼内过道粉刷一新。

女儿高考那年，我们在世纪城终于购买到经济适用房。秋高气爽时节，我们搬离住了整整十一年的稻香园西里。那个时候，正赶上市政出资改造老旧住宅楼，我们从搭满脚手架的楼里搬出时，想象不出塔楼改造后，会变成什么样子。

后来，我还专门去看过一次，简直不敢相信，那幢外表沧桑颓败得像个百岁老人的塔楼，经过一番修缮改造之后，竟神采奕奕，像一幢新宅似的，灰色的楼体昂然如巨人，在阳光下光彩熠熠，夺人眼目。从外观上看，稻香园西里一号楼，一点也不输给旁边的万泉新新家园。

还好，我能承受

　　二○一一年，我调到北京已经十年，其间只回家过了一个春节，主要是怕人多拥挤。今年春节本不打算回家的，只因母亲前阵子做胆结石手术，一直没回去看望，过年再不回去，说不过去，早早地打点准备回家过年。腊月二十八这天，我只身踏上归家路，为了躲避拥挤，绕开西安，直接到了宝鸡，确实人少，也可能这个时候该回家的都早已到了家，正帮着家里忙碌吧。有朋友接上我，用车送回老家，一路顺利，很快回到父母身边。母亲身体恢复得不错，我很欣慰。天气也出奇的好，果然是春节，有了春天融融的暖意，与父母聊天，放松心情，挺惬意的。

　　到半下午，我穿过院子去厕所时，家里养的那条小狗突然挣脱绳索向我冲来。当然，我自以为回了家身心放松，但在小狗的眼里，我还是一个陌生人，没有人向它介绍过我，它大概也审视了我很长时间，对于我的漠视也心怀愤懑呢，只是它一直被绳索拴着，也没找到对付我的机会。现在机会来了！我对小狗没丁点防备之心，因为它还不到半岁，且是个长不大的玩物而已。我望着它，看它冲过来能干什么，小狗也愣了，在我面前站住，看着我，它的想象中我一定会撒开脚丫子惊慌失措地跑开。它没想到我会如此的冷静。我们对峙着。我从它的眼神里看不出任何恶意，自家养的小狗，我再陌生，它还是能从家人的态度上知道我不是外人吧。就在我放松警惕迈步要走时，它突然间冲我狂叫起来，叫声尖锐但不过是稚嫩之音。不到半岁的小狗！那时候，嫂子正在院子一角洗衣服，听到狗叫迅速抬身喝叫起来，嫂子不是黄蓉，她不会武功，她的喝叫对小狗构不成任何威胁。我只能说是一只小狗被漠视的愤怒，它就在嫂子叫声的余音中向我的左脚腕咬下一口，胜利者般退到一旁观察我的动向。

我竟然没有惊慌，它那么小，能咬出个啥样？

可是，家人全慌了，闻声过来纷纷谴责小狗，并且对它的去留发生争执。小狗这时候大概终于知道它的愤怒所造成的后果有多么严重，它抗拒被再次用链条拴住，并在混乱中，夺门狂逃，不见踪影。

家人所有的关注点放在了我的脚上。其实并不严重，只是被狗隔着厚厚的外裤衬裤咬破一点皮，渗出一点血而已，大家却为这事争论不休。这期间，嫂子悄悄打发侄子去村医疗站买药，村子不大，侄子原原本本的叙述很快就让我被狗咬的消息传播开了。本来是关起门来的小事却变成了村里的特大新闻，我的心情瞬间跌入低谷，受其影响，过年的热情淡了许多。

被狗咬过得打狂犬疫苗，这个我懂。当医生的六叔提醒我，针必须得打，因为这条狗的出处有点不正：它的母亲是条野狗，来路不明，曾经咬过好多人，成了村子的一害，最后被人们围追到一条沟壑里活埋了。我的父母可怜这条小狗，抓来用奶粉喂到现在，平时也没见它多嚣张跋扈，没想到它也张口咬人。这不得不引起重视。可村医疗站没有疫苗，年关时节得到城里去打，这进城一去一回就不知道要折腾到什么时候。我不想这事再惊扰父母，他们过年的情绪已经受到了影响。我装作若无其事的样子，尽量跟他们说说笑笑，制造过年的欢乐气氛。年三十这天，我主动要求去给爷爷奶奶上坟、贴对联、放鞭炮。

这个年算是重新有了欢乐的气氛，正常起来。初一初二，全家人抛开了那个阴影，一起看电视聊天，倒也其乐融融。初三这天一大早，亲戚来拜年。老家拜年讲究赶早，最好能赶上早饭。第一波亲戚刚到，我们铺开摊子正准备吃早饭，还没寒暄儿句，我的手机响了。

手机铃声是女儿设的，她喜欢摆弄这些，经常"抽空"帮我设置新的铃声，弄得我也时不时地对自己手机的响声无动于衷，要在旁人的提醒下才反应过来。我怎么也没想到，这个被女儿固定许久的美妙铃声给我带来了第一个"春雷"：我家被水淹了，水已经浩荡地涌出门外，冲进另外几家。物业公司的这个电话使我愣怔在那里，一时不知说什么好。怕影响大家情绪，我起身到另外一个屋子去向物业解释，临出门时我关掉了水、气的总开关，我家绝对不可能漏水。这个我可以保证。因为我家楼上的卫生间管道一直有问题，动不动就渗水，还多次渗漏到楼道里，楼上要是洗衣服用漫溢的方式放水，我家卫生间一准是要下中雨的，卫生间挨着楼道的那面墙，已剥落得不成样子，楼顶都开始有了小裂缝。我都习以为常了，所以劝物业不要大惊小怪，请他们先观察清楚水具体的来源。话是这么说，可我的心里还是忐忑不安起来，家里没人，不管是从什么地方漏水，心里总是没底的。果然，没一会儿物业再次打来电话，说维修工去看了，水是从门下涌出来的，并且能听到屋内水流淌的声音。我的心悬了起来，不是我想象得那么简单，楼上水漏得再厉害，也不可能让卫生间攒足水，汹涌到能从门缝溢出去的地步。接下来，物业公司、维修工的电话一个跟着一个地打给我，水已经从我家的五楼渗漏到了一楼，如果自来水管没事，那肯定就是暖气管道出了问题。那是幢老楼，我在那里住了九年多，但从来没出现过这样的事情呀。物业人员说，这房子老了，什么可能都会有。我承认这话在理，问题是这暖气管也忒给力了，我出门不过三天，就闹这一出，我的头都大了。维修工建议撬锁，我说可以，但撬完后怎么办？维修工不承担撬锁后的事务，他说我们是公寓房，建议我联系单位管房子的部门，请他们出面负责。我联系不上，请物业联系。物业很敬业，很快联系上了，回我说，人家没这个义务。大过年的，谁愿有这种义务？！

　　物业的电话一个接一个地打给我，比催命都紧。我六神无主，心乱如麻。拜年的亲戚一波接一波地来了，跟浪潮似的，紧得我喘不过气来。我八九年没在家过年，今年回来了，这样躲开不见面实在说不过去，家人一遍又一遍地催促我。可我在亲戚堆里简直如坐针毡，压根没有心情一遍又一遍地回答他们相同的问题。我痛苦不堪。幸亏头脑还算清醒，没有把房子被淹的事告诉父母，他们是急性子，一着急只会给我增加更大的压力。我把妹妹叫出来，将情况告诉她，嘱咐她先不要说，我正在想主意。能有什么主意？还是妹妹果断些，说，不行就赶紧回吧，买机票走，留下来，或者坐火车，这一夜对你来说是很煎熬的。订机票也只能订傍晚的，老家离西安机场有近二百公里，赶过去最少得两三个小时。我打电话订好五点飞北京的航班。可是，怎么给父母，以及三十多位亲戚说呢？我最怕大家一起问具体情况，这个节骨眼上，我的情绪不好控制，难免冷落了谁。关键时刻，妹夫出主意，就说部队有事，必须现在回去。这倒是个好计策，人在江湖，身不由己嘛！但我对父母一说，他们的情绪一下低落下来，起初不说话，过了会儿，到底没能忍住，问究竟是什么事这么急着走？我还没编好理由，又不能拿所谓的"机密"一词来搪塞，就用收拾东西掩饰。

家人亲戚乱成一团，将我送出门。妹夫开着他的面包车送我去火车站，才大年初三，没想到这么小的火车站售票处已经排起长队，而且，列车时间有了重大变动，没有去西安的合适车次。妹夫提出他开车送我去西安机场。也只能这样了。但现在得加油。我们往高速路口赶的路上，去了两家加油站，都说没油。我的心像掉进了冰窟窿。妹夫说他先回家去加油，让我在高速路口等他。我心急如焚，妹夫一走就绕开收费站爬上高速路，总算还有点好运气，在高速路上没等几分钟，有辆过路的长途客车停下拉上了我。先到咸阳，再坐出租车到了机场，取到机票赶紧办手续。没想到又出了一系列状况。先是安检时母亲给我带的辣椒面被查，疑似炸药，那个女检查员态度很恶劣，气势汹汹地指着辣椒面让我确定，我有啥好确定的，炸药吃不成，我也没打算搞恐怖活动，带炸药除非吃饱了撑得慌。以我当时的心境，肯定要和她发生争执的，但我忍住了，很有耐心地解释，并主动把证件掏出来让人家审查，用诚恳的态度来表明自己确不是没事儿找抽型的"恐怖"分子。还是另外一个男检查员涵养比较好，他叫我打开检查后，去办了托运。也就没事了。

办过托运，我赶紧给维修工打电话，告诉我晚上返回的时间，请他一定等着我。人家维修人员也着急啊，看着有事故下不了手处理，多难受的一件事！所以接到电话很高兴地应答着。谁知在这番折腾中，我的登机牌副本折断丢失了，临登机时我才发现，这可怎么办？我从来没发生过这样的事情。已经到登机的时间，我连傻眼的机会都没有，硬着头皮跟着人群往登机口走。剪票的男工作人员还不错，只登记了我正本上的内容就放行了。可停下登记费了一点时间，惹得后面的人不停向我投来异样的目光。

在这个社会上，我已经习惯了他人目光的异样。没有心思去计较别的，只想象着家里将出现怎样的情形。

飞机没有晚点，准时将我送到北京。我提着东西一路小跑，乘机场专线转地铁回到家。门口不知被谁用水泥围了一道几厘米高的坝。这是个有智慧的人干的，拦住水源，只限水流在我家范围内，要淹就淹我一家。一打开门，预想中的景象展现在我眼前：屋里浴池似的热气腾腾，蒸汽让我几乎看不清屋里的东西，地上的水能淹没脚踝，水上飘荡着的物品，像汪洋中的舢船，悠悠地摇荡。果然是卧室的暖气管爆裂，所幸的是，裂口不大，而且水冲向地面，比我预想的要好得多。我舒出憋了一天的气来，放下东西赶紧给维修工打电话，脱掉鞋子又开始淘水。这比以前在乌鲁木齐遭遇的境况强多了，不过那时是楼上没关水龙头，整个楼道都被淹了，我家就像下一场倾盆大雨，直到楼上都淘净了水，我家还在淅淅沥沥地下着小雨。大约过了二十分钟，维修工终于赶来，我与他一起又用了近二十多分钟，才将破裂的暖气管堵塞住。我家淹成这样，想来楼下肯定也不成样子了，我下楼去敲门，屋内没人。有人才怪呢，早都找上来了。我返回家赶紧淘水。蒸气加上运动，我一身臭汗，直到夜里近十一点才将屋内的水淘干。本来腰就有问题，好久不干活了，累得我腰直不起来，尤其是腿疼得站不住，扶着墙歇了好久，才缓过劲来，我又去把楼道里的水淘干，全身散了架子似的，就着屋里被蒸汽蒸出的各色味道，烧壶水泡杯茶，慢慢喝着。此时茶香全无，喝来无味，但已不苛求了，只要灭了祸端，心就静了。检查被水淹过的东西，堆在地上的书全泡坏了，大多是我自己的书，平时舍不得送人，想留作以后老了再送朋友纪念，这下成了上帝的废品，早早地断送了以后朋友的礼物。

断送就断送了吧。幸亏不是火灾，不然全烧光了不说，祸及的就不仅仅是楼下了。窗外面是时不时热闹一番的烟火，在并不黯淡的夜空绚丽地绽放，无忧无虑。捶着酸痛的腰，我还是忍不住庆幸，在这场小小的灾难中，没有人受到伤害，这应该是最大的安慰！

夜深，没有了烟火的呼啸声，我一个人躺在被蒸汽洇湿的床上，在满屋难闻的气味中，想得最多的，就是这场水灾（如果算是水灾的话）可能给楼下造成不小的损失，我要怎样来弥补人家的损失呢？

第二天一大早，我即从物业那里问到楼下住户的电话，看能否联系到尽快打开他家的门，以将损失降到最低。可是，对方电话一直关机，我无奈地发了条短信，直到中午也没见回，再打电话还是关机。只好再给物业打电话，让他们想法给联系楼下住户。

虽然暖气爆裂不是我的过错，可事情出在我家，我有不可推卸的责任。这两天，既希望楼下的住户赶紧回来，又担心会遇到一个难缠的邻居，协商不好，免不了被人声讨。我这人不善于处理这类纠纷，对没法预测的楼下住户的态度，我心里没底，心再一次悬了起来。

唉，这个年过的，真是没法说。不过，这些我还能承受。

咖喱

那一刻，我无法说服自己接受这个现实。可现实就摆在那里。

二〇一六年十一月二十五日下午五点左右，一辆小汽车残酷地夺走了一条小生命，可能还不到五斤重，名叫咖喱的小狗。

世界这么大，形形色色什么都有，却容不下这么小的一个生灵，没有任何商量的余地，就轻易地结束了它的一生。它是那么弱小，没给这个世界造成一丁点危害，却给我家带来不少快乐，当然也有此许抱怨。可是，它是一条依赖人类才能生存的生命啊，怎么能轻易取消它的生存资格？

在我生命的过往中，咖喱短暂的出现注定了我们之间的缘分，可是，缘分就这么结束了吗？不该这样啊，如果我对这个世界做错了什么，甚至亵渎了神灵，请惩罚我吧，不要把罪责降临在一个不会说话的小狗身上。它是无辜的，不能替代我接受惩罚。

可以说，咖喱遇难与我有直接的关系。家人遛咖喱从不出院门，我们小区院子够大，环境也不错，足以遛狗、散步，唯一的不足就是小狗太多。是我自作主张，带着咖喱去外面遛的，这一年多，我几乎转遍了周围几个小区。假若我一个人是不会到别的小区转悠的，总觉得别扭，带着咖喱就不一样了，显得自然从容。不过，我每次都用绳拴着咖喱，因为它太活跃，怕它吓着小孩，或者跑丢。

其实，咖喱有着一定的自我保护意识，天生的，它的胆子变得越来越小，对许多物体有恐惧感，比如井盖之类，咖喱都是绕道走，不从上面过。

有次我带它出去玩，它无意间踩了一脚井盖，没想到那个井盖错位，啪一声巨响，惊得咖喱赶紧跳开，惊魂未定的它反复看看井盖，又看看我，它吓坏了，我摸着它的头，告诉它没事，不是它的错，它才慢慢缓过神来。在世纪城西南门边上，有家开商店的养着一条大白狗，去年夏天的一个傍晚，我遛完咖喱经过那里，大白狗突然冲过来咬住了咖喱的脖子，我猝不及防，慌手慌脚将咖喱抢夺过来抱起，咖喱的脖子已经出血，我生气地对那只大白狗怒斥了几句，怕它扑上来咬我，赶紧牵上咖喱走了。从那以后，只要经过那里，咖喱就会发出惊恐的哀叫。从此，我们不再从那儿走了。不久，在旁边的小区里遇到了那条大白狗，它突然冲着咖喱又来了，我抓起树枝吓唬，它退缩逃走了。后来，又碰见几次，大白狗不再冲着咖喱凶了，我试图接近它，给它说着狗们要友好的话，它似乎听懂了，慢慢地靠近了我。狗是很容易相信人类的动物，我那次竟然摸了它的头。但是咖喱心里的阴影还在，不敢与它接近。

别看咖喱个头小，劲却很大，小时候过马路时有点不管不顾，每次都是我拽着绳子不松手，这样也可能给咖喱造成有人照顾的错觉，它对汽车缺乏足够的畏惧感，这是导致惨剧发生的根源……

妻子颤抖着说，咖喱被汽车撞飞后，双眼崩裂，眼珠脱离了眼眶，脸部已不成型，可它还能爬动，给这个可怕的世界留下了一条血肉模糊的痕迹。一个天生不会说话的弱小生灵，它本能的疼痛叫声，一声一声凄厉地在向这个世界哀鸣，可这个世界，无动于衷。但那声声嘶叫越来越弱，却能穿透人的心肺……

谁能记住那个绝尘而去的小汽车模样，或许那个逃逸的开车人，庆幸自己将车飞快地开走没惹上麻烦。可是，你结束了一条无辜的小生命，你肯定是无意的，可这个事实是没法逃避的，尽管你逃过了惨不忍睹的一幕，但愿你的灵魂也能够逃过。现在，说这些有什么用呢？能使咖喱重生吗！

妻子哭着将奄奄一息的咖喱送往动物医院。我不敢想象她当时的惊恐程度，我只埋怨她，不该给咖喱打那支安乐针，得让它的生命延续下来。我想让它活着。可当时的情景……妻子始终没讲完整，她连哪家动物医院都不给我说清。妻子太了解我，知道我不会罢休，但她不想让我看到咖喱的凄惨结局。

那天晚上，我回到家中，突如其来的空洞、冷清将我的心紧紧攥住，并且使劲地揪着。往日一推开门，早等候在门内的咖喱扑上来，前爪抱住我的腿，潮湿的大眼睛静静地看着我，尾巴左右摇摆得令人眼花……可是，这一幕从此再也不会出现了。这个弱小的生命永远离开了我们，现实就这么残忍。

我清楚地记得，咖喱来我们家，是二〇一五年春节刚过。事先女儿对我只字未提，怕我不同意养狗。女儿从懂事起，一直想养宠物，也养过兔子、猫、金鱼、乌龟。后来因为严重影响到她的学习，我坚决不同意再养小动物。每次只要女儿说起这个话题，我总是摆开与她免谈的沉默。所以，女儿这次先斩后奏，与她的同学早就合计好，从山东带来一公一母刚满月的两只小狗，我女儿将其中的这只公狗带回了家。当时，我看着毛茸茸的这个小生命，却没说半个不字。因为我眼睛的余光看到，女儿一直怯生生地看着我，等待着我的发落。既成了事实，而且女儿已上大学，影响不到她的学习了，我怎么拒绝。就这样，被女儿起名咖喱的小狗，成为我们家的一员。

如果，当时我横下心……可是没有如果。

很快，女儿开学去了西安，将咖喱留在家里，成为我们的累赘（当时我真是这么想的）。一个刚满月的小狗，只想着它就是个动物，喂饱养着就行了，没想太多。我第一次将咖喱带到楼下，去院子的狗群中凑热闹，没想到那些狗的主人们非常警惕，有人竟然让我将咖喱赶紧带走，别传染什么疾病。我当时很生气，一个连楼梯台阶都爬不上去的幼犬，能有什么病？我不懂幼犬要打疫苗，忍住怒火接受了他们的指责。但他们对咖喱品种的议论，使我心里极不舒服。据说，咖喱有一半泰迪一半金毛的血统，不是纯粹的品种。我不懂狗的这些知识，只认为它是个生命，这很重要，别的都不算什么。

我早已习惯了人类将人分为三流九等高低贵贱，但对一只无辜的小狗也按品种分出贵贱，我是绝对接受不了的。人可以掌控这个世界，按自己的意愿把人类搞得等级森严，可有什么理由要把狗类也弄得乌烟瘴气，狗狗们同意了吗？它们有这个意识吗？人类也太自以为是了吧！还有，人可以通过自己的努力或者渠道，改变自己的地位，模糊自己的出身，狗没这么幸运，它们怎么努力，也扭转不了自己的出身，改变自己的品种啊。

我发现，狗们并不像人类强加给它们的那样，它们根本不管什么出身、品种的贵贱，瞬间会混在一起，疯跑疯玩。倒是那些品种高贵的狗主人，失却了人的尊严，破口骂着自己的狗不注意身份与别的狗玩，以此蔑视别的狗类。

这是我把咖喱带到院外去遛的主要原因。我从来没有歧视过品种不纯的咖喱，天地良心，就是说句玩笑的话，我也没说过咖喱的长相有什么不好。从来没有。咖喱既然与我家有缘，进入我们的生活，我怎么会计较它的出身与来历！

可我嫌弃过咖喱是个累赘，它的出现，扰乱了我安静平淡的生活。咖喱出事那天，我在心里还嫌它连累了我。自从咖喱来后，每天早晚要去遛它两次，最严重的是我们夫妻不能同时出差或者回老家，得留下一个照顾它，它完全像个孩子一样，得惦记着它的吃喝拉撒。平时在家里，我也厌烦过它，只要坐下看会儿电视，它总缠着你踢球玩；不管你情绪好坏，吃个饭上趟厕所，它都跟来跟去不离左右。其实我也能理解，白天我们上班了，咖喱一个在家百无聊赖，所以珍惜晚上与人在一起的时光。我虽然烦它黏人，但很少冲它发火，甚至打它。有时候它破坏了什么东西，我很生气，却下不去手。尤其是咖喱半岁的那段日子里，它像个孩子不懂得生活自理，随地大小便，甚至啃坏了茶几、桌椅腿。可是有一点，咖喱不上沙发与床，它只趴在边沿，从来没上过一次。后来，随着慢慢长大，咖喱很少在屋子里大小便，也不乱啃乱咬东西了。而且，每天早晨它第一个醒来，像闹钟一样准时，它趴在床沿，等主人起床带它下楼去玩。早上一般都是妻子带咖喱下去，我起床后得赶到单位吃早饭，顾不过来。有次，偶尔听说狗狗喜欢吃煮鸡蛋，我试了果然如此，给咖喱从食堂带颗煮鸡蛋便成了我每天的重要任务。下班回来一开门，咖喱准在门口等着，扑上来前爪抱住我的腿，疯狂地摇着尾巴。我曾开玩笑说，咖喱对我这么欢迎，是我带回来了鸡蛋，如果没有鸡蛋，它不怎么理我。我现在收回这句话。那是我说着玩，没有的事情。比如周六周日，我不去单位吃早饭，就没有煮鸡蛋，咖喱热情依然不减，同样围着我转悠。

咖喱离开这个世界的那天晚上，煮鸡蛋还装在我的口袋里，我攥着那颗煮鸡蛋回到家，一股熟悉的狗狗气味猛然将我包围。可是，却不见了扑上来的咖喱。连它的影子，从此也看不到了。泪水夺眶而出，我控制不住自己情绪，还是去每个屋子寻找了一番，最后跌坐在藤椅上，攥紧那颗煮鸡蛋，不敢想象妻子有意轻描淡写的那个悲惨场面，满脑子全是咖喱生动的眼神，我的心抽搐着往一起紧缩，生生地疼。我实难甘心啊，从妻子那儿问不到什么情况，也不能逼问，她经历了咖喱离开的整个过程，承受的痛苦肯定比我更大。可我心里实在难受啊！我对动物医院那些人没有好感，咖喱只去看过一次小病，他们除过想尽办法敛财之外，似乎对动物的生命很冷漠，他们怎么会将咖喱的遗体找个地方掩埋？说不定咖喱已经被他们丢弃，或者……我不敢想象，得不到答案，埋怨妻子不应该将咖喱最后交给他们，可当时的情况妻子肯定没法处理，她已经吓坏了，两腿发软，根本不敢将死亡的咖喱带到哪儿去掩埋，就是能找到地方，她也没有工具。

在黑暗中默默地流着泪坐了很久，我穿上外套下楼，感觉那天晚上特别冷，凉气居然能穿透身体钻进心里，锥刺一般地疼。我攥着口袋里的那颗煮鸡蛋，在楼下的夜色里茫然四顾，从每个窗口射出的灯光晃得我眼睛疼。泪水一次又一次地模糊了我的视线，怕碰到熟人要打招呼，我出了院门，去南门外寻找咖喱出事的那个地方。因为不知道具体位置，没有找到血迹。我不想问门口的保安，怕他们传来传去，影响到那个开门让咖喱冲出去的保安情绪。我在南门外站了一阵，默默地走了。沿着平时遛咖喱的街边，我慌乱而匆忙地走着，每看到一个咖喱平时喜欢停留的地方，都会不由自己的唤声"咖喱"。可是，再也看不到咖喱回头的那个情形了。再也不会了。我失声痛哭。街上偶尔会有一个行人，我不能放声痛哭，只能压抑着自己，憋得快要喘不过气来。咖喱还没吃今天的煮鸡蛋呢，我想给它送过去。攥着那颗冰凉的煮鸡蛋，我来到附近一个宠物店前，看着关紧的大门，我居然没有勇气上去敲它，只好在店前的树下、草地上寻找，想找翻动过的痕迹，说不定就是埋葬咖喱的地方。我没别的意思，趁今天还没过去，想将那颗煮鸡蛋，留给咖喱。它虽然不能再吃了，可这颗煮鸡蛋属于咖喱。

显然，我的寻找注定是要失败的。

没养咖喱之前，我对任何有关宠物丢失、死亡的文章、画面，还有讲述，都是无动于衷的，相反对那些人的做法还觉得不可理喻，甚至嗤之以鼻（年轻的时候）。我没法感受到他们的悲伤，体会他们的疼痛，还想着与我毫不相干，根本激不起难受的情绪。相信大多数人都是这样，只有切身体会了，才能理解这种不同于其他的伤悲。那毕竟是条活生生的命啊，那么无辜！

自从养了咖喱后，我慢慢地体会到，狗对人类百分百的信任和依赖，在它的潜意识里，可能不会想到人会加害于它，即使你拿着利器，它也不怕。我们做饭的时候，咖喱经常赖在厨房不愿离开，我曾用刀子吓唬过，它一点害怕的举动都没有，一双湿漉漉的大眼睛看着你，没有一点危险的意识。但是假若有一个物体掉下或者倒地，声音却会惊吓到咖喱，它其实胆子很小，惊得跳开，然后才会认真地看看那个物体，然后再看看主人，用眼神告诉你，这个物体落地不是它造成的。咖喱极其聪明，我们一旦穿衣服，无论它正在吃狗粮还是玩球，会立马停下，冲到门口等待在那里，我们会告诫它，出去上班或者办事，不会带它下去的，它依然等着不放弃。当我们再次明确不带它时，咖喱看上去很失落，却很听话，绝不出门，站在那里默默地看着你，一直目送你出门，那种眼神叫人心里很难受。如果带它下楼去遛，电梯在一楼停下还没打开门，它站立起来着急地挠门，待门开了一条缝，它便冲出去站在单元门口。刚开始，我还有种心理，说你那么快冲出来有什么用？你没能力打开单元门，还得靠我才行。渐渐地，我就不这么想，也不说咖喱了，每当它冲出电梯，我会疾步跟上，赶紧打开单元门放它出去。因为那一刻，我会心酸，为狗狗没能力自己打开门而难过。

咖喱的泪腺特别发达，它经常默默地流泪，出去跑一会儿，眼角会沾不少灰尘，于是，它会到处蹭眼睛，我们以为它患眼疾，问了医生后，给它点眼药，却一直不见好转。后来，我隔一天给咖喱洗一次眼睛，用清水将眼角泡湿，轻轻洗去沾结的脏物。这是咖喱最喜欢的，每当我喊它洗眼睛，无论它玩的多高兴，都会立马跑来，静静地站着配合清洗，一副很享受的样子。

狗的寿命只有十几年，它们成熟的很快，咖喱刚满一岁就到了青春期，动物的本能一点都不掩饰，它对异性充满了热情和向往。可是，我没有给咖喱寻找伴侣。是没有寻找，而不是没办法，根本就没拿这当回事，任它在发情期焦虑、痛苦不堪。这也是我对咖喱最内疚的。狗的生存完全依赖于人，所以它们对人特别忠诚。它们对人类的信任还不仅仅局限于主人，对于陌生人的对视狂吠，只是出于自我保护的本能，并不见得就有敌意。至于人类是怎么对待这种最忠实朋友的，看看周围那么多的流浪狗，还有……不用多说了。再者，人类骂自己的同类人渣时，喜欢带上"狗"字，这与狗何干？狗怎么就成了坏人的代名词？坏人能与狗相提并论吗？人啊，请不要给无辜的狗们强加这些罪名。

咖喱出事的那天晚上，我没有听从妻子的劝说，将咖喱的物品收拾起来扔掉。我想留着，是个念想。可那天夜里，是多么的难熬啊。在充斥着咖喱气味的屋子里，无法做到不难过流泪。女儿给我发微信说，她知道咖喱遇难后痛哭了三个多小时，简直让人心碎。第二天，女儿要回家，趁她回来之前，我将咖喱用过的食盆、狗窝，还有玩过的两个球、一个塑料鸭子、剩下的狗粮全部收了起来，但我不愿丢到垃圾桶，想找个地方掩埋起来。然后，与妻子去地下车库，清理了咖喱流在车上的血迹。这个过程是相当难过的，我含着眼泪清洗着咖喱遇难后，生命痛苦挣扎的最后痕迹，仿佛触摸到咖喱的躯体。冰冷凝固的血迹。我内心害怕极了，不敢想象咖喱是怎么渡过最后时光的……撞飞的双眼，失去光明的恐惧，拼尽最后力气发出的疼痛怪叫……

不敢去想！可我做不到不想。我们一家人能努力做到不提咖喱，可残酷的事实就摆在那里，没法阻止大脑思维，所以，那段时间是很难熬的。

夜里，我找了个自认为离咖喱真正结束生命最近的地方——街边公园的一棵松柏树下，用小铲子挖了个小坑，只能埋下咖喱吃食喝水的小盆，里面放着那颗煮鸡蛋、塑料鸭子、球。盖上土后，才发现那个绳子编织而成的球居然没埋进去。难道，这是咖喱的在天之灵想让我留下来做个念想？这可是咖喱最喜欢玩的球啊。还是别留了，随它一起去吧。

留下来，只能是我们最大的伤痛，而不仅仅是念想。我又把土刨开，将咖喱最爱玩的那个线球埋了进去。

后来，发现女儿把微信里的个性签名改成了"但愿一睁眼，发现痛苦只是一场梦"，可这只能是但愿。第二天上午，我专门去那棵树下看了，没发现那些东西被刨出来的痕迹。可我真想刨开土看看咖喱的遗物，最后，还是忍住了。

咖喱，你能安息吗？或者像他人所说的，你会投胎转世，生成一个另外的物种，或者有更好的生命？这种安慰对我来说没有用，我只要你——咖喱，一条普通的小狗能够活着，就行。我只想咱们能把这个缘分延续下去，活到你该活到的寿命，正常离世，我才能接受这个事实。可现实不给我们这个机会啊，非要让你用这种残忍的方式离开这个世界，损毁我们的缘分，我却毫无能力阻止。咖喱，那就让我含着泪水一次又一次地续写完这段锥心扯肺的文字，算是对你的怀念，也是对你的愧疚吧。对我来说，愧疚绝对大于怀念。

这几天，有朋友们劝我再养一只，甚至说找一只与咖喱一模一样的，能连接上拥有狗狗的那种生活。这个能连接吗？长得一模一样的狗狗能替代咖喱吗？死了就不能复生，没有什么能够换回一个哪怕弱小的生命！我没法不接受失去咖喱的现实，活到快五十岁了，经历的事情也不少，在我的生存出现危机的时候，也没有像失去咖喱这么痛苦不堪。毕竟，咖喱是条朝夕相处了近两年，活生生的一条生命啊……

这段时间，我也一直在安慰自己，咖喱，在这个世界上我们有各自的命数，你只是命数到了，早走而已。可我做不到这么快就失去你，你虽然只是一条小狗，却是一个活生生的生命。自从养了你，我不认为你的生命就比人类的贱，相反，你比某些人的命都要高贵。你从没怀疑过我们，嫌弃过我们，一如既往地跟随着我们，视我们为你生存的依靠，生命的保护者。

可是咖喱，我很惭愧，在你生前我没能好好地对待你，现在于事无补，说什么都是苍白的。我不会一直沉溺于失去你的悲痛之中，时间是非常可怕的，会慢慢地冲淡人的记忆，我会慢慢地把你忘记，过着我自己喜怒哀乐的生活。或许，以后的某一刻我会想到你，却不会像现在这么痛哭流涕了，那——请你原谅我。

无论我变成什么样子，但在我心里，你永远存在着——咖喱，在这个世界只活了一年十一个月零十三天，差十七天才满两岁的灰白色小生灵。

悲伤是亲人的专利

　　白露过后，是收获核桃的时节。往年都是中秋节前后核桃才成熟，今年闰六月，离中秋还有月余，核桃等不及，已青皮爆裂，自己往下掉落了。我们家乡把收核桃称作打核桃，这样说很有道理，核桃树高大，枝杈纵横捭阖，爬上去采摘显见得不现实，只能站在树下举着竹竿敲打树枝，核桃像冰雹一样纷纷掉落。好在核桃不仅仅是皮实，而且坚硬，用多大的力量坠落也不能伤其分毫。碰到更高更大的核桃树，竹竿的长度够不着，只能搬来梯子上树敲打了。

　　今年七十七岁的二伯，每年都会赶回老宅，收获院子两棵越长越大的核桃树果实，虽说年纪大了，他似乎一直不觉得自己老了，照样爬上树打核桃。那些核桃，在阳光下闪烁着青色的光芒，沉甸甸的样子丰腴极了，少有人不会被这样的丰腴诱惑。二伯又轻车熟路地爬上树，在敲打核桃的过程中，为了安全，他在树上拴根绳子，一头系在自己腰上，这样的保险措施简单实用，也显见他的谨慎。两棵树的核桃打完了，按说，今年打核桃的工作已经结束，接下来就是剥核桃皮了，这可比打核桃更为持久和辛劳。那天，打完核桃的二伯有了新的想法，他没有沿袭以往打完核桃直接收装的程序，下树后竟然搭梯子爬上墙头，要把伸到邻居家的几根核桃树枝砍掉。二伯的想法，大概是担心伸进邻居院落的枝杈来年长满核桃，成熟后掉落下去，会引起不必要的纠纷。所以二伯是想将纠纷的苗头扼杀，未雨绸缪。可是，二伯却忽视了自身，忘了自己七十七岁的高龄。他砍断树枝，脚下一滑，从墙头掉落到邻家院子里，像颗沉重的核桃回归土地，不经意间结束了他的一生。

据说，二伯刚掉下去时只是一只胳膊严重受伤，大脑还很清醒，能喊叫疼痛，在等待120抢救的过程中，大家都没意识到事态有多严重，以为只是外伤而已。后来，拉到医院折腾了一夜，由于大脑震荡出血，终抢救无效。

我父亲兄弟四个，二伯为大，但在他们堂兄弟排行中为二，故我们都叫他二伯。说句实话，二伯在他们兄弟中，这一生算是活得最好的，他青年时期走出农村，在镇上电影院当放映员，后来调到另一个镇，一直在这个行业工作到六十岁退休，基本上没受多少他们那代人经受的苦难，比如饥荒。当然，二伯机敏能干，他凭着当时一些政策的优势，把老婆孩子后来都带到镇上生活，彻底脱离了农村。在那个用城镇与农村户口来衡量人的时代，户口就是城与乡的差距。所以，当时他们一家人非常幸运，也承接了很多充满"羡慕嫉妒恨"的目光。如今，二伯的两个儿子都是国家干部，生活适意安定；他的女儿早些年顶替他进电影院工作，只是后来受大环境的影响，镇上的电影院越来越不景气，虽然她的生活状况不如两个弟弟，可比起还在农村坚守的人，要好很多。姐弟三人早已成家立业，都在县开发区买了独立住房。二伯留在村里的这个老宅一直保留着原貌，长期无人居住，有时回来参加村里邻居的红事白事，老两口偶尔住上一晚。再就是院里的两颗核桃树，每年中秋前后回来收走核桃，一般不做久留。房子长久无人居住有些破败，院子幸亏是水泥地，不然早被荒草侵占。听说前阵刚买了水泥沙子，准备维修一下院落，或许二伯打算时常回来住，毕竟乡村的生活，不似从前那般落后和艰难，甚至还可能多了些城镇里缺少的人情味。没想到，二伯却出了事。

葬礼就在老宅里举办。二伯早就准备好了落叶归根的一切，寿材是早些年做好放在老宅里的。按照乡村的丧葬风俗，请风水先生来勘察墓地，推算出各个环节的时辰，一切按部就班展开了。

祭奠的前一天，我赶回了老家。

白露刚过，那天下着秋天常见的阵雨，有些湿冷。一大早，我从西安转车时，嫂子与侄子来接上我，一同回老家奔丧。一见面侄子就提醒，火车站这种地方一定要看好自己的东西，尤其是手机。像是在印证侄子话语的正确性，他才说完这话，就已经摸不到刚放进口袋的手机。小偷的神速实在令人惊叹，也让我们始料不及，在我们都高度戒备的状态下都能下手，足见西安小偷精湛的技术与火中取栗的本事了，我赶紧用自己的手机打侄子的电话，已经关机。但在那一刻，我的脑子瞬间闪过一个念头：侄媳妇肚子里的孕儿发育一切正常。这种思维的跳跃我也没法说清，有些时候，人的思维是因着环境而起而落，有因有果，一切并不是无厘头。前段时间，侄媳妇去医院做孕期例行检查，得到结论是孕儿18三体综合征存在高危风险（医院报告单是这么写的），近五千块钱的手术费，对承受房贷的侄子来说，不是个小数目。他们一度惊恐、迷茫，曾找我征询意见。经过一番咨询权衡，上周已做了羊水穿刺，结果还没出来，小两口提心吊胆了好几天。就在侄子手机被偷的第五天，医院结果出来了，也应了我瞬间的超常感觉：孕儿一切正常。

可在手机丢失的当时，侄子的情绪明显受到了影响，一路上少言寡语。到了老家高铁站下车临近中午，雨势渐大，尽管有伞，还是淋湿了半个身子。乘妹夫的车到老家原上，阴雨加上湿气，已经有些寒冷，我把东西放回家稍作休息，便去二伯家祭奠。父母事先没声张我要回来，当我出现在二伯家时，院子里帮忙的村人邻居有些惊诧。二伯的长子也在北京工作，我与他未曾沟通，他先我几天回来，也没见上他父亲最后一面，他显然已经接受现实，度过了最痛苦的悲伤期，能够控制自己的情绪了，他两眼红肿一脸凝重，看到我过来叫了声"哥"，擦拭着又涌出来的眼泪，陪我进灵堂跪拜。

离开家乡三十多年，我自从懂事后没正式参加过家乡的一些风俗礼仪，虽然试图去了解过，却难学以致用。我这人原本就有些沉闷，生活向来也简单，不太善于处理人情世故，不知该怎么安慰堂弟才好，主要还是担心这个时候说错话。从进灵堂、烧纸、磕头，我动作机械，表情木讷，一切都像是排练好的，我像被看不见的东西操控着，悲伤的样子像贴上去似的。二妈在我跪下的第一时间，给我头上系好了白手巾。我知道，我是二伯的亲侄子，我们之间有着无法割裂的血缘之亲。可我还是有种疲惫的不适，进入状态似乎只是身体，而情绪却还游离在悲伤之外。跪拜之后，在堂妹泣不成声的哭诉中，我的心才猛然间抽动起来，醒悟似的意识到，二伯没有了，我的一个长辈，从这个世界永远消失了。我忽然明白自己刚才对悲伤的漠然，那是对一个亲人蓦然失去的不认同！而堂妹的哭声则坐实了这种失去。我的眼泪顿时奔涌而出。为掩饰蓦然而至的悲伤，我象征性地拍拍堂妹的肩膀，赶紧出屋来到院子。院子里的情景使我的心里五味杂陈，帮忙的人们似乎并不忙碌，三三两两站在檐下、棚内避雨，他们谈笑如常，根本没有一点丧事应有的悲伤气氛。倒像是，二伯的去世，给了这些人聚集在一起谈笑风生的机会。有些人远远地看着我，瞟一眼，继续他们的话题。有个婶子过来，给我打过招呼后，竟然把我当成聊天的对象，哂笑说二伯天生抠门，死了也怕别人来吃他家的饭食，看这雨下得越来越大，是要阻止更多的人来他家里呢。我对故乡的人际捉摸不透，若说以前，人们对一箪一食是在意的，那是因了缺吃少穿，人对于食是习惯性的关注和投以热情，可是如今，再没有谁家有上顿没下顿，怎么还有人在意那几粒米呢？我对婶子的话不置可否，偷偷看了看那棵使二伯归西的核桃树。树不算太高大，也不是很粗壮，实在很普通，看不出有什么特异之处。雨中的核桃树很平静，我不知道那几枝伸进邻院的枝权还在不在。我在想，无论那些树枝怎样普通，貌不惊人，二伯终是因它们而殁了。我心里一阵悲凉。

院外的村街上，准备明天给来客吃饭的大棚早已搭就，里面闹哄哄的，声浪很高，一波胜似一波。我以为是帮忙的左邻右舍在里面避雨，哥却悄悄告诉我，那是他们在打牌赌博！大棚那边除过偶尔的争论，说笑声不绝于耳。

怎么能这样？这可是葬礼。死者为大，难道这些人对亡者就没有一点敬畏之心？看到随我出来一脸悲伤的堂弟，我把这个质问压到了舌底。回家的路上，哥看出了我的不快，对我说村里人就是这样，不关乎自己，他们才不会伤心。果然，在接下来的丧事期间，大家依然把二伯家当成一次纯粹的聚会，热闹是一定的，有些甚至还很兴奋，在饭桌上毫无顾忌地高谈阔论。就连另外几个堂弟，在一些仪式场合，我们跪在一起，他们也在窃窃私语，偶尔还大笑不已。一场丧事的悲恸，在时间的磨损中竟消失殆尽，甚至，被还原成一个欢场。对于堂弟们的行为举止，我曾制止过几次，无果，也只能接受。其实，我也能想得通，于村人而言，祭奠只是一种仪式，他们只不过是纯粹的参与者，以维系这种仪式的进行，亡者与他们没有任何关系，何须悲伤？对我们这些非直系亲属来说，悲伤就像舞台剧中的情节，我们被牵引着，随着情节的推进一步一步往前走，当一幕过去，新的情节来临时，我们毫无悬念地又会进入另一段情绪中。更何况，每个人都有自己的亲友圈，有自己的亲疏远近，该悲伤的时候，自然悲从中来。

当夜，大雨如注。我们一家人围坐在一起，谈论的话题自然是二伯去世的细枝末节，也说到了罪魁祸首——核桃树。我先前已从妹妹的电话里知道，二伯出事那天，父亲也在家里院外的核桃树上打核桃，他也将自己用绳子拴在树上，挥竿打得正起劲时，母亲得到二伯跌落的消息，在树下喊父亲赶快下来，出大事了。父亲右耳已聋很久，左耳的听力一年不如一年，他听不清母亲说些什么，以他的思维理解与母亲扯了几句，继续他的劳作。后来，还是赶过来的五爸气愤得用脚踹树，才使得父亲意识到异常，停下手中的竹竿，解开绳索从树上下来。待弄清事情原委，父亲吓坏了，顾不得解掉腰间的绳子，撒腿向二伯家跑去。

今年七十五岁的父亲经常攀高爬顶，前些年已出过几次意外，最严重的一次导致两只脚腕骨折，几个月不能站立行走。二伯的意外也给我们敲响了警钟。从西安回来的高铁上，侄子就说过，得想个办法把咱家那棵大核桃树砍掉。我父亲性格倔强，经常听不进去劝，劝多了，倒是一堆是非，好像大家的劝说都是针对他似的。既然这天晚上说到了这个话题，我尝试着与父亲沟通，叫他今后不要再攀高爬低，像打核桃上树这样的活，如果他再坚持干，我们会将树砍掉。父亲耳背，但这次显然听清了，非常生气，竟然说了好多气话。看来，我们说这话的时间选的不对，父亲眼下的心思全在二伯的丧事上。听着雨打在屋顶的噼啪声，父亲一直叹气，雨照这样的下法，明天的祭奠可怎么办。我查过天气预报，告诉父亲后半夜雨会停，而且明天是晴天。父亲出去望了望雨中的夜空，那时的夜空除了一团乌黑，能看出什么？父亲回屋后，能看出他对我的话将信将疑，但他没说什么。我心里其实也没底，天气预报就是这么说的，至于是不是准确无误，并不是我能决定或者改变得了的。

第二天，天竟然放晴，经过几天雨水的洗礼，阳光纯净明亮。看来二伯注定是有福气的，最后的祭奠享受到了好天气。我是二伯的亲侄子，与他的儿子们一样穿戴：白长孝衫，除过头巾，头上还戴了一顶用硬纸板做的孝帽，显示出与其他吊孝者的不同身份。我们堂兄弟八九个，组成孝子队伍，在二伯的两个儿子带领下，手持缠有白纸的柳树棍，排列在村街路口，迎接前来吊孝的亲戚。这种迎接是没头绪的，有时在路口站半个小时，也迎不到一位亲戚，有时突然会涌来一大批，让人手忙脚乱。在没亲戚来的时候，一脸疲惫的两个堂弟看上去困顿又虚弱。我劝他俩坐到花圈后面休息一会，作为儿子，他们的悲伤是最为真实的，丧父之痛，痛彻心扉。这数日，或许只有他俩的心里，是真真切切的"雨一直下"。我的劝说这时候是无用的，他俩都不肯去稍事休息。我不再劝，这种时候劝多了反倒显得对仪式的不尊重。倒是二妈不时过来，劝我们这些侄子辈歇息一会。谁能有二伯的两个儿子困累？没人离开。只要招呼有亲戚客人来了，唢呐声起，大家相拥着去各个路口迎接。

到中午饭时，我们站在饭棚外面等待着，给一波一波吃饭的客人跪下磕过头后，整个祭奠才算完成了一半。下午送走大部分吊孝的亲戚友人，稍做歇息后，给棺材封口。这是最关键的一步，自己家人得将遗体从冰冻棺材抬到木棺内，收拾停当后密封棺材。这是生者与死者的最后一面，孝子们必须全部到位。事先算好的时辰还没到，性急的长辈们已经张罗着四处叫人，在一片哭声中忙碌了近一个多小时，仪式才正式开始。

棺材封口的过程漫长而伤感。想起以前我还在新疆，回家探亲时，下了火车先去二伯家，他会亲自动手，给我做上可口的饭菜……我已泪水涟涟。这个时候，根本无须什么氛围，悲恸在心中，绵长而真切。

封好口后，是女眷们哭拜，完后才是村里邻居们祭拜，一直延续到天黑，我们在父辈们的带领下，在一片唢呐与哭声交织中，绕着村子一周，四处去跪拜、焚香、烧纸。

跪拜对我来说是个难题，我的右腿关节半月板磨损，又加上腰椎间盘突出，有几年曾蹲下都起不来，后经多方治疗才有所好转，可要长时间跪拜，是很困难的。但置身其中，不跪不合礼仪，也似乎是对二伯的轻视，显然是不行的。尤其是绕村回来，在门外的那次长跪，有个把小时，女眷们膝下垫着装有麦草的编织袋，我们男的没有，只能跪在光滑的水泥地上。在水泥地的冷硬与膝盖佯装的坚强相互抗衡中，我感到自己关节的不适感在忍耐中越来越强烈，这种时候，无暇顾及更多礼仪了。看到其他堂弟跪一阵蹲一阵，有些干脆一直蹲着，我也偷偷变换了几次跪拜方式。只是无论跪还是蹲，对我来说只是瞬间的舒缓，一点也改变不了我腿关节的僵硬和疼痛。仪式结束后，如果不是旁边的堂弟搀扶，我自己是无法站立起来的。

这一天下来，没做过什么重体力活，只是迎来送往，直至夜里烧完纸后回到家，我竟然腰酸腿疼（当然与跪拜磕头有关），也有长期不参加体力活动的结果。想想两位堂弟，他们已经折腾了七八天，每天除过操心丧葬所有的事宜，还要迎来送往，陪哭陪跪，这些疲累仗着良好的身体素质算不得什么，最主要还是其他人无法替代的悲伤。这是亡者亲人的专利，他们要承受的情感代价，纵使我们也有着和他们近似的悲伤，却只能使这样的悲伤更宽泛，而不能被承担。

按照时辰的要求，埋葬这天我们顶着月光早早来到二伯家，为出殡做准备。其实一切早已就绪，只等时辰一到，抬棺送往墓地安葬了。我进到院子转了一圈，看到二伯的家人全都凝神静气，不多说一句话。这是二伯的身体在这俗世里最后的时刻了，对于魂灵，我不知道是不是真的存在，但有时候我会相信这样的存在。我想，这个时候，二伯的魂灵也一定在某个地方，看着自己的亲人，用我们所不知晓的方式与亲人告别，就像亲人用他感知不到的方式与他告别一样。从此阴阳两界，他与他们，在各自的世界里各安。

这个时候，我没敢多言，其实说什么都属多余。我默默地退出院子，院外那些赶来帮忙的人们已有不少，几人一堆抽烟闲聊，偶尔还会发出笑声。那笑声是轻浅的，因为凌晨的安静，每一丝声息都会被无端放大。我难免又生出他们对亡者不敬的不快。正好，管事的人让我们收拾花圈，将一部分先扛到墓地，免得待会儿人手不够。我也就顾不上不快了。

墓地离村庄不算太远，在原来的叫窑庄的老宅基地旁边的梯田上，连接的道路是一条两三百米长的缓坡，雨过天晴后，不太泥泞，只是有些湿滑。老宅基地几十年前已经搬空了人家，残墙断壁都没留下，如今那里被树木庄稼占据，缺少了烟火气息。昨天上午去迎墓时，看到我的这个出生地，可能是前几天阴雨的原因，老宅基地显得有几分荒凉，也很小，没记忆中那么大了，心里还是有些悲凉的。

扛花圈去墓地回来，出殡的时辰快到了，我们一帮子侄们自觉在村街上排好，等待帮忙的人按时辰将二伯的棺材抬出放到车上。然后，在唢呐声中，一路哭泣将二伯送到墓地，送进那个被秋雨浸湿阴冷的土穴。在二伯的棺材入土的那一刻，他的三个子女哭得死去活来，据说堂妹伤心过度，哭晕了，被她丈夫抱走的。因为子侄们不参与具体埋葬工作，在墓坑还没完全填土时，我们几个被管事的招回，为埋葬的人们准备布置早饭的桌椅。村街上的饭棚昨天祭奠完毕后已经拆除，最后这一顿饭就在院子吃了。我们刚摆好桌椅、碗筷，管事的已在外面喊叫，让我们几个子侄在村街两旁铺些纸垫之类，准备给送葬返回的人磕头谢恩。

一帮子侄在村街上跪成两排，像一堆堆积雪，等待送葬的人从墓地归来，在村头的十字路口处，已燃起一堆麦草火，他们一一抬腿从火上燎过，算是烧掉了从墓地带回的阴气，才慢慢走到我们跪拜的夹道。我们即磕头致谢。

至此，二伯的葬礼算告一段落，但还没完全结束。

剩下的后续工作还有很多，比如连续三夜得去墓地，给入土的亡者"打怕怕"（这个词很网络，我以为是新发明的，一问才知，原来就有），为他驱赶孤魂野鬼，给他壮胆抚慰；还有三天后孝子得去村里的各家各户"谢土"，就是给每家每户的土地堂焚香烧纸，感谢这些土地爷对亡者的照料之情，这个得亡者的亲生女子去做才行。

在二伯安葬后第五天凌晨，也就是风水先生推算的二伯亡灵回家，俗名出煞的时辰，左邻右舍周围的人都得回避，免得撞上亡灵。这个时候，天黑乎乎的，不见月光，整个村庄还沉浸在深秋阴冷的安静之中，我悄悄地离开家，开始返程。望着夜色中一片静寂的天空，想着这个村庄，乃至这个世界，再也没有二伯这个人了，那一刻，我心里非常难受。

第三辑

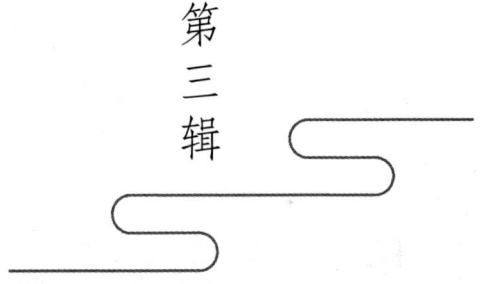

写作使我对生活有份好奇心

——在日本早稻田大学的演讲

　　非常高兴能在早稻田这样世界著名的大学与大家交流文学。更难能可贵的是，早在六年前，也就是二〇〇三年，我突然接到从日本中央大学寄来的著名翻译家饭琢容先生热情洋溢的来信，他告诉我堀内利惠女士翻译了我的小说，征求我的授权，并且附带一个写着回信地址的信封，还贴足了回程邮票，让我第一次真切感受到了日本人的文明礼节与高度细致，我至今保存着饭琢容先生的这封信，还有信封。都是因为文学，这次才能与饭琢容先生和堀内利惠女士见面，还有与出席今天这个活动的早稻田大学千野拓政教授、横川健先生、金子和子女士以及热爱文学的研究者们一起探讨文学，是我莫大的荣幸，向各位翻译家及在座的博士、研究生朋友们致敬！

　　今天的话题是谈"中国文学与中国文学的未来"，这个话题太大，不是我谈得了的。还有一些身份问题，我也不能谈自己的创作经历，虽然我以文学热情坚持不懈地追寻并一直以敬畏的方式烹文煮字。那么，我就与大家交流一下对文学的一些感想吧。

　　很早的时候，我当过电影放映员，曾经放映过不下二十场你们日本的影片《追捕》，这部电影在当时的中国风靡一时，可作为放映员，我并没享受过与大家一样的感动。我并非瞎说，电影放映里有个术语叫"对接"，就是一卷胶片快放完时，在银幕的右上角会闪现一个黑色的圆圈，这是一个信号，告诉放映员得打开另一台机器的等待开关，大约再过十秒钟左右，银幕右上角再次闪现一个白色圆圈时，得打开射灯与另一台机器的尾片在银幕上迅速对接。这是个技术活，每圈胶片时长只有七八分钟，需要放映员全神贯注，否则会出现片头接不上的错误。我之所以讲这个往事，就是说，我开始写小说时，非常注重文学与生活的对接。也就是凭生活的经历写作，完全忠实于现实，而缺乏想象力。可想而知，我的写作路子一开始就出现了偏差，忽略掉并同时屏蔽掉了灵魂澎湃炽热的柔软度。

大约每个写作者，刚开始写小说时，总想写得真实一些，才觉得有生活气息。慢慢地，就不那么写了。我现在比较排斥那些太贴近生活的小说，我觉得，过分强调小说的"真实性"，强调生活气息，就缺乏足够的创造力，会失去小说的意义和价值。

小说最重要的是想象力。想象本身不应该是单一的。但具体落实到作品，文化含量的匮乏，就像文学性的缺失一样，与一个作家想象能力的把握，还有忽略文学的一些因素有很大关系。在这个时代，人们对小说的解读或多或少存在着一些偏差，甚至带有些许鞭挞社会现象的期待和给予混浊呼吸以彻底颠覆的情绪，这样，小说的负荷就会超重。再就是，越来越多的社会现实对作家本人的冲击，还有诱惑，致使作家很难沉静下来，认真面对小说的意义去写作了。还有一些读者在阅读上的误导，小说便奋不顾身地往"真实生活"上靠拢，某些小说越写越现实，越来越缺乏想象力，使小说的品质越来越没有了难度，有些基本上就是现实生活的复制，这显然会削弱小说的实质意义。

现实只是小说的背景，小说的灵魂是人物，而不是故事。一个想有作为的作家，须有能力用自己密集的语言和想象力创造出超越生活的鲜活细节和个性鲜明的人物，就是说，文学永远是在生活之中，但文学是从生活中提炼的。文学像生活一样复杂，但要解释这种复杂性，就得强调作家对生活的理解和把握的能力，强调时代的变化对文学带来的新的要求。文学应当承载着人类在时代发展中的重要思想，使之不仅仅是表达现实生活那么直接，还得有生活之外的任何存在的物质，使之表达出来，比生活更加引人注目，这样或许可以解释为什么那些"袒胸露怀"歌唱现实的作品，在情感的喷射之后显得落寞和孤独。

一个作家的观感、视角，也就是一个作家的价值判断能力，或者异质性的经验，是一个作家对生活不断地阐释，对生活的空间以及多变的外部环境做出充分的估计，在作品中不断地加入自己的思想认识，启发他更加自觉地去发现生活中更加隐秘的那部分内容。假如，作家对生活产生怀疑，那就要有对生活足够的解析能力，要有一定的勇气和眼光，一定的立场和姿态。一个作家只有有了立场，才能有思想，才能有不同于平常人的想象力，才能创造出更加新鲜更加伟大的艺术品。

可以说，记忆是想象力的出发点，是想象力通过不可预言的飞翔伸向虚构的跳板。我从陕西农村的记忆里汲取了营养，使我进入边疆现实的军营环境，能张开想象的翅膀，进而自由发挥。一旦进入那个状态，我会尽力控制自己的情绪，把现实中的烦躁搁置一旁，潜心编织自己的梦想。

我在四十岁之前，早就觉得具有原型意义的真切世界已经不复存在，取而代之的是一个模糊的相对破碎的世界，我看什么都觉得不完整、不够清晰了。我们面对的人生，是一个复杂多变的万花筒，虽然无法预知未来，却通过小说可以去想象，去描述。曾经，想象和描述使我对小说越来越着迷。由于写作这条路子走起来异常艰难，我也曾经放弃过写作，至少有两到三年，我没写一个字。但那两三年我几乎食不甘味，夜不能寐，活得并不快乐。看来，写作早已成为我生活中不可或缺的一部分，我很难放下。当我重新操起了笔，用文学来表达我内心的感受并描述我的精神世界时，我的心里终于踏实起来。从那之后，我坚持了下来，保留住了对文学的那份挚爱。四十多岁了，虽然在创作上觉得没成就感，但我认为这二十年没有白活，是值得的。但是，随着年龄的增长，长期熬夜写作，另一种困扰袭击了我，我现在"从头坏到了脚"。你们别笑，我说的"从头坏到脚"是身体，而不是人品。我的颈椎、腰椎、膝关节、脚掌都出现了问题，这几年一直处在疼痛之中。为减轻疼痛，我一直在尽力治疗和锻炼，这个道理我是懂的，所以，我不喜欢别人无休止的规劝。这样说吧，身体上的疼痛我还是能克服的，无法克服的却是创作上的自我重复，我说的是情感上的重复，不是细节和情节。心灵的呻吟真的是没有魔法可以安妥的。

我一直在求变中苦苦挣扎。有段时期，我一直在想，如果用社会的眼光认识现实，这是我写作的局限，只有扩大题材范围，才能拓展自己的创作空间。调到北京工作之后，我开始写都市题材的小说。可是，我内心却是不踏实的，对不同环境下人性的判断常常会有失衡感。那种复杂的、感性的、矛盾的心理使我的一些感受会出现偏差，当然影响到了我的表达，致使小说人物的物质欲望比生命欲望更加强烈。我承认，这些小说在艺术内涵上比较欠缺。可是，我对欲望化的叙述和对生存表象的描写从不迷恋。

我对待写作是非常认真的，包括在生活中，我都是个较真的人，这就致使我的苦恼多于别人。在日本的这几天，我真切感受到了"认真"这个词的实质意义。我喜欢认真，我还会认真下去。

写小说是对另一世界秘密探寻的过程，使我对生活有份好奇心，无论快乐还是烦闷，我永远都会保持住这份好奇心。

鲁院是我写作的分水岭

　　我到鲁迅文学院学习时，我还在新疆的部队工作，基本上是在孤独和与世隔绝的状态下写作的，为能感受军队以外的社会，给闭塞多年的自己灌输些新东西，我报了影视班，为的是能在鲁院多待半年时间。在当时大多数写小说的人心目中，是不屑于编剧这个行当的，认为影视剧是通俗之物，不值得一提。我当时或多或少也有这个心态，并且有点固执地不参与影视方面的活动，一门心思钻研小说。

　　我们那一批学员，文学班和影视班基本是在一起上课，大约有一百三十多人，很庞大的一个群体，类似于部队的一个加强连。鲁院五楼的教室真够大的，装得下这么多人，上课时，黑压压一屋子人，够壮观的。刚开始，大家还不相识，不知道彼此的深浅，课余见面打个招呼，一脸的真诚，能看到文学的神威在这些人身上体现得非常充分。我是喜欢这种交往的，因为文学在我心目中一直占据着一定的位置。

　　我有幸跟两个文学班的同道们搭过伙，一九九九年下半年的班，二〇〇〇年初一个班，加起来不得了，近三百人呢。但是，我似乎与第一个文学班的人交往得多些，因为二〇〇〇年初的文学班突然改了名，叫"新世纪第一届作家班"，好家伙，都成作家了，许多人与我们影视班的泾渭可分明了，所以，到分别时有些人都叫不上名字来。这主要怪我，性格孤僻，不太与人交往，失去了一次认识同学的机会。

　　过去的就让它过去吧。现在想起来，也没有啥可遗憾的，该认识的不是都认识了嘛。缘分呐。

　　鲁院的学习内容非常丰富，除过老师授课，按时上交习作外，教学部还定期组织给学员开作品研讨会，请来京城各大文学刊物的当家人，现场"订货"，像我们中间的石舒清、徐承伦等佼佼者都是在那时脱颖而出的。我的两篇习作也有幸参加过作品研讨会，在老师们的指导下，经过修改，短篇《游牧部族》发在《长江文艺》，被《小说月报》转载了，另一篇《高原上的童话》发表在二〇〇〇年《青年文学》的"鲁院小辑"上。

　　更叫我难忘的，是当时我们部队的武警杂志社与鲁迅文学院、《解放军文艺》联合给我和衣向东开了一次作品研讨会，地点就在鲁院五楼的大教室里，当时鲁院的老师，一些著名的文学评论家，还有我的同学都参加了。专家们对我的小说进行了细致的分析，提出了许多宝贵的意见，到现在我还记得，像抓住地域特色、利用自身资源之类的词语，至今还萦绕在耳边，对我的冲击力很大，使我的小说创作思路改变了不少。

　　我这个人一贯坚持朴素地面对生活，真诚地对待自己喜爱的文学。生活在这个世界上，那些没有丧失思考和感受能力的人，大多都跟自己过不去，爱好文学的人就是这样。我们班上（指文学和影视两个班）有许多跟自己较真儿的人，最熟悉的，就有宁夏的石舒清等人，他们对文学的虔诚，着实叫人感动。还有江苏的一个小姑娘，叫什么名字我不记得了，听说只有十六岁，只记得她见人就把脸迈开，谁也不理会，在五楼的教室里与我开过不少夜车（往往到凌晨天亮时会剩下我俩），没与她说过一句话，却听说她在鲁院期间写了两三个长篇。

　　当时，我在写今生的第一个长篇，是历史小说，在新疆写了一半，从踏入鲁院大门的第二个晚上开始，写了十七个夜晚，一直到过完国庆节，没落下一个晚上，又写了十五万多字，用了三十多支圆珠笔芯，抽了三条烟，终于画上了句号。现在想起那些夜晚来，历历在目。那是个多雨的秋季，晚上七点多带上纸笔、水杯，还有烟，来到五楼，点上第一支烟到天亮，只需一次火，一根接一根把黑暗燃尽，用微弱的香烟头迎来黎明。从数十个熬夜的同学，到两个，或者只剩我一人，每夜写完八九千字，都不像个人了，脸色苍白地回到宿舍洗把脸，到楼下操场跑一圈，回来吃早饭。不知鲁院的老师们出于什么想法，让我担任"影视班"班长，得负责安排打扫教室卫生，我不敢懈怠，上课前一个一个地唤人（我从来就没叫动过那个在教室写长篇的小姑娘）。每当上的是影视编剧课，与小说无关时，值班老师查完人数一走，我听上一阵课，然后溜回宿舍睡觉。中午饭后那一觉是免不了的，得睡一下午，给"夜战"打基础。幸亏时间不长，我的长篇杀青，不然，我耽搁了不少课程，来鲁院可不就亏大了。

来鲁院之前，我虽然也发表了几十万字小说，但说句真心话，当时我基本上还属于一个门外汉，只是在远处眺望，还没有真正入文学的门。这不是谦虚，我心里确实这样认为。在我写完长篇，回头认真听老师讲课，与同学们交流时，才发现我有多么浅薄，从来没有系统地听过文学方面的课，读的书太少。在鲁院学习的一年间，通过听课和交流，使我改变了小说观。这很重要。我至今还记得那时整夜听石舒清、赵兰振、谷禾、卢金地等人聊外国文学，我像个傻子似的坐在角落里张大嘴发呆。他们对我的刺激很大，后来发誓苦读，回到新疆后恶补过一阵，但越补越不敢写小说了。

我不再随心所欲地写小说了，慢慢地学着控制自己的情绪，不像以前那样任意结构，开始有效地注入感情，使小说中的故事随着人物命运的发展，有张有弛，变得动听起来。回到新疆不久，我写出了《驮水的日子》等一批，与以前的叙述方式完全不同的中短篇。我的小说发表后，开始在《小说选刊》《小说月报》《中华文学选刊》和《中篇小说选刊》上转载，同时，引起了武警部队上级部门的注意。

其实，可以把鲁院看成是我文学生涯的分水岭，我前后的差别很明显。我后来一直在说，鲁院不仅改变了我的小说观，同时，还改变了我的人生道路，如果没有那年的鲁院生活，没有在鲁院接受的教育，我的思想将依然停留在过去坐井观天的层次上，不可能看到一个新的文学天地，更不可能有机会调到北京。从边远的新疆到首都北京，我从没敢有过这样的奢望。

部队给了我沃土，鲁院给了我阳光，我这颗种子才发芽的。没有部队，我至今还在农村种地；没有鲁院，我至今还在小说的门外徘徊。这样说一点都不过分，一个人可以忘记自己是谁，但一定要知恩。虽然写作是自己的事，但缺乏正确的认识和引导，是绝对不行的。鲁院的胡平老师、王彬老师、秦晴老师、礼平老师、王歌老师……还有我接触过的一些杂志编辑老师，是他们在我行进的途中，不断地扶我一把，不停地提醒我。

这几年，我创作上也取得了一点成绩，短篇小说获得了第三届鲁迅文学奖、首届柳青文学奖，还有全军的一些奖项，这与当年在鲁院的学习分不开，如果没有那时改变小说创作观念，我可能至今还蒙沌未开。

离开鲁院六年了，这六年里，鲁院发生了巨大的变化：三人一间的宿舍改为一人一间，办公室建在原来的食堂上面了，院子的操场变成了绿地。很迷人的变化啊。条件越来越好了，原来的普通班变成了高级研讨班，一些知名的作家来此轮番深造，而像当年我们那些文学爱好者，今后上鲁院的机会微乎其微了。

我算是幸运的。这也是缘分呐。

阅读上海

——以王安忆、张爱玲写上海的作品为例

对上海，我没有足够的能力了解它的内质，只好从本土作家那里寻找。就像过去，人们凝视巴黎或者伦敦，看到的并不是巴黎和伦敦的表面繁华，而是雨果、波德莱尔和狄更斯笔下的巴黎和伦敦具体的细枝末节。那么现在，我也试图从张爱玲和王安忆两位著名的上海籍作家的文字里阅读这个大都市。尽管，不能透过这两位女作家的文字，完全地感受和想象上海，可是，这个途径却是唯一的。

在我有限的阅读范围里，真正把上海写得透彻并具有人情味的，还是张爱玲和王安忆。在过去或者现在，有相当多的一批中青年作家，不约而同地表现大规模的中国民族题材，力图建构宏大的中国叙事，都在追求史诗性长篇巨著，我发现，张爱玲和王安忆这两个不同时代的作家，却从小处着手，一直在精心经营小人物的琐碎生活，与宏大叙事格格不入。在这一点上，两位女作家有着惊人的一致，她们对上海的描摹却不尽相同，也没有可比性。如果全面评价一个作家，要我选择的话，我更倾向于王安忆一些，因为她写过大量反映农村生活的小说，她笔下的人物，无论是生存现状还是人情世态，人间烟火味更浓烈一些。再说到写上海，陈晓明曾说："要描写上海的弄堂文化或小市民文化，没有人可以达到王安忆的水准。张爱玲在那个时代是一个高峰，但张爱玲过分尖刻悲观，王安忆在平和中可以调和欣赏和批判之间的平衡，津津乐道与反讽的快意使得王安忆的描写

如沐春风。"王安忆在和张新颖对话时说过这么一段话："我们上海的里弄是非常恐怖的，像我生活的地方，淮海路的弄堂里面，可恐怖了。上海的后弄，不是恐怖，是阴森，非常阴森。首先它有很多传说，说是传说，其实是真发生的事情，而且是在不久之前，说这里有个上吊的女人，那边垃圾桶里有个小孩子被人家杀掉的，那里嘛又有个精神病，我们的弄堂给我的印象特别阴暗。然后又有个大问题，后弄里面没有灯，每一次我们学校里面晚上有活动，我很大的一个困扰就是，晚上回来怎么样走回这条弄堂。我老是觉得这条弄堂里埋伏了很多很多鬼怪。我家里都知道我这个情况，每次，都要派人在弄堂口等我。我现在想起来，我们家的后弄正好对着前面打破掉的一个后窗，这后窗上曾经有过一个精神病在那边喊叫，这个窗的玻璃打碎了也没重配，用木板钉了很多横条。这个窗户是我从小最害怕的地方。我倒从来没有在农村受过惊吓，觉得蛮明朗的，平平坦坦，我们那里的民风倒是堂堂正正的。"(《西部华语文学》二〇〇七年第六期)这是王安忆无法逃避的一段记忆，是她对弄堂的真切感受。真正在她写上海的作品里，更多的关注点在人物的命运和生活状态上。

无论怎样，王安忆在写上海小市民前，曾经写下一大批脍炙人口的农村题材小说，我还从王安忆的两本读书演讲集中，看出她对文学的珍爱，对其他作家的宽容态度，这叫我对她更加敬佩。不像有些作家，会几句外语，出几次国，动不动就诋毁国内作家，满嘴国外怎么怎么的，和谁谁对过话之类，趁机抬高自己，号称从来不看国内的文学杂志，对赠送的杂志从不拆封，这种态度，是我等杂志人孰难容忍的。可王安忆不一样，她写出那么多作品，竟然还看杂志，连偏远的大庆市办的《岁月》杂志都看，并且是真看，曾称赞过其几篇文章写得不错。

王安忆说："我看书，有时候要多，四周都是书，各种各样。看，其实是只能看其中的一本，但是有这么多书在身边，人就有富足的心情，有些吃着碗里的，看着锅里的意思。""总之，阅读就是体验另一种现实，这可在我们有限制的经验与时间中再创造经验与时间，但它不是身体力行，而是由心境完成，所以，我们就要训练心境，使之利于阅读。"(《我读我看》)

作为一个城市的上海，无疑是王安忆近期写作中的重要背景之一。而二十世纪九十年代以来，随着上海经济的复兴和时尚文化的影响，上海再次成为大陆文学写作的一个中心，其中，王安忆及其写作又无疑是众多作家作品中最引人注目的。将王安忆关于上海的写作纳入她整个的创作历程中，发现上海之于王安忆的意义绝非故乡一词可以概括，也并非一个写作资源就能够说得清的。这个城市复杂的过去，以及她在中国历史中的独特性，与王安忆形之于文的姿态及其写作历程的演变，构成了一个颇可玩味的互助关系。因为，王安忆在写上海之前，写下大量优秀的插队知青小说和准农村小说，那么，回过头来，她开始写上海时，却是那么理智，完全没有像张爱玲那样信手拈来。我一直在想，尽管王安忆从小生活在上海，可要回过头来写上海时，是不是也得经过一番痛苦的煎熬，思索从何处下手？像我等农村出身的写作者，面对城市，是得找到适合自己的切入口！

王安忆说，上海是一个非常"硬"的城市，并不是很多人认为的那样软绵绵。王安忆在写王琦瑶（《长恨歌》中的主人公）时，将上海女性并不柔弱的另一面暴露无遗。王安忆笔下的许多女性都有着对现实冷静的观察、分析和判断，懂得什么时候要让步，什么时候要坚守，否则她们在上海这个大城市无法生存下去。她们的柔弱和得体，其实包裹着的是铁一样冷而硬的社会等级和习俗的精辟认识。王安忆就是通过这样一些女性日常生活的书写，以及在上海的外地人的生存状况来表现上海的。这些外地人对于上海来说，一方面是征服者，同时他们又是真正意义的弱势群体。比如他们说普通话，这是一种新中国的强势文化的表现，可在上海这个特殊的"阿拉是上海人"的包围中，他们又是弱势的，甚至，是自惭形秽的。这些，只有在王安忆的小说中才能有切肤的感受。

王安忆小说中的上海（尤其是《长恨歌》），是一个在时间状态上非常多样化的上海。它不因为新中国带来的转变而变得沉于怀旧，一味梦想过去；也并未因为上个世纪九十年代以来，特别是浦东开发区的成功在国际化空间中得到的辉煌印证。事实上，百年上海的历史都一层一层地积淀在这个城市空间中，积淀在一些极为具体的日常生活里。在这个空间中，我们可以通过阅读，看到不同时代、不同阶段，以及不同阶级在文化上的烙印。它们沉淀在上海这个城市的角角落落，就是活生生的人生，家长里短，任何一方面都没有因为时间的推移而消失，反而，变得更为真实。

如果说，大街是一个城市的脉络，那么，小巷（即上海的弄堂，北京的胡同）就是城市的微细血管了。王安忆在《长恨歌》开篇，是这样写上海弄堂的：

　　站一个制高点看上海，上海的弄堂是壮观的景象。它是这城市背景一样的东西，街道和楼房凸现在它之上，是一些点和线，而它则是中国画中称为皴法的那类笔触，是将空白填满的。当天黑下来，灯亮起来的时分，这些点和线都是有光的，在那光后面，大片大片的暗，便是上海的弄堂了。那暗看上去几乎是波涛汹涌，几乎要将那几点几线的光推着走似的。它是有体积的，而点和线却是浮在上面的，是为划分这个体积而存在的，是文章里标点一类的东西，断行断句的。那暗是像深渊一样，扔一座山下去，也悄无声息地沉了底。那暗里还像是藏着许多礁石，一不小心就会翻了船的。上海的几点几线的光，全是叫那暗托住的，一托便是几十年。这东方巴黎的璀璨，是以那暗作底铺陈开。一铺便是几十年。如今，什么都好像旧了似的，一点一点露出了真迹。

　　通过这段文字，让我对上海的弄堂有了一定的认识，对繁华背后的上海开始用新的眼光打量。看来，每个城市华丽的背后，都有它真实的另一面，就像北京，堆满鲜花的长安街后，有狭窄没落的小胡同。当然，在现代化的大前提下，那些真实的一面会被冠上"遗产"二字，哪怕从中流溢着陈腐气息，都会透出浓郁的文化味儿。

　　可是，王安忆是理智的、清醒的，她时刻都保持着一颗敏锐的警惕心，绝不陷于滞后的行列，对新生的上海自有她的观点。在中篇小说《新加坡人》中，她是这样描述崛起的浦东的：

　　灯都开了，这一岸是殖民时期的欧洲古典建筑，大石块的墙面，乔治式平顶，偶有几座哥特尖角，但不显著，沿江岸拉一道弧度。灯光的设计大约采自于现代的欧洲，那些中世纪的古堡，在自下往上的灯光里，青苔与石缝刷地绽开了。在此，灯光贴了洗过的墙面上去，均匀平滑，只在突出的石砌的窗台与窗楣上方，投上暗影，有些像古典戏剧里巨大面具的笑脸，带着几分阴惨，是穿过历史幽深隧道的污染吧！而这多少是奥秘情调的灯光，立即被那一岸的强劲光芒压抑住了。那一岸是近年内的新建筑，球状，方尖碑状的几何形，高和大，突兀在黝黑的江岸，将那崭新，锐利，立体的灯光砸在狭窄弯曲的江面上，并发出跋扈的气派。

这就是王安忆，从一开始，她就是一位现实主义的作家。她的思考深入持久，她会一点点地进入远离政治的写作。当她从日常写实中穿越的时候，她往往会触入到时代发展的背景，她对上海日常生活的具体性和复杂性的把握，在目前是非常突出的。

就像《长恨歌》中的上海，不是被时代遮蔽的民间世界，它也是生活的主流，也有灯火通明的夜生活。在《长恨歌》第一部，王安忆用整整一章的内容来写王琦瑶的生活环境，即普普通通的弄堂风景。二〇〇七年五月，我随一些文学同仁来到上海，才看见真正意义的大都市风采。在此之前，我先后两次来上海学习，只是从火车站到作协，再到远离城区几十公里的青浦驻地，没机会一睹现代化大都市的尊容。其实，在我的意识里，城市大同小异，只是楼高楼低，高楼大厦的建筑样式不同罢了。一个城市的真正内核，还是具体的市民生活。这次，我随大家去过外滩和南京路后，我曾单独去寻找王安忆笔下的那些弄堂风物，可看到的全是喧哗与匆忙的身影，根本找不到王安忆笔下的平和与安静。我本不想再大段地抄写王安忆精彩的描写了，可我没能力表述清楚她所表达的那种弄堂小人物的生活现状，只好再次照抄《长恨歌》中写王琦瑶的一段：

> 王琦瑶是典型的上海弄堂的女儿。每天早上，后弄的门一响，提着花书包出来的，就是王琦瑶；下午，跟着隔壁留声机哼唱"四季调"的，就是王琦瑶；结伴到电影院看费雯丽主演的"乱世佳人"，是一群王琦瑶；到照相馆去拍小照的，则是两个特别要好的王琦瑶。每间偏厢房或者亭子间里，几乎都坐着一个王琦瑶。王琦瑶家的前客堂里，大都有着一套半套的红木家具。……上海的弄堂里，每个门洞里，都有王琦瑶在读书，在绣

花，在同小姊妹窃窃私语，在和父母怄气掉泪。上海的弄堂总有着一股小女儿情态，这情态的名字就叫王琦瑶。这情态是有一些优美的，它不那么高不可攀，而是平易近人，可亲可爱的。它比较谦虚，比较温暖，虽有些造作，也是努力讨好的用心，可以接受的。它是不够大方和高尚，但本也不打算谱写史诗，小情小调更可人心意，是过日子的情态。它是可以你来我往，但也不可随便轻薄的。它有点缺少见识，却是通情达理的。它有点小心眼儿，小心眼儿要比大道理有趣的。它还有点耍手腕，也是有趣的，是人间常态上稍加点装饰。它难免有些村俗，却已经过文明的淘洗。它的浮华且是有实用作底的。弄堂墙上的绰绰月影，写的是王琦瑶的名字；夹竹桃的粉红落花，写的是王琦瑶的名字；纱窗帘后头的婆婆灯光，写的是王琦瑶的名字；那时不时窜出一声的苏州腔的柔糯的沪语，念的也是王琦瑶的名字。叫卖桂花粥的梆子敲起来了，好像是给王琦瑶的夜晚数更；三层阁里吃包饭的文艺青年，在写献给王琦瑶的新诗；露水打湿了梧桐树，是王琦瑶的泪痕；出去私会的娘姨悄悄溜进了后门，王琦瑶的梦却已不知做到了什么地方。上海弄堂因有了王琦瑶的缘故，才有了情味，这情味有点像是从日常生计的间隙中迸出的，墙缝里的开黄花的草似的，是稍不留意遗漏下来的，无意插柳的意思。这情味却好像会洇染和化解，像那种苔藓类的植物，沿了墙壁蔓延滋长，风餐露饮，也是个满眼绿，又是星火燎原的意思。其间那一股挣扎与不屈，则有着无法消除的痛楚。上海弄堂因为了这情味，便有了痛楚，这痛楚的名字，也叫王琦瑶。上海弄堂里，偶尔会有一面墙上，积满了郁郁葱葱的爬山虎，爬山虎是那些垂垂老矣的情味，是情味中的长寿者。它们的长寿也是长痛不息，上面写满的是时间、时间的字样，日积月累的光阴的残骸，压得喘不过气来的。这是长痛不息的王琦瑶。

在这段描写弄堂的细腻文字中，我读到了弄堂真正的内涵，那些背阴的闺阁，压抑感慢慢地从心底升起。可就是这些被大都市繁华遮蔽的生活状态，才是上海真正的内质。虽然这只是上海的一部分，但王安忆却以王琦瑶作为媒介，将上海繁华背后的一面真切地展现出来，使上海有血有肉，丰盈饱满起来。

再看王安忆写上海弄堂的另一段文字：

上海的弄堂是种类繁多、声色各异的。那种石库门里弄是上海弄堂里最有权势之气的一种，它们带有一些深宅大院的遗传，有一副官邸的脸面，它们将森严壁垒全做在一扇门一堵墙上。一旦开门进去，院子是浅的，客堂也是浅的，三步两步便穿过去，一道木楼梯在头顶。木楼梯是不打弯的，直抵楼上的闺阁，那二楼临街的窗户便流露出了风情。上海东区的新式里弄是放下架子的，门是镂空雕花的矮铁门，楼上有探身的窗还不够，还要做出站脚的阳台，为的是看街市的风景。院里的夹竹桃伸出墙外来，锁不住的春色的样子，但骨子里头却还是防范的，后门的锁是德国造的弹簧锁，底楼的窗是有铁栅栏的，矮铁门上有着尖锐的角，天井是圈在房中央的，一副进得来出不去的样子，西区的公寓弄堂是严加防范的，房间都是成套的，一扇门关死，一夫当关万夫莫开的架势，墙是隔音的墙，鸣犬声不相闻的，房子和房子之间隔着宽阔地，老死不相见的。但这防范也是民主的防范，欧美风格的，保护的是做人的自由，其实是做什么就做什么，谁也拦不住的。

王安忆写出了地道的上海弄堂味儿，就像北京的胡同一样，是普通人极具个人情感的凭吊和追忆。

没到上海之前，我从王安忆的小说中已经了解到上海的石库门，那里是最典型的上海市民聚居区，一些建筑从外观上保持了中国传统民居的封闭式深宅大院的样式，但面积和尺度大大缩小，空间变得紧凑甚至有些局促，由于早期的住宅每户都有一个简单的石料门框，内配黑漆厚木门，所以将此类住宅群一律称为石库门里弄。只是到了后期，不断改进的新式石库门建筑才开始注重石库门本身的装饰，一般在石料门框上方有三角形圆弧山花，上面有西式砖雕或石雕，在砖券、柱头等部位也出现了西式装饰。从上个世纪二十年代中期开始，上海在石库门里弄的基础上出现了新式里弄住宅，考虑到小汽车的通行和回车，有了总弄和支弄的明显区别，天井没有了，用矮墙或绿化作隔断，外观基本上西化了。更为突出的是水、电、煤、卫生设备改装较为齐全，有些新式里弄住宅还有煤气和热水汀等设备，生活的舒适度不言而喻。在这一片街区中，有复兴坊、万宜坊、花园坊、万福坊等众多的新式里弄住宅。上个世纪三十年代后，新式里弄开始转向花园里弄、公寓里弄，出现了更为舒适更为精致的里弄住宅，每一户门前都有庭院绿化，建筑标准更接近花园洋房，完全的欧洲建筑。由于这一街区有着良好的规划设计，还有来自西方的民主自由的政治空气和浓郁的文化艺术氛围，无论是商贾巨富、军政要人，还是文化艺术界人士都选择此地为居所。除了在花园洋房里我们曾提到的名人故居外，这些里弄住宅里更有为数众多的名人故居。著名科学家竺可桢、著名文学家叶圣陶、一代画师徐悲鸿，还有鲁迅的遗孀许广平等，都曾在这里居住。

有评论家说："对比十九世纪欧洲资产阶级文艺的高峰形态，我们会看到，上海的大都会面相，直到王安忆笔下才获得了诸如《巴黎圣母院》中'巴黎鸟瞰'那一节所具有的历史纵深和社会密度。与此对应的是什么样的一种表达形式，是当代批评必须回答的问题。遗憾的是，我们今天能看到的，仍然只是问题的一小部分。在王安忆的作品里，虽然'崇高'的内容方面具有不折不扣的历史性，但其形式方面却并不是一种居高临下的观照。毋宁说，它的内在构成是大量的、密密麻麻的、纯粹个人的（往往是女性的）日常性瞬间体验。如果把王安忆对上海的观察还诸王安忆作品本身，我们可以说，在今天，当我们在上海的马路上游荡，如果我们的思绪说得出话来，它说出来的或许就是王安忆式的城市私语。如果上海对我们不再显得疏远、冷漠、格格不入，那或许就是因为我们把她的某个故事，某个段落，某个女主人公当作了城市的心。"说得这么深刻，不知王安忆会不会认同？不知她写《长恨歌》时，是不是这样想的！

要知道，站在王安忆的角度写上海，难度已经非常大了。当年已经写出《小鲍庄》《大刘庄》和《叔叔的故事》等优秀作品的王安忆，她自觉地开创了一条新的创作道路，即近些年写上海小市民生活的日常叙述，看似平常，其实，这是最见一个作家能力的。越是平淡的，越难写。王安忆曾说："在上海这个城市写东西对人真是有一种挑战。上海的写作两条路，一是走出城市，或者就是走进书斋。"看来，王安忆像我们一样，时常也是处于困惑之中的。

王安忆不止一次地在文章中说到，作为现代城市的上海对她的影响极大。在《乌托邦诗篇》中，她分析了自己为什么不能理解张承志的原因，她说："我是一个在近代城市上海长大的孩子，我满脑子务实思想，我不可能将一条河一座山作为我的图腾，我的身心已经很少自然人的浪漫气质，我只可实打实的，找一件可视可听可触觉的东西作我的图腾。"

其实，王安忆并不是完全没有浪漫气质的，在她最早的小说，像《雨，沙沙沙》《本次列车终点》和《69届初中生》中，还是能看到她对生活浪漫的向往，尤其是《雨，沙沙沙》中的雯雯，路灯光晕下的经历，她站在窗口看雨中的街道，对情感的浪漫期待，使我看到了王安忆的另一面。我一直在想，是不是王安忆发现上海这个大都市也有着如此取之不尽、用之不竭的题材时，她内心的激动不亚于当初找到小鲍庄时的欣喜？！她的心里一定涌起豪迈的激情，像诗人周涛当年发出的那声感慨："伊犁河，我的河！"那样，王安忆觉得上海是属于她的！就像她在《歌星日本来》中描述的那样："崇高的发源于欧洲历史上某个遥远时期的艺术风格的建筑矗立在上海的天空下，有野心的孩子就想：这是我的城市，这是唯一的城市，这城市以外的其他城市，于他都算不上城市。"

看来，王安忆还是真正理解了上海，所以，她后来才写下了大量以上海为背景的小说。尤其是在《长恨歌》里，王安忆挥洒自如，将弄堂的世俗生活写得像《红楼梦》中的大观园一样，时时处处可见人间烟火气息，使人物回到了正常的生存状态，回到了俗世。

韩少功曾经有一段话是这样说的："写乡村还是写都市，写社会还是写个人，写得高深还是通俗一些，写得紧张还是松弛一些，都不重要。重要的是一个作者能否像意守丹田一样意守人世重大的精神难点，能否打开天门一样打通自己灵魂救赎之途。"

这话如果针对王安忆，我觉得很正确。我一直认为她是一位多元化的作家，在我有限的阅读中，王安忆大概是上个世纪九十年代初才真正开始写上海的，在此之前，使她成名的作品，像《小鲍庄》《荒山之恋》《大刘庄》等，全是写农村生活的。就是那些作品，使我对王安忆产生了深深的敬佩，因为她没有站在知青的角度写农村，而是把自己融了进去，像《小鲍庄》里的捞渣等人物，至今叫人难忘。同时，王安忆还为《小鲍庄》中的人们普遍使用"仁义"一词所作过这样的解释：有一些极书面的词却被用成一个常见的俗语，如与人为善宽厚通达友爱助人被叫作"仁义"，这"仁义"二字见于大人小孩之口，其中又可见中国文明历史内容之一斑。

王安忆是个写作题材很丰富的作家，她的领域涉及很多角落，像发廊的小姐。当然，她前期的作品《大刘庄》，显得比较特别，王安忆采用的是对称和对比的结构，叙述的是大刘庄和上海这两个不同环境下几个青年男女在同一个时间段不同的生活状态。《大刘庄》的题材是王安忆迄今为止创作的两个主要方面，其一是乡村或接近于乡村的小城市，这一类题材在王安忆的作品中，又大多具有一种普遍的意义，或者是对这些乡村生活中所体现的文化内涵的发掘，都与上海有关。像长篇小说《上种红菱下种藕》；或者是对普遍人性的揭示，比如《小城之恋》。另一类是城市生活，除了《香港的情与爱》，甚至《香港的情与爱》的女主人公逢佳也是一个出身于上海的女子。同时，《大刘庄》中的淮北和上海也是王安忆创作最为集中的两个地域，一个是她曾经上山下乡插队的地方，另一个就是她后来居住地——上海了。

虽然，王安忆的《大刘庄》不是纯粹写上海的作品，可在这篇小说里，她要表达的上海情结仿佛更浓烈。王安忆凭借发生在大刘庄的一系列事件为主体，以迎春的婚事为主要线索，由此涉及其他的青年男女，乃至整个大刘庄人对婚姻的态度，再由婚姻延伸到他们的人生观和理想。并且，王安忆设置了一个很能表现作家观念的人物——百岁子，他是大刘庄唯一到过上海见过大世面的人。当看到庄上的人们在听百岁子讲述关于上海的见闻时，我们看到，大刘庄的人对上海的了解是多么幼稚可笑：他们没见过火车，不可能知道上海这个大都市还有一条非常著名的南京路。上海是遥远的，对于他们，上海简直就是一个神话，一切都是那么神秘莫测。写到这里，王安忆仿佛意犹未尽，她是不是担心这个细节缺乏真实性，这样表现不足以体现出大刘庄与上海的距离，于是，王安忆又写了一个上海来的哑巴。哑巴在这里完全是表达一种观念的隐喻，既表明了上海就是一个神话，上海人不必在大刘庄这个小地方开口说上海话，别人还得知道她是上海来的，不能说话的哑巴得受到礼遇和尊崇，大刘庄的人说："别看她哑，她大鼻大眼，长得大气，像大地方的人哩。"没办法，一个哑巴的长相，都代表着大上海呢。

王安忆之所以这样写，她内心里是存在着大地方人优越感的。正是由于这些原因，我们看到了王安忆对上海这座城市历史的理解，虽然这一理解不一定直接表达，但我们却明白地看到作家心中昔日上海的浮华。在王安忆笔下，有许多人物含泪离开上海，他们当然不会想到，有朝一日他们又会回到这个梦寐以求的城市，但他们没想到，当他们重新回到朝思暮想的上海时，竟然不能像以前那样与它融合在一起，他们困惑了，却不知道为什么困惑。城市的空间是逼仄的，城市人的生活是紧张的，这个城市中人的心里又似乎有着太多使他们不能理解的一面，他们看到，百货公司里有充裕丰富的商品；人们穿的戴的是最时髦、最摩登的服饰；饭店的饮食是最清洁、最讲究的；电影院里上映的是最新的片子。上海就代表着中国文化生活的时代新潮流。

这就是王安忆小说中的丰富内容，她写下了大量出出进进的上海人，写出了他们得天独厚的心理，也写出了他们的困惑，还有他们的安于现状。没办法，王安忆的人生经历，赋予她的创作领域就这么宽广。

相对而言，张爱玲就不可能涉及王安忆这么丰富的生活领域，她没机会看到上海翻天覆地的变化，也没法写出王安忆前期的那些农村题材作品。

当然，张爱玲自有她的特质。胡兰成曾说张爱玲的文字仿佛是"戴着脚镣在钢琴上跳舞"。我认为，张爱玲是一个颇能表达自己认识的作家，不然，她的作品怎么能长久不衰。

有人说，张爱玲是中国文学史上的一个"异数"，是不是异数，这个问题不是我等来论说的。我只知道她写上海的小说，基本上是日常细节不厌其烦的叙述，是大都市世俗的普通人生活，从阅读她的作品中能感受到，她对上海旧生活的观照是很绝妙的。更何况，张爱玲的才情在于她发现了上海的人情世态，写下来告诉你，让你感受到大都市普通人的生活现状，她还告诉你，她知道的，但她从不拿自己是上海人来炫耀。而且，还有点嘲讽和批判的意思。

《倾城之恋》开头就写道："上海为了'节省天光'，将所有的时钟都拨快了一小时，然而白公馆里说'我们用的是老钟，'他们的十点钟是人家的十一点。他们唱歌唱走了板，跟不上生命的胡琴。胡琴咿咿呀呀拉着，在万盏灯的夜晚，拉过来又拉过去，说不尽的苍凉的故事——不问也罢！……胡琴上的故事是应当由光艳的伶人来扮演的，长长的两片红胭脂夹住琼瑶鼻，唱了、笑了，袖子挡住了嘴……然而这里只有白四爷单身坐在黑沉沉的破阳台上，拉着胡琴。正拉着，楼底下门铃响了。这在白公馆是一件稀罕事，按照从前的规矩，晚上绝对不作兴出去拜客。晚上来了客，或是凭空里接到一个电报，那除非是天字第一号的紧急大事，多半是死了人。"这些文字，是精辟而独到的，从张爱玲的文字里，读到了远离我们却又熟悉的生活气息。

不少人说，张爱玲的小说是灰暗、颓废的，从中看不见希望。我不这样认为，她作品里写的那些爱情故事，充满了热烈与执着，处处浸染着亮色，只是张爱玲小说中的人物大起大落太多，看上去悲壮了一些，但不能说她的小说是灰暗的。

一些资料表明，生活中的张爱玲极其喜爱缎红的颜色，那么有光泽，又那么鲜艳，而这种红色本身就有着一种浓烈的气质。所以，才说张爱玲是一个被上海熏陶得很彻底的人。从她的作品和传记里，能看出她固执、倔强，是个特立独行的人，也就是她的个性非常强。她可以不顾别人的议论，与胡兰成结婚；她也可以放下所谓的伦理，与胡兰成分手。一切都是那么洒脱自如。并且，张爱玲敢于承认她自己是个自私的人，在她心里，只有自己。这对于女性，承认自己的缺点，何其不容易。要知道，剖析自己是需要勇气的，不然，会血淋淋，或者作秀。我个人更愿意把张爱玲理解为最真诚对待自己的女人，她的人生态度是去伪存真，绝不矫揉造作，拿自己当儿戏的，就是自私，也要光明磊落，像著名的法国作家卢梭那样，敢于承认自己人性中丑陋的另一面。所以，张爱玲作品中所写的悲戚，都是大悲戚，虽然不是她自己经受的，却是她看到的，她写这些，是因为它们存在，不是为了感动别人或者取宠。张爱玲懂得那个时代上海人的悲痛，也懂得那些人物的欢乐，因为懂得，所以深刻。

无论是从张爱玲的照片上，还是从她的小说作品中可以看出，张爱玲是个喜爱旗袍的女人。

在张爱玲笔下，旗袍不仅仅是服饰了，它是老上海不可缺少的一个时尚象征物。

说起旗袍，自民国始，上海洋场上女性的服饰流行旗袍。这一体现女性曲线美的特色服饰成了旧上海滩的一大时髦。晚清时代虽然女性也穿旗袍，但它和上海上个世纪二三十年代的旗袍已不是一个概念，它是经过改造过后的"另类旗袍"。这种有别于晚清的新式旗袍，凡少妇、中年女性均趋之若鹜。女性旗袍虽然是上海滩二十年代到四十年代的一道洋场风景，但它不是洋货，它的起因和发展倒是正宗的国粹，是源于大清帝国的旗人服饰。那时旗袍并不是女人的专利，男人也有，不过，男人穿旗袍是用来骑马的。民国之后，上海乃至全国的女性勃然兴起旗袍，确如张爱玲所说"五族共和之后，全国妇女突然一致采用旗袍，倒不是为效忠于清朝政府，提倡复辟运动，而是女子蓄意模仿男子"而为。至于旗袍的式样和种类，那更因人而异、变化无穷。马甲式旗袍、滚边式旗袍、披肩式旗袍、长衫式旗袍、高领式旗袍、低领式旗袍、高开式旗袍、低开式旗袍、直筒式旗袍、紧身式旗袍、长袖式旗袍、短袖式旗袍、荷花袖式旗袍、盖膝式旗袍、拽地式旗袍……具体到张爱玲小说里的各色人物身上，一再重复出现的那几位中国男人，失却了"适当的距离"，或仍然"安全地隔着适当的距离"，却都"不幸生活于中国人"之间的"华侨"或"归国学人"！他们是张爱玲小说《倾城之恋》中的范柳原和《金锁记》中的童世舫，他们对中国女性无条件或有条件地爱，靠得住或靠不住的爱，都与旗袍或多或少有些关联。像《倾城之恋》中范柳原对流苏说："难得碰见像你这样的一个真正的中国女人。"那天，恰好是"床架上挂着她脱下来的月白蝉翼纱旗袍。她一歪身坐在地上，搂住了长袍的膝部，郑重地把脸偎在上面。蚊香的绿烟一蓬一蓬浮上来，直熏到她脑子里去。她的眼睛里，眼泪闪着光"。还有，《金锁记》里姜长安的一生像一个"美丽而苍凉的手势"。瞒着母亲曹七巧的相亲之夜"长馨先陪她到理发店去用钳子烫了头发，从天庭到鬓角一路密密地贴着细小的发圈。耳朵上戴了二寸来长的玻璃翠宝塔坠子，又换上了苹果绿乔其纱旗袍，高领圈，荷叶边袖子，腰以下是半西式的百褶裙"。然后到了菜馆里，"怯怯的褪去了苹果绿鸵鸟毛斗篷，低头端坐，拈了一只杏仁，每隔两分钟轻轻啃去了十分之一，缓缓咀嚼着。她是为了被看而来的。她觉得她浑身的装束，无懈可击……"姜长安对自己的乔其纱旗袍充满自信。童世舫显然并不觉得旗袍这种"时髦的长背心"有什么不对，他"多年没见过故国的姑娘，觉得长安很有点楚楚可怜"。就这样，两人就对上了眼，很快定亲了。可见，张爱玲把旗袍的作用运用得有多么重了。

张爱玲小说中的旧上海女性形象，是不是都有张爱玲本人的影子。她们的性格中大多都聚集了一堆矛盾：名门之后，贵府小姐，却骄傲地宣称自己是一个自食其力的人。张爱玲也会悲天悯人，时时洞见芸芸众生背后的真实世相，但实际生活中却显得冷漠寡情。她也通达人情，但从她的散文随笔中能看出，她无论在待人接物，还是穿衣化妆，均是我行我素，独立孤傲。现在看来，张爱玲看似在作品里能随便同读者拉家常，但从她文章的骨子里也能看出，她始终和读者保持着坚定的距离，不让他人窥视到她真实的内心似的。张爱玲在四十年代的上海大红大紫，算是风光了一把，可是，几十年后，她在美国深居简出，过着与世隔绝的独立生活。只有张爱玲这样的女人，才可以同时承受灿烂夺目的喧闹，还有极度的孤寂与悲伤。当然，也只有张爱玲这种性格的作家，才能不管不顾地写出惊天动地的绝世爱情，影响着一代年轻的读者，特别是做着美丽梦想的女性读者。

尽管，张爱玲的一生充满了传奇色彩，可是，她作品中的人物几乎全淹没在日常生活的琐碎细节里，没有多少传奇故事。这，其实是张爱玲的高明之处。

小说来自日常生活的小细节，表达的却是人生大状态。

加缪说过"传奇不是文学，只是故事"。可是，当下的一些小说叫你无法分清是文学还是传奇故事。其实，有时想想，这个并不重要，重要的是我们如何有选择地去阅读，去体会作品中所要表达的人生意义，这就够了。

恐惧假期

在十一长假到来的前一天，我的护照终于办了下来，不容易啊，太不容易了！由于我的职业所限，前年有去法国和意大利的机会，就因我的护照迟迟办不下来，错过了时间，弄得作协还作废了一个名额。这次去日本，从接到通知，到更换文件，我一点都没耽搁，可还是不能按时走完这些可怕的程序。一拖再拖，我快崩溃的时候，终于能拿到护照，也算是有个交代。赶紧将它和照片送到作协，去排队签证。尽管没能按时完成，可总算完成了，按说我该长舒一口气了。

可是，一个叫我无所适从的长假到来了。

这个长假对我来说，简直是个灾难。从放假前，我就有着深深的恐惧感。以前，我都得逼迫自己在这种大假期里熬几个通宵，完成一至两篇"大部头"作品，可是，这大半年来，我对小说没有了一点感觉，每每逼迫自己去写时，却不知从何处下手，心里没一点底。所以，在这个假期的每时每刻，我都处在焦虑之中，坐卧不宁。这种焦虑感我一向就有，但平时可以找各种安慰自己的借口，比如得参加个什么活动，比如腰最近不行坐不住，比如晚上熬夜第二天上班没精神，比如工作上有些不顺心情绪不好。可是，长假里却没有这些理由。我只有像机器似的，逼迫自己硬着头皮坐下来，抱着电脑发呆。

对我来说，这是很煎熬人的。

写作对好多人来说，会有一个冠冕堂皇的理由，或者高尚的目的，比如为了理想，或者为了生命之类的说辞，在我这里却非常实际，我写作除了热爱之外，以前主要是为了改变命运，后来就是兴趣了，再后来，也就是现在完全成了强迫，早已没有乐趣可言，而且觉得是个负担。

写作没有给予我信心，相反，使我越来越不自信，当然，也没有快乐。很久以来，我对他人所说的写作是种享受一直心存怀疑，但一直没有就此质问过谁。我只知道自己每写一个东西，都是逼迫着自己，硬着头皮坐在那里——受罪。从写下第一个字开始，我就在想，是不是在重复他人或者自己？有一丁点新鲜感吗？说句实话，我已经对电脑产生深深的恐惧，只要看到它，我就颈椎僵硬，腰椎酸疼，心里焦躁不安。

人到了中年，就开始了身体与疾病的战斗，不是跟那种毛病斗争，就是跟这种毛病斗。这是个无休无止的战斗，总是在你内心最脆弱，情绪最焦虑的时候挑起事端，叫你无所适从。我的颈椎、腰椎，现在又加上了心脏，是我最顽固的敌人，不知这个冷战要打多久？

我一般不会提身体上其他的小毛病，比如视力，在我二十多岁时，曾经戴过三年多三百度的近视镜，后来，出现了小孔校正镜，虽然没校好眼睛，但我趁机摘掉了这个痛苦的玩意。对于眼镜，我痛恨至极，那种压迫鼻梁的感觉简直糟透了。可是，就我知道的一个文化单位，却有三个人在近期戴上了近视镜，他们三个的眼镜度数总和还不到一百度，谁知道他们是什么心理作祟。

一直以来，令我保持生命活力的，是稳定安宁的生活，不要有大起大落的起伏，就这样风平浪静。可是，静止不变的生活流程总有停滞的时候，每到月底，我就焦虑不安，总觉得这个月没写成一篇东西，有种白活着的感觉笼罩在心头，久久挥之不去，任何聊以自慰的办法都很难帮我渡过这个难关，在"自我安慰"的标题下，始终是一片空白，而且无路可逃。每个月初，有种跳过上一页，重新开始的做下一个的心理，压力很大。我这是怎么了？有一个稳固的家庭，还有一份固定不菲的收入，不愁吃穿，为什么非要跟自己过不去？其实没一点必要。这个道理我懂，可我做不到。

我与生活没有仇恨，这些年，随着年龄的增长，我对生活环境几乎没有一点抱怨，即使我还住在一套很小的两居室里，大房子一次又一次地与我擦肩而过，新房子在建设之中一拖再拖，都两年多了，不是我能控制得了的，我没一点消极的情绪，因为我时刻都记着自己是个普通的人，要与生活和解，没必要把自己弄得愤愤不平。至于写作上的事，只是我的性格使然，已经成了习惯，不容易改变了。再说，我就是在与自己较劲的过程中，从新疆一个偏远的县中队，一步一步，慢慢走到今天的。所以，我不敢懈怠，在缓慢地行进中，总在强迫自己生命是短暂的，得加快脚步。我知道这样不好，但没办法说服自己。所以，我把自己有时候逼得苦不堪言。说白了，我就是个心甘情愿受苦的人。

小说集《庄莎的方程》后记

　　收在这本集子里的十六篇小说，基本上是我不同时期的作品，所以，很难把这些作品归类谈论。我不喜欢给自己定写作计划，或者划分类别，不给自己施加额外的压力，逮着什么写什么，没有偏重。但从这本小说集的整体内容来看，农村题材的要多一些，尤其是新疆农村的。其实，我在新疆十六年一直在部队工作，从没在新疆农村生活过一天，但我有十七年陕西农村的生活经验，凭靠想象写出了这些作品。我喜欢写从未经历过的事物，这样更具有探秘感。

　　我写新疆的风情，写牧民、写小镇居民的生活，写到了他们的善良，写到了人间的温暖，也写到了他们的生存苦难，还写到了时代变迁对他们原有道德冲击的忧虑。比如《天堂的路是否平坦》《在路上》等，这些作品是我对那片土地上人和物的感官体验。一个时期以来，我只是在努力写自认为认识的新疆，可能漏洞百出，但却是我的真挚情感。像《小锅饭》和《丙家父女》这样的作品，能看到的那些故事和人物，在现实生活中不会存在，我描绘出来的，是在一种写作动机的支配下，对生命自我认知的表达而已。说句实话，我不会有意识地去营造边疆农民的温情生活，只是想写出他们的生存状态与自然和谐的亲情。写这些作品的时候，或许我的写作心态是松弛的，没有背负现实生活与道德伦理的重量。

　　可是，我写新疆军营生活的小说，如《塔城之塔》《白墙》《万克是一条鱼》，就不同了，这些以农村兵的奋斗经历为主要内容，写他们的努力、无奈、嫉妒等微妙的心态，似乎写实了一些，但这类小说绝对不是我的精神自传，只是与我的人生经历有些相似罢了。再就是都市题材，写当下生活，写婚姻家庭，这是我三十多年城市生活经验的表达。我调到北京已有十六年了，随着生活环境的变化，慢慢地，心里会衍生出无穷无尽的顾忌，甚至卑微，还有虚伪。我的生活看似像原来在新疆时一样，表面是平静的，可内心里无法像以前那样安静了，似有头蛰伏冬眠已久的兽，苏醒了似的，在追赶着我，不容我停歇。所以，像《谁说我有病》《黑洞》《你陪谁玩》这样的都市题材小说便应运而生。当然，还有《北京不相信眼泪》。都市开放性的空间与人内心的狭小封闭，使人在情感上渴望他人的慰藉与理解，在理智上又害怕受到伤害，又不自觉地逃避他人的理解与关心。人们生活在这一系列的悖谬之中，渴望突围，又无处可逃。于是，"围城"就成为都市的象征，那些没法进入都市生活的人将城市称作"鸟市"(《黑洞》)。有意思的是，如果系统地看这些作品就会发现，这些小说里的主人公千方百计进入都市，却很少能融入都市生活的大潮，他们与都市貌合神离，他们自觉地改变自己去适应都市的生活，但都市似乎始终接纳不了他们。比如《北京不相信眼泪》，在这个更广阔、更繁复、更积聚、也更凸显城市意义的视域中，我将目光汇聚于漂泊北京的三位外地女性的日常生活景况上，虽然酸楚、艰辛、彷徨、打拼等凡此字眼并没有刻意，但却出现了。需要强调的是，我不愿让我的小说里漫溢出"京漂"的五味杂陈，我更想使自己处于隔岸观火的叙述姿态里，让人感心挂怀的不再只是个体意义上的女性命运演绎，而是更多普通意义上的生活本身的思量。但只能说，日常生活，才是《北京不相信眼泪》这部小说名副其实的真正主角。

一直以来，很多理论经常在批判，日常叙事常被用来抗拒宏大叙事，抗拒其中内含的为历史、为时代代言的言说欲望。对我来说，从来就没想过要承担写什么的责任。生活自身的存在意义进入这个生活世界，我只要写自己想写的，就够了。我一直拒绝用任何观念引领我的小说人物走下去，我也不打算把自己对于生活或者世界的理解当作高悬在故事上方的妙谛纶音。事实上，我后来的一些小说越来越不厌其烦地在写日常生活的庸常、琐碎与物质，像《庄莎的方程》。显然，这一日常叙事无关宏旨，指向的也不是庄莎这个人物的价值观，或者是价值取向。我只是想对庸常生活中不可阙知的情感进行一些探寻，写一个女人在本质和欲望的纠缠中，一种存在的可能性而已。对我来说，每写一篇小说，不见得就有生活的影子，或受什么情绪的影响。现实生活可能会提供庄莎这个人物的样本，她的举动，或者说成她这个难解的方程，在我本人看来有悖于常情，可我的写作初衷不是要把庄莎写成这样的物质女人，我只是想写出这个女人的复杂性。因为，现实提醒我们，生活不必总是那么严肃、正经和复杂，可是它也告诉我们，每个人都不是单面的。所以，我写成了这样，它可能没有真正进入生活的深层，但它有生活的基础，有小说的一些意义存在。

现实只是小说的背景，小说的灵魂是人物，而不是故事。一个小说写作者，须有能力用自己密集的语言和想象力创造出超越生活的鲜活细节和个性鲜明的人物，就是说，小说永远是在生活之中，但小说是从生活中提炼出来的。小说像生活一样复杂，但要解释这种复杂性，就得强调作家对生活的理解和把握的能力，强调时代的变化对小说带来的新的要求。小说不仅仅是表达现实生活那么直接，还得有生活之外的任何存在的物质，使之表达出来，比生活更加引人注目。

我每篇作品的写作动机都不一样，有时因为突然的一句话，一个现象，或者一个人物，在我脑子里会马上形成一些可触可摸的情景，会勾起无端的联想。可一旦动起笔来，又是另一回事，有时可能会写得一点都不生动，有时会偏离创作初衷，写成另外一个东西。这都非常正常。

在这个时代，人们对小说的解读或多或少存在着一些偏差，甚至带有些许鞭挞社会现象的期待和给予混浊呼吸以彻底颠覆的情绪，这样，小说的负荷就会超重。一个作家的观感、视角，也就是一个作家的价值判断能力，或者异质性的经验，是一个作家对生活不断地阐释，对生活的空间以及多变的外部环境做出充分的估计，在作品中不断地加入自己的思想认识，启发他更加自觉地去发现生活中更加隐秘的那部分内容。假如，作家对生活产生怀疑，那就要有对生活足够的解析能力，要有一定的勇气和眼光，一定的立场和姿态。一个作家只要有了立场，才能有思想，才能有不同于平常人的想象力，才能创造出更加新鲜更加有意义作品。

我们面对的人生，是一个复杂多变的万花筒，虽然无法预知未来，却可以通过小说去想象，去描述。创造一个不复存在的小说世界，安排他人的命运，是每个小说家最迷恋的事情。这也是我热爱小说的真正原因。

是为后记。

心中的兽

　　我时常怀疑自己的语言是否还适合写短篇小说，在叙述上总觉得不够从容，酝酿好的人物和情节，写起来往往和自己的意愿背道而驰，这种感觉已经困扰了好长时间，使我的写作惶惶不可终日，感觉内心蛰伏着一只兽，是它在作怪。这个兽可能是欲望，也可能是上帝，无法准确地描绘。

　　我的小说大多来自于想象，这篇《成人礼》，还有以前写新疆的小说，全是我对那片土地上人和物的感官经验。一个时期来，我只是在努力写自认为认识的新疆，可能漏洞百出，但这却是我的真挚情感。我的目光能看到的那些环境和人物，在我的小说中大多不会存在，我描绘出来的，是在一种写作动机的支配下，自我情绪的表现而已。我不会有意识地去营造边疆农民的温情生活，只是想写出他们的生存状态与和谐的亲情，这与我个人的心态有关。我十七岁当兵离开家至今，很迷恋与父母在一起的温暖情形，可这样的日子非常短，所以，我把这种感情寄托在小说中，无论是写什么样的人物，让亲情能够处在温暖之中，就像这篇小说中的"女人"，几次都不由自主地流泪，不是受了男人的委屈之后流下辛酸的泪，而是温馨的亲情感动得她流泪。那一刻的情绪，能使我聊以自慰。

　　我以前的短篇小说，只讲求意境，弱化了故事，在阅读上有一定障碍。我早就注意到这个问题，一直在尝试强化可读性，在现实的基础上，找一个与经验相互转换的契机，超越自己，这很难。《不合常规的飞翔》是听一个同学讲的网恋故事，类似这样的故事，在北京电视台的《第七日》节目里，几乎每天都有。我写时，为使人物更能站得住，在平常中能有点耐人寻思的意味来，采取了惯常方式——层层推进（这可能也是我的缺陷）的叙述，使这两个人物逐渐有了清晰度，这种动机也算是有了点可读性吧。

这两篇小说放在一起，很不协调。一个写温暖亲情，一个是写欺骗残酷，没有一点共通的东西，好像不是我一个人写的。把两篇小说放在一起的想法，就是想换个视角。这几年，我写作中最困难的，就是找不到一个变数，能够在叙述节奏和时间跨度上有所变化，改变以往不紧不慢的路数。可一旦什么成了习惯，想改变就很难。如果说谁的小说中存在这样或那样的问题，并非仅仅是细节处理上缺乏耐心或者功力，而与每个作家的表述方式是有很大关系的。

每个作家的写作动机是不一样的，我有时因为突然的一句话，一个现象，或者一个人物，在脑子里会马上形成一些可触可摸的情景，会勾起无端的联想。可一旦动起笔来，又是另一回事，有时可能会写得一点都不生动，有时会偏离整个主题，写成另外一个东西。

我不喜欢暴力，也没有猎奇心，在大街上从不聚众围观，甚至不关心时事新闻，缺乏对现实的敏锐捕捉能力。在写作的过程中，我才会感到局限性，这是我最想改变的。许多人说，写作是快乐自由的，无论用什么方式，能够在小说有限的范围内得到更多的乐趣，这叫我羡慕不已。只要坚持写，我的心里就不会轻松。

调到北京后，环境却变得不很宽松，慢慢地，心里会衍生出无穷无尽的顾忌、卑微，还有虚伪。我的生活像原来在新疆时一样，依然是平静的，可心里总不能像以前那样安静下来，那头蛰伏在心里冬眠已久的兽苏醒了似的，一直在追赶我，不容我停下来歇口气，使我处于机械的写作状态。是的，我的想象力比以前成熟了一些，可我的语言表述力未必就比以前强。这个矛盾困扰着我，对写短篇影响很大。

大家都说，短篇小说是可遇而不可求的，这话一点不假。写个短篇小说，不比写个中篇容易，有时还更费心力。可我喜欢短篇，喜欢它简洁的表达形式。有时想想，只要喜欢，也就够了。就算是安慰自己吧。

烟雾弥漫的背后

几年前，在老家听说旱獭肉能治白血病，且治愈过患者。回到北京我咨询过几个医生，他们没听说过，不妄下结论。后来，又听到老家一个患白血病的女子，因家境贫困，没钱治疗，在家人的策划下，瞒着病情嫁了人，男方知道真相后，大呼上当受骗，强烈要求退婚，女方家里坚决不同意，双方置女子的病情于不顾，大打出手，闹得一塌糊涂。不久，就传来那个女子已经去世的消息。那一刻，我便萌发了想写一篇东西的念头。

对我来说，写一篇小说，与来自社会的消息关系不是太大。但某些信息对我会有所启发。我一直认为，小说的意义是一个作家对现实世界的理解和对生活认识的表达。在写这篇小说前，我一直在想，那个患白血病的女子肯定不苟同自己的家人以嫁人的方式达到治病目的，她的内心肯定是很复杂的，首先，她是有自尊的，并且还很强烈。但是她又无法摆脱命运给她预设的境遇，一个弱小的女子，能用什么方法与命运抗衡呢？

我觉着，作家的心灵应该是有宽度的，要把不可能的事物变成可能，就得去探寻那个患白血病女子内心深处的真切感受。

于是，就有了《地烟》中的顾小曼这个人物。也有了顾远山和何婉云这种父母。在庸常的生活中，其实每个人都是有自尊心的，只是在不同的境遇表达的形式不同罢了。所以，像我在小说中写的这样，顾家的每个人内心都是很复杂的。顾小曼更不用说了，她的复杂是多元的，她的内心充满了矛盾，并且，她肯定是有道德底线，也有方向感的。她不可能是现实生活中的那个患白血病女子的嫁人行为那么简单和直接。

　　有了这个前提，在写《地烟》的过程中，我的内心一直是脆弱的，生怕触到顾小曼那颗敏感的心，伤害到她。所以，我把小说的背景放在烟雾弥漫的冬天，使残酷的现实一直处于烟雾的遮掩之中，若隐若现，也使人物的命运处于无法预测之中。可是，写到朱明明上门相亲的时候，我实在想不出这部小说最后到底怎么收场，只能硬着头皮小心翼翼地往下写。

　　这篇小说的写作过程是很煎熬人的。

　　我写小说有个习惯，一般不会想好前因后果，只是凭感觉跟着人物的命运往前走，对后面的发展一无所知。也就是说，顾小曼的命运如何，一开始对我就是个未知数，就像现实中的那个女子无法把握她的命运一样，我，也把握不了小说中的顾小曼。

　　当朱明明与他姑姑抽身到镇街上偷偷打听小曼的情况时，我忽然觉得生活对小曼过于残酷，残酷到几近把她逼到绝路，一个花样年华的女孩，白血病已冰冻了她的爱情萌芽，难道还要再粉碎她心里仅存的那点生活幻想？于心不忍，我心下突然一动，想着完全可以把它写成一篇温情而带有暖意的小说。于是，我让朱明明留了下来，在顾家住下，把朱明明的一番言辞变成了善意的谎言（开始写时不是这样想的），接下来，让顾远山为朱明明的住宿去奔忙时，一次又一次深深地鞠躬，达到温暖的最高峰。写到第二次鞠躬时，我的眼泪无声地流了下来，无论生活怎样的千辛万苦，人世间总是有温情存在的。我的心也在那一刻终于有了点底，对后面披露朱明明的谎言有了说服我自己的理由。

　　这便是我写《地烟》的初衷和一些感受。

阅读有感

之一：迟子建的短篇小说《白雪的墓园》

迟子建小说中的一些人物，大多远离尘嚣，对人生有种超然的平和心态。在大量阅读过程中，我觉得迟子建的小说一直保持着"洁身自好"的姿态，与这个社会和时代没有"和平共处"，她在日常生活经验的层面上，发现唯有她才能描述的另一理想世界，以小说语言的特有魅力来表达一种善莫大焉的温暖人生。

作为一直喜欢、欣赏迟子建小说的读者，我曾经有个担心：迟子建的小说太过温情，过于理想化的人物关系，会不会导致她的小说人物在情感上有自我重复的嫌疑？从迟子建的大量作品中可以看出，我以前的这个担心纯属多余，她的每一篇小说都独出心裁，对这个世界都有新的发现。据说，能说得上名字的评论家，基本上都给迟子建的作品写过评论，但很少有谁对她的作品产生过异议，他们都被作家善良而温情的创作心态所折服。这也难怪，迟子建的小说总能使我们在纷繁杂乱的现实生活中看到希望，对人生充满信心。我想，这也是小说最大的基本意义。所以，在众多创作成就斐然的名家中，我一直喜欢迟子建的作品。

我选择迟子建的这篇《白雪的墓园》作为"当代名篇聚焦"，只有一个理由，这篇不同于作家本人其他的作品。在迟子建的作品中，《白雪的墓园》可能不是她最重要的一篇，却是最能寄托作家哀思的一篇。遇到烦心事的时候，我常会把这篇小说拿出来细细地再读一遍，每一次阅读都带着不同的心态，也会有不同的感受，慢慢地，我烦躁的心会平静下来，对世事也有了一些新的认识。

我一直觉得，在《白雪的墓园》这个短篇小说里，迟子建没有回避失去父亲的哀痛，也没有夸大伤痛，她用朴实得近乎原始的语言，在即将到来的新年前夕，叙述了一家人对父亲去世后悲伤的情绪，刻画出了几个人物丰富的内心世界。尤其是对母亲的描写，语言精彩至极，那种感觉在父亲去世后，被告知是父亲灵魂栖息在母亲眼中生出的那颗红豆，更是绝妙。到了后来，迟子建写道："母亲掀开炉圈去看炉膛的火，这时我才吃惊地发现她的眼睛如此清澈逼人是因为那颗红豆已经消失了！看来父亲从他咽气的时候起就不肯一个人去山上的墓园睡觉，所以他才藏在母亲的眼睛里，直到母亲亲自把他送到住处，他才安心留在那里。"这段描写，使这篇小说达到了美妙的极致。

《白雪的墓园》似有一种神秘的力量，促使读者进入作家的心灵，与其承担丧父的伤痛。迟子建的许多小说中都有神性的东西，并且有些写得精彩至极，可我觉得《白雪的墓园》才是作家最倾心的作品，因为我看过迟子建的散文及发表过的书信，她对父亲的那份眷顾之情，唯有这篇小说，才能把那种感情表达得相对完整，把握得恰如其分。

从许多作品中能够看出，迟子建是个内心亮堂的人，她的内心总有一缕阳光驻留，从她的作品中可以感觉到，她一直在坦然地书写着阳光下的温暖人生。

之二：张曙光的长篇小说《神枪》

毫无疑问，张曙光的《神枪》是一部战争成长题材的长篇小说。战争成长题材小说不是一个独立的文学类型，它是文学的一种表达形式。在中国文学史上，由《闪闪的红星》《小兵张嘎》《鸡毛信》《小兵张嘎》等为代表的战争成长题材小说，组成了庞大的文学群体，在文学界熠熠闪光。但张曙光的这部《神枪》与这些小说的写作观念有所不同，作家是从主人公牛悬乎（官名叫牛国柱）的少年时期写起，不仅写了悬乎童年的悲惨命运

（被父亲抛弃，又被母亲捡回），也写到了悬乎因悲愤（唯一对他好的女孩春妮被李老财霸占，他营救无力差点送命）而参加了红军，因为他从小打弹弓百发百中的天赋，到了队伍后如鱼得水，很快成为全连乃至全团值得信赖的神枪手。由于悬乎近乎传奇的战斗经历，生死考验，使他从一个只会打弹弓的乡村少年，成长为一名过硬的团级指挥员。作家这样写，不仅叠合了历史的红色记忆与他个人的成长记忆，而且隐含了作家对以往战争题材成长小说叙事模式的突破。即战争题材成长小说不是任何观念支配下的模式化叙述，而是借助战争题材直抵历史、人性、文学性，是需要创造的另一世界，完成人物的典型性塑造。在这部长篇中，张曙光竭力祛除以往那些战争成长小说附加于人物与情节的既定观念，譬如单一的英雄主义观念和狭隘的民族主义观念，使其更加贴近人物命运的脉络推进情节的发展，倘若一切弥漫的硝烟远去之后，历史、革命、时代、人性、少年天性皆重新浮现出来，使主人公的人生轨迹并不依赖于任何一种观念，而依赖于那源源不绝的视觉细节和动作，特别是依赖于对战争题材成长小说的复杂性新解。

如何诠释历史战争的全新关系，小说人物被裹挟进历史的滔滔洪流，战争又催动人的成长发展，怎样赋予人物新的内涵，这是每个书写战争小说的作家必须面对的问题。在大多数战争英雄成长的文本里，个人史与革命史是相互叠合的，一个人的一生就是用大大小小的战役串联起来的。正如许多战争小说描述的那样，无数人物在战争中被毁灭，也有无数人在炮火中成长。张曙光的小说《神枪》也是这样。这部小说中的人物不是太多，除过主人公"神枪手"悬乎、春妮、云朵，再就是孙连长、王团长，还有出场不久就牺牲的高连长等人物，但战争场面比较宏大，事件也很繁杂，结构逻辑严谨，具有一定战争小说的气场。作家张曙光把主人公的命运设置在广阔的战争历史背景和各种各样的生活环境与氛围中加以描写，时而是硝烟弥漫的战场，既有青年男女缠绵悱恻的爱情故事，又有惨不忍睹的战斗场面。张曙光非常注重描写人物的复杂性，并从各方面展示人物性格的发展过程，所以书中几个人物栩栩如生，独具神韵，富有一定的感染力。

作家着力书写的"神枪手"悬乎这个人物，传奇般的命运，是爱国精神与英雄主义、铁血丹心与人世常情、斗智与斗勇、友情与爱情的交相辉映。比如几次的诱敌歼敌、深入敌营等。显而易见，作家不再被当代文学史上那种理想主义的英雄风格所吸引，也不被当下文学语境中的历史虚无主义或相对主义的潮流所裹挟。虽然战争题材小说本身，更适合沿用当代文学史上的"红色叙事"而写成一部英雄气概的传奇故事，也适合当下大众文化市场的需求而写成一部消解英雄主义的消费之作，而《神枪》显然是选取了对战争题材的复杂性和人性复杂性（包括悬乎成长时期的复杂性）进行体察和叙写的。张曙光这样写的真正目的，在我看来，以传奇般的战神形象和悲壮、惨烈的真正场景（云朵的牺牲，春妮的失踪），来实现他心目中"神枪手"悬乎的真实形象，形成了一种真实性与传奇性美妙的结合，突破以往那种理想主义粉饰现实的局限。以小说的名义投放了作家个人对中国当代儿童文学史的反思和识见，寄予了他个人对这种写作方式、生命形式的隐秘却执拗的选择和探寻。

或许，张曙光在写这部作品之前就明白，因为小说的可感性、动情性，甚至想象性和生动的人物形象性，符合阅读者为实现在现实世界中实现不了的梦想，达成他们日常生活中未能达成的愿望，进而把种种期冀中的可能性变成想象中的现实，为我们的心灵找到一个可以慰藉的安放之处，这也是阅读文学作品的一个必然。所以，张曙光从一个比较"另类"的悬乎身上入手，设置了一次又一次的战争冲突与矛盾。作家在书写这些矛盾时，往往把其他人物推向两难的境地，将在两难中困惑、彷徨，他也将在困惑中比较、选择，才展示出人物丰富的人性内涵，展示出读者所期待的更高的真实，即人性的、心理的真实，才揭示出一些更高的善和更高的美。这也是当下军事文学最期待的创作精神。无论是什么文学样式，作者都渴望在现实世界和文本之间所可能建立的联系中找到属于自己的写作兴奋点，得以表达自己对生活乃至这个世界的认识和理解，企求他者的认同。这个愿望是美好的，无论能否达到，与文学的本质就关系不大了。重要的是，我们借助文学这个载体，表达了我们压在胸口的话语。这些话语是有重量的，不然，怎么能转换成一种艺术形式呢。

从这部作品中不难看出，张曙光是一位擅于创新的作家，他的艺术创新是深深扎根在传统之中，同时，他又对历史与世界保持着开放与接纳的姿态。这部《神枪》是作家张曙光一次飞跃式的跨越，《神枪》是一部值得关注的好作品。

之三：许宁的诗集《给你》

无论如何，我们都应该尊重还在坚持写诗的诗人。

每个人的享乐方式不一样。读到一本好书，或看到一句令人深思的话语，我认为就是一种享受。许宁的诗集《给你》是他的第一本情诗选，共收录了一百三十三首短诗和歌词，这些诗虽然没有多么大的力量，但在某一刻，我还是感受到了诗人奉献给我的美好心境。这就足够了。

许宁是武警陕西总队纪检处的处长，因为没有工作关系，我和他接触不多，但从仅有的几次见面中，能感受到他性格中的直接和简单，就是说，许宁完全是一个特立独行之人，这从他的诗句里却看不出来。他的诗歌更喜欢用一种屏气敛息的方式将强烈的感受收拢到内心深处，呈现出相对明净淡远的境界，这就是诗歌了，与作者本人好像没有任何关系似的。我印象中的许宁，虽然简单，却很倔犟，可是在他的诗歌中，却绵软细致，被一种情绪所缠绕，带着青春的伤疼和感悟，比如："坐听天籁／旧年的风雨卷土重来／谁在低泣，谁在喝彩／谁在高歌，谁在独白／命运的门窗骤然打开／心灵遭受百年灾害。"（《坐听天籁》）还有："我像那风／总想说动沉默的钟／偶尔钟声响了／是谁把它说动。"（《命里风水》）许宁的情绪不可能从容地运用一种娓娓道来的方式铺展开来，尽情表述自己的感受，可是他在这淡淡的忧伤中，让自己的不安和忧虑尽情挥发出来。

在《给你》这本诗集中，许宁运用了大量的回忆来表达自己对情感以及人生的一些认识，温婉而执着地挽留曾经的行迹匆匆，在大家共有的形态中抵达人们整体上的认同，虽然只是他个人的经验，却具有普遍的意义。斯蒂芬·欧文曾在《追忆》中说："在诗中，回忆具有根据个人的追忆动机来建构过去的力量，它能够摆脱我们所继承的经验世界的强制干扰。在创造诗的世界和诗的艺术里，回忆成了最优秀的模式。"的确，许宁具有延展性的记忆能力，给他的诗歌增色不少。像"我要去找那个人／我们曾同乘一辆车／她留给我一个好听的名字／还有一个神秘的眼波"（《我要去找那个人》）；"自从我心的白纸上／写下了你的美名／这张纸便不再寂寞／它散发着油墨的芳馨／如今你离开了我／我只好将它擦去／我努力着，总算擦尽／而这张纸已经破损。"（《初恋》）诸如此类等等，许宁意识到诗歌不单单是"一种神圣言说的祈祷与沉思"，还应该是人们记忆中永远值得留下的美好情景。

诚然，许宁自有他的抒情方式，可总体来看，他的诗还存在着一些表面的东西，在内涵和意义上，许宁还有待挖掘。但是，我敬重他出版这本诗集的勇气。

之四：刘雅青的诗集《风中的云朵》

刘雅青是武警内蒙古总队机关门诊部的护师，我们从未谋面，仅从编读往来中，对她的诗歌有了一些感性的认识。这次，能够集中地阅读诗人的第一本诗集《风中的云朵》（北方文艺出版社二○○七年五月出版），我感觉到，刘雅青从日益模糊的现实生活中寻找到了艺术价值确定性的界限，就是说，诗人把自己丰富的情感冲突与意识变化归纳到一个超实验的价值框架中，对于艺术价值确定性的追求，使其诗歌的情感激流在纵横驰骋之间，被诗人引向明确的价值体系，使其诗歌具有了真正的力量。

无疑，刘雅青是一个理想主义者，从她的诗歌中可以看出，她对纷繁的世界和诗歌的处境始终抱有美好的愿望。我想，一个作者能有这样的心态，毕竟是好的。我们不能太世故，在必要的生活之中，还是需要一定比例的精神寄托，不然，我们的生存意义就值得质疑。当然，这是个不必我来议论的话题。

还是回到刘雅青的诗歌上来，在这本《风中的云朵》中，有这样的诗句："没有水源之地／干渴的心衍生血管／游走于肌肉的领地／和神经结为兄弟／每一个脉点／都蓬勃着勇气……我点亮心之灯盏／照你回归的轨迹／你眼中的泪水／浑浊成无助的期盼／牢你的手／温暖奇迹／。"（《生命之花》）这首诗定下了一个沉稳而有控制力的基调，并决定着这首诗的内在走向，作者写得饱满深情，在流动的细节和赏心的气息中，表现出一定的想象力和对诗歌本身精确的诠释，以及艺术形式转换间娴熟的技巧与文本的创造性。特别是诗歌骨子里折射出意识流动的脉络和节奏所承载的个体思想体验，令人感叹。再比如："我的哨楼没有四季 / 想象充沛的雨水 / 和山花烂漫 / 想像牧童放歌 / 和收获的笑脸 / 那支枪守候无眠 / 仰望一穹星光 / 等待流星出现 / 我的祈愿你可听见 / 远方的呼唤爬上我的肩 / 思念凝固成永远 / 任奔腾的相思 / 在荒山秃岭蔓延。"（《哨楼》）这首诗可以看作是诗人的心灵之旅，也是诗人的精神沉淀，刘雅青肯定没有过站在哨楼上的体验，但她通过职业的想象，以形象的比喻来形容语言的重要性，同时蕴藏着诗人蛰伏的力量和澎湃的感情。

刘雅青的诗歌越写越深沉，也越来越具象。从这本《风中的云朵》中可以看出，诗人有对客观事物的感知，也有主观性情的萌芽与不安，无论哪种，诗人都写出了幽微，如清潭见底。我也能感知到作者在书后面的文字里，对人生、理想，甚至诗歌的一些感想，是绝对真挚的，想法也是可取的。可是，我还是有种疑惑，刘雅青生活在内蒙古那样一个富有诗意，充满生命张力的地方，她又是那样充满理想的一个人，为何不大写那些与自己所处的环境息息相关的诗句？是不是她还在思考，等待更成熟一些？可能是她从医这种职业吧，对什么事自有一套她自己的道理。我不得而知。

之五：读《士兵阅读丛书》

我对这套《士兵阅读丛书》（总政治部宣传部编，解放军出版社二〇〇七年五月版）中的大部分内容非常熟悉，像《军旅楷模》，收入了从土地革命，到抗日战争、解放战争、抗美援朝，一直到和平建设与改革开放时期，涌现出的一大批英模人物，这些大都选进中学课本，可以说影响了几代中国人。那恢宏壮阔的战争场面和气吞山河的豪情壮志，是中华民族雄壮之美的最高标志。那些先辈们表现出来的坚定理想信念，一直是我理想的旗帜和人生的楷模。像刘志丹、方志敏、左权、张思德、董存瑞、杨子荣、黄继光、雷锋等英雄人物，对我们的人生都产生过巨大的影响。集中地再现他们的模范事迹，对新时期年轻的士兵具有一定的引导意义。《军旅传统故事》再现了老一辈无产阶级革命家丰功伟绩的同时，讲述了党的许多知识，在文章的结构、叙述的方式、文字的表述上都忠于传统，反映了一个年代，反映了一大批在那个特殊年代走过来的将军和士兵的思想情操、思维方式，也反映了当时他们所经历过的历史足迹。这些故事以理想信念、指引和确定人生方向与道路为出发点，给战士们的未来和追求，树立了正确的人生观。这两本书堪称中国革命战争英雄史诗，是一部部革命现实主义和浪漫主义相结合的华彩乐章。《军旅格言》则是经过千锤百炼的人生感悟、人生警句，篇篇短小精悍，句句精彩纷呈，即使那些征人思亲和盼归的短语，也是军人丰富情感的折射，蕴含着与阳刚之美相辅相成的阴柔之意，读后仍能获得美感的享受和艺术的启迪。战士们一旦把握了这些军旅格言的审美特征，对于鉴赏其他形式的艺术作品，乃至从事军事文学的创作也具有不可忽视的作用。

　　在中华诗歌的百花园里，军旅诗词以其壮美的气韵和明快的色调而绚丽夺目。《军旅诗词》收入了历代诗词长卷中的军旅诗篇，是我国灿烂文化遗产中的奇葩和珍品。大多描绘我国古代战争恢宏壮丽的画面，展现了我国古代社会在血与火的洗礼中一步步走向近代的伟大历史进程；记载了我国疆域的演变和民族关系的发展，总结了许多宝贵的历史经验；记录了炎黄子孙面对金戈白刃、流血牺牲所产生的思想感情和心理追求，以及古代许多杰出的军事家、政治家、民族英雄的贡献和业绩，全方位塑造了历代军人的精神和风采。这些军旅诗词，或现实主义，或浪漫主义，体裁广泛，风格多样，无不流光溢彩，具有独特的艺术魅力。可以毫不夸张地说，古典军旅诗词不仅在我国诗歌史上占有重要的地位，而且在很多方面都具有不可估量的价值力量。《军旅诗词》的编者显然进行了深刻的思考，经过反复推敲论证，选中的诗词从古至今，全是脍炙人口的名篇佳句，对每篇的注释和解读都非常精致、准确，这对提高士兵的文化素养，会起到一定的引领作用。《军旅歌曲》纯粹就是军队发展的编年史，从最初的"八一起义"一直唱到现在，每个时期都有几首唱响的军旅歌曲，体现了不同时期军队的建设和发展。《军旅生活指南》是军旅生活的百科全书，从入伍第一步到退伍安置，如心理调适、训练防护、社交礼仪、自我修养、婚姻家庭、保健营养、特情处理、野外生存、涉密涉法和退伍安置十个方面，解答了军旅人生中的一百个常见问题，为战士们提供了有力的生活参考。《军旅短信》代表了潮流，是一种时尚，是社会发展的必然产物，编者能将这么多与军旅有关，并且积极向上的短信收集在一起，是非常了不起的。这里面有不少壮丽的篇章，不仅表现了中国文化的总体美学追求，而且体现了军事领域内独特的审美取向。尤其是那些保家卫国、尚武奉献精神，无不展示着军人内心世界的崇高美。

这套丛书除了能丰富广大士兵的文化生活，更具有珍贵的收藏价值，并且，在这些书的字里行间能感受到文化在部队发挥着的不可或缺的作用。文化是我们这支军队点燃战斗精神的火炬，是奋进向前的号角。从战争年代开始，我们这支军队就非常注重文化建设，毛泽东说"一支没有文化的军队，是愚蠢的军队"。战争年代他们就用文化建设来促进战斗力的提高，鼓舞和激励战士们英勇杀敌，无往而不胜。和平年代，我们军队更注重了文化建设，总政治部编著《士兵阅读》这套丛书就是一个很好的例证，它具有一定的传承和推广价值。说到价值，不妨对这套丛书的内容进行一下分析，说句实话，这套书除《军旅短信》外，其余六本书的内容基本全是传统故事，经过这么多年的积累，使军队的传统体现出无可替代的价值地位。传统的价值就在于传统自身，传统就是能够一代代传下来的某种生存方式，它能够流传，就意味着它能够与所在的环境相适应，在全球化的今天，传统是否需要保存，如何保存，取决于我们如何评价传统的价值，而归根结底，取决于我们如何看待这些传统本身的实际意义。随着社会的发展，军队也发生了翻天覆地的变化，当判断和预期都发生了变化，我们对于当下事物的价值判断也就会发生变化。由此可见，赏读壮美文章，塑造志士雄魂，感悟军旅生活之况味，健全爱国奉献之人格，当是大众精神生活的需要。我认为，《士兵阅读》是一套需要反复阅读的书，是一套值得珍藏的书。

第四辑

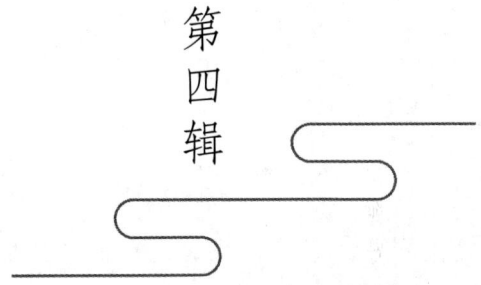

一场寂寞凭谁诉

提起柳永，自然想到他那流传千古的佳句："寒蝉凄切，对长亭晚，骤雨初歇。都门帐饮无绪，留恋处，兰舟催发。执手相看泪眼，竟无语凝噎。念去去，千里烟波，暮霭沉沉楚天阔。多情自古伤离别，更那堪冷落清秋节！今宵酒醒何处？杨柳岸，晓风残月。此去经年，应是良辰好景虚设。便纵有千种风情，更与何人说？"（《雨霖铃》）仿佛看到江南秋色如染，烟柳廊桥下水天一色。远望处，重湖映青山，三秋桂子，十里荷池，却留残蓬朵朵。斜阳里，一剪孤影，凄切寒蝉。这正符合一生坎坷满腔愁绪的柳永心境。光影流转，依旧遣不尽的惆怅。于是，他又低吟长诉："一场寂寞凭谁诉？算前言，总轻负。早知凭地难拼，悔不当时留住。其奈风流端正外，更别有系人心处。一日不思量，也攒眉千度。"（《昼夜乐》）如杜鹃啼血，秋雨滴残荷，溅得宋词好哀愁。

柳永原名三变，字景庄，后改名永，字耆卿。排行第七，又称柳七。可能应了"文章憎命达"的民间说法，柳永命运多舛，历尽磨难，令研究柳永的后人们对他的生卒一直纠缠不休。最新版本是据今人唐圭璋《柳永事迹新证》中记载：柳永于雍熙四年（九八七）生于京东西路济州任城县，淳化元年（九九〇）至淳化三年（九九二），柳永父柳宜通判全州，按照宋代官制，不许携带家眷前往。柳宜便将妻子与儿子柳永送回福建崇安老家，请其继母也就是柳永的继祖母虞氏代养，直到至道元年（九九五）才又回到汴京。所以，柳永四至九岁是在故乡崇安度过的。此后，柳永却再也没机会回过崇安。

柳家世代为官，柳永的父亲、叔叔、哥哥三接、三复都是进士，连柳永的侄子都是。在和平盛世，柳永少年时在家勤奋苦读，希望能传承祖业，官至公卿。按说，以柳永的聪明才智，沿着这条道平稳地走下去，一定能够有个好的前程。可是，在他考取功名的前期，他的人生就出现了第一个大变故，即破碎的婚姻。这段名存实亡的婚姻，对年轻没经过多少世事的柳永来说，打击是巨大的。

公元一〇〇一年左右，柳永遵照父母之命在汴州娶妻。从柳永的词中不难看出，他的娘子美艳且贤惠，他是很满意的。"宫腰纤细"，"如描似削身材"；很妩媚："举措多娇媚"，"占得人间，千娇百媚"；冰雪聪明："兰心蕙性"；体贴：新婚之夜，怕夫君应酬了一天太累，不图自己快活，却先叫他先休息："与解罗裳……却道你但先睡"。

相信柳永的描绘是出自内心的，柳娘子人美，气质好，善解人意，至少，在柳永的词中还找不出柳娘子不堪的词语。

然而，再美好的婚姻也会出现疲惫的。柳永再有才华，他也得像普通人一样过柴米油盐的日子，在婚姻生活中，谁也不能置身事外。这就免不了夫妻两人时常磕磕碰碰，到底是年轻嘛，对生活的理解总是有些不一样，何况是还有些傲才的柳永。两三年后，夫妻的感情出现了裂缝。柳永的笔端，这三年的婚姻生活还是以恩爱为主调的："二三载，如鱼似水相知。"或许幸福的日子总是雷同的，所以他一笔带过，也或许，幸福只是一种浅显的感觉，还不能给柳永带来更多更新的感受。柳永认为，问题出在娘子的性格上，她的性格实在是不好伺候，尽管他对她爱怜，百依百顺，"深怜多爱，无非尽意多随"，可是单方面的积极主动并未换来对方的积极响应。娘子非常任性，放纵性情，确实过分了些，"恣性灵，忒煞些儿"。当然，也不能凭柳永的一面之词，就断定是因为娘子太任性造成的感情危机，毕竟每个人的性格不一样，婚姻中的孰是孰非很多时候并非三言两语能道得明白，更非咱们这些隔了千年时光的后人可以论断的。

但是，柳永对婚姻的走向，夫妻两人感情的发展，做了悲观的预测，他认为两人的感情已经"渐行渐远，渐觉虽悔难追"，两个人感情的疏离，也许对柳永而言并非本意，但他也毫无办法，感情是落笔的墨，一旦落下，不可拭擦。柳永深知他们已回不到过去的那种状态了，旧情难以复燃，就算回首两人的情感也是天高云淡了："纵再会，只恐恩情，难似当时。"用现今的眼光来看，柳永还是很看重婚姻的质量，对一段有感情的婚姻，他是有怀念之情的，当时的他还不是青楼的贵宾，他是按普通人的生活套路过日子的。

婚后的第三年，柳永无奈地告别娘子，前往杭州。当时的柳永，也不过十七岁，在现在还只是个高中刚毕业的孩子，感情上羽翼未丰，却已领略婚姻的酸甜苦辣。在前往杭州散心的途中，他开始冷静下来思考这三年来夫妻两人的感情经历和婚姻琐事，越想越感慨，于是挥笔为这三年的感情进行了分析总结："凤枕鸾帷。二三载，如鱼似水相知。良天好景，深怜多爱，无非尽意依随。奈何伊。恣性灵、忒煞些儿。无事孜煎，万回千度，怎忍分离。而今渐行渐远，渐觉虽悔难追。漫寄消寄息，终久奚为。也拟重论缱绻，争奈翻覆思维。纵再会，只恐恩情，难似当时。"（《驻马听》）。

"只恐恩情，难以当时"，可见柳永那时候心里对婚姻有多么失落，俗世凡尘，就算少不经世，但对婚姻，谁当初不是捧一颗非凡、卓越的心呢！何况柳永，本就少年清俊。也是柳永天真，以为自己一场游历之后，曾经的缝隙会在时间的调和之下慢慢消弥，他会重新积蓄对娘子的爱意，对婚姻的憧憬。那么多俊山秀水，还能滋养不了一颗消沉的心？

三年的时间，说长不长，柳永才刚刚进入弱冠之年，但三年的时光却也足以改变很多东西，比如，柳永以为可以再与娘子共度良辰美景。孰料，上苍并不给他这个机会，当他外游三年归来，才知娘子早患重疾，已撒手人寰。谁让你一去三年不思归家，时间太长，连老天都不愿给你重修旧好的机会了。

这个打击对涉世未深的柳永来说简直太大了，甚至对他的内心造成了巨大的阴影，乃至于他后来自暴自弃、放浪形骸，不无关系。

可以说，这场婚姻的结局是柳永自己造成的，怨只能怨自己。他内心的痛苦向谁诉说？自此他只能埋头苦读，一门心思求取功名，以此来消解自己内心的痛苦。

学成之后，柳永到汴京应试，准备在仕途上一展身手。不料，第一次赴京赶考，竟然落榜了。那时的科考可比上个世纪七八十年代的高考了吧，甚至比高考更为严格，三年才一考，录取的人数更是非常有限。按说，科考落榜也纯属正常，千军万马过独木桥，能过的总是少数。柳永太傲了，也或者内心的伤还未痊愈，再受此打击，再加上年轻气盛，一腔悲愤无处宣泄，他沉不住气了，由着性子写了首牢骚满腹而不知天高地厚的《鹤冲天》："黄金榜上，偶失龙头望。明代暂遗贤，如何向？未遂风云便，争不姿狂荡？何须论得丧。才子词人，自是白衣卿相。……烟花巷陌，依约丹青屏障。幸有意中人，堪寻访。且恁偎红翠，风流事，平生畅。青春都一饷。忍把浮名，换了浅斟低唱。"此词尽情地抒发了他名落孙山后的愤懑不平，也展现了他的叛逆反抗精神和狂放不羁的个性。

落榜了，不说"山外青山楼外楼"这样的谦逊之词，却要说皇帝没有发现自己，遗漏了贤才。明明是一介布衣，偏偏要说自己是没有穿官袍的白衣卿相。特别让高层难以容忍的是最后一句："忍把浮名，换了浅斟低唱。"这有多狂傲，简直是目中无人了。明明就是功名未成，是心中郁闷，却偏要拿"白衣卿相"来安慰自己。这些也只能说明柳永那时的矛盾心理，当然，有矛盾也能理解，无论柳永之前还是之后，好多诗词大家也是官场失意才看透人生的，在文坛上能纵横捭阖很少是一出道就逢山能开路，遇水能架桥的。看来，文人的狭隘从古至今是共通的，那种性情淡泊，要做个纯粹"低吟浅唱"的人，实在屈指可数。

在烟火繁密又浓胭稠脂的京城，落榜的失意之人，偏偏还是自作多情的文人，柳永自然是要觅得一处安放他那颗失落的心。这时的青楼歌馆于他的"低吟浅唱"自是有着不谋而合的默契。也许是他一身的落拓不羁吸引了那些自恃才艺的青楼歌妓，柳永很快与她们一见如故打得火热，一天到晚出入风月场所，笙歌不断，浮华岁月里的沉静安然早已是风花雪月一片。正如他在《长寿乐》中说道，"尤红殢翠。近日来、陡把狂心牵系。罗绮丛中，笙歌筵上，有个人人可意。解严妆巧笑，取次言谈成娇媚。知几度、密约秦楼尽醉。仍携手，眷恋香衾绣被。情渐美。算好把夕雨朝云相继。"词是香艳的词，写尽风流，看似潇洒超脱，但转笔处，仍有不了的心愿，"便是仙禁春深，御炉香袅，临轩亲试。对天颜咫尺，定然魁甲登高第。待恁时、等著回来贺喜。好生地。剩与我儿利市。"

单从词曲的表面上看，失意的柳永对功名利禄不无鄙视，很有点叛逆精神。其实这只是失望之后的牢骚话，他骨子里对功名还是有眷恋之情的，他在《如鱼水》中说"浮名利，拟拚休。是非莫挂心头"，但又自我安慰道"富贵岂由人，时会高志须酬"。这样的兜兜转转，大抵还是因为他并非真的一心想沉沦香艳，他还是对前程有着清醒地认识，因此他须待重整旗鼓，再战科考。

其实，柳永打拼的那个年代，北宋初期结束战争祸乱，已经平稳发展了五十多年，正处于国泰民安，老百姓衣食无忧，社会环境安定，以及经济发展繁荣的鼎盛时期。那个时候的执政者，是第四代皇帝仁宗赵祯。宋仁宗性情文弱温厚，不事奢华，对人仁慈宽厚，对己也洁身自律。有几个例子可以佐证。

有天下午，仁宗在花园里散步，时不时地回头看后面，随从们不知道主子到底要干什么，又不敢问，都诚惶诚恐。散完步，仁宗回到宫里后，急切地对嫔妃说："快快，朕渴坏了，快拿水来。"嫔妃很奇怪，一边倒水，一边问仁宗："为什么在花园里，陛下不让随从伺候您饮水，却要忍着口渴？"仁宗大口喝着水，说："朕屡屡回头，没看见他们准备水壶，我要是问一下的话，肯定有人要被处罚，所以，朕就忍着，回宫来喝水了。"一个堂堂的皇帝，心思如此缜密，又如此体贴，很不容易。

还有一次，谏官王素力劝仁宗不要亲近女色而耽误了朝政。仁宗想都没想就说："近日，王德用确有美女进献给我，现留在宫中，我很中意，你就让我留下她们吧。"王素说："臣今日进谏，正是担忧陛下为女色所惑，所以……"仁宗听了，虽然面子上过不去，可还是当场命令太监："王德用送来的女子，每人各赠钱三百贯，马上送她们离宫，不得有误。"这下，王素的脸上倒挂不住了："陛下认为臣的奏言是对的，也不必如此匆忙。女子既然已经进了宫，还是过一段时间再打发她们走为妥。"仁宗却说："朕虽为皇帝，也是个正常的男人，一样重感情的。假若将她们留久了，会日久生情再不忍送她们走了。"从这个故事中可见仁宗的宽厚与自律，他并不是一个刚愎自用的君主。

可是，面对自命不凡的柳永，仁宗却难以接受。

柳永只图一时痛快，压根没有想到就是那首《鹤冲天》铸就了他一生悲剧。再试时，柳永的考试成绩本已过关，但由于《鹤冲天》词的影响，临放榜时，仁慈的仁宗过不了那个"忍把浮名，换了浅斟低唱"的槛，又"偶失龙头望"了，这种狂妄之徒，政审就不合格，将柳永给黜落了，还专门批示："且去浅斟低唱，何要浮名？"得，自以为洒脱的柳永，前程又"嘎嘣"脆裂了一次。

怨不得人了，离仕途几乎就只有一步之遥，柳永能不窝心嘛。三年后，柳永又一次参加考试，好不容易过了几关，只等皇帝朱笔圈点放榜。谁知，仁宗皇帝的记性好得很，九五之尊，竟忘不了一个小小的柳永。当他在名册薄上看到"柳永"二字，就龙颜不悦，居然朱笔抹去柳永的大名，一副眼不见为净的架势，更不要说再写什么批示了，名都除了，还不能说明问题？看来，再宽厚的君主，也有小心眼的时候，宋仁宗这是跟柳永杠上了，他绝不允许这种不知天高地厚的人加入官员的队伍。

俗话说，有再一再二，没有再三再四，柳永一连三次被科考拒之门外，且在皇帝那里挂上了号，打击可想而知。可是，他悲愤不已，玩世不恭地自命是"奉旨填词"，悲愤之后还得咽泪装欢，装洒脱，不装不行啊！皇帝跟他杠上了，除了洒脱，他还能再有什么态度？

从此，柳永无所顾忌地穿行于妓馆酒楼之间，致力于民间新词的创作。官场上的不幸，反倒成全了柳永，使他的文学艺术天赋得到充分的发挥。慢慢地，教坊乐工和歌姬每得新腔新调，都请求柳永填词，然后才能流传于市井，得到大众的认可。柳永创作的新声曲词，有很多是跟教坊乐工、歌妓合作的。柳永为教坊乐工和歌妓填词，供她们在酒肆歌楼里演唱，她们的生意因此红火起来，身价看涨。柳永常常会得到她们的资助，也可以流连于坊曲，不至于有太多的衣食之虞。柳永在烟花柳巷里亲热唱和，大部分的词诞生于笙歌艳舞、锦榻绣被之中，当时，在歌妓们中间流传这么一句："不愿君王召，愿得柳七叫；不愿千黄金，愿得柳七心；不愿神仙见，愿识柳七面。"由此可见，柳永在歌妓们心中的地位了。

柳永在仁宗那里得不到重用，中科举只得个余杭县宰（连品级都没有），就这样的小官他也不嫌弃，居然去上任。途经江州（今江西九江），柳永照例逛青楼。江州有位名妓谢玉英，色佳才秀，最爱唱柳永的词。柳永与其结识，见其书房有一册《柳七新词》，是她用蝇头小楷抄录的，颇为感动。两人一见如故，相见恨晚，缠绵不已。柳永不是不可救药之人，还惦记着上任的事，临别时，他写下新词表示永不变心，谢玉英则发誓从此闭门谢客等候柳郎。

柳永在余杭任上三年，又结识了许多当地的名妓，但一直没忘谢玉英。任满回京时，专门到江州与谢玉英相会。不料，三年的时光让柳永的心再次沉落：谢玉英已操旧业又接新客，陪人喝酒去了。清风漫扬，扬的是柳永的惆怅，他随即在花墙上写下："见说兰台宋玉，多才多艺善赋，试问朝朝暮暮，行云何处去？"拂袖而去。

谢玉英接完客回来见到柳永的词，羞愧不已，感叹柳永是多情才子，自愧未守前盟，为补偿自己的失约，变卖掉家私赶赴东京寻找柳永。几经周折，谢玉英在东京名妓陈师师那里终于找到了柳永。久别重逢，种种情怀难以诉说，谢玉英使出真情，在陈师师的帮助下，柳永原谅了她，两人重修旧好。谢玉英从此告别歌妓生涯，在陈师师的东院住下，与柳永如夫妻一般生活起来。

就这样，柳永不但凭借自己的创作获得一定的收入，衣食无忧，而且，在歌妓界，也成了炙手可热的人物。但凡是他写的词，传唱的歌妓都因此暴得大名，身价不菲。不难想象，柳永在那个圈子里有多光鲜夺目，名头有多足。以当时的社会风尚，歌妓、戏子混杂的演艺界都是下九流，但下九流也自成一派，柳永自然成了演艺界说一不二的人物，像极了现在的某些大牌导演，想捧谁就捧谁，想让谁火，谁不火都不行。

毫无疑问，当时的柳永简直是风光无限。但在风光的背后，柳永的内心又是怎样的？隔了两千多年的光阴，我们不可能真实地体会到柳永的心境，凭的也不过是他词曲中隐隐透出来的情绪来做一番猜测而已。人的内心终究是形而上的东西，非具体的物质，不能像出土的古文物一样对其构成进行分析验证。柳永毕竟对仕途是有企盼的，相信进入演艺界不是他的初衷，何况那时的演艺界是没落的去处，不像现在这般备受追捧和尊崇。所以，柳永内心应该是不甘的，他的无奈与痛楚，从他的词中也不难看出。

千百年来，如此沉沦的文人唯有柳永，沉沦到如此精彩地步的也只有柳永。秦楼楚馆，舞女歌妓，是个很敏感也很难上台面的话题。达官显贵，正人君子们凭着权势纸醉金迷在秦楼楚馆，醉生梦死在舞女歌妓群中，因为权力，这一切都是合法的，正常的。可他们回到殿堂、公馆，穿上官袍，带上乌纱，他们又以传统道德的卫道士身份，蔑视、甚至谩骂自己曾经作践过、蹂躏过的舞女歌妓，以显自己的正人君子，还有高贵的身份。柳永就不同了，尤其是遇到谢玉英，与其厮守后，他寂寞、痛楚的心里终于得到了一定的慰藉，有了归属感。同时，他也在这个圈子里证明了自己的才华，使其得以展示。所以，他以善良、真挚的同情心体察这些生活在最底层的妇女。他虽然有时也不免狎戏玩弄歌妓，但更多的是以平等的身份和相知的态度对等她们，认为她们"心性温柔，品流详雅，不称在风尘"（《少年游》）；欣赏她们"丰肌清骨，容态尽天真"（《少年游》）的天然风韵；赞美她们"自小能歌舞""唱出新声群艳伏"（《木兰花》）的高超技艺；关心同情她们的不幸和痛苦："一生赢得是凄凉。追前事、暗心伤。"（《少年游》）也常常替她们表白独立自尊的人格和脱离娼籍的愿望："万里丹霄，何妨携手同归去。永弃却、烟花伴侣。免教人见妾，朝云暮雨。"（《迷仙引》）柳永的这类词作，正是因为他混迹于这群生活在社会底层、以出卖肉体为生的女性之中，能深刻地体验和体会到她们对命运的忍辱屈服与抗争，他愿意为她们捧一腔怜惜，用自己的才华，替她们织锦绣帛。

在底层生活时间长了，柳永看到了大宋王朝骨子里的污浊，看到崇高掩盖下的卑鄙。他认为，最肮脏、最卑鄙的地方，不是秦楼楚馆，而是富丽堂皇的宫殿。可是，就算他自诩为"白衣卿相"，也终是一介布衣，他的看清不过是给自己再添几分惘然而已，对于现实他着实无能为力。

但按柳永的生活流程，一腔胸臆怎么也得抒发出来，玩命闷着不是他的风格，不然他早些年就应该拼打在官场上了。于是"朦胧暗想如花面，欲梦还惊断。和衣拥被不成眠，一枕万回千转。唯有画梁，新来双燕，彻曙闻长叹。"(《御街行》)"伫倚危楼风细细，望极春愁，黯黯生天际。草色烟光残照里，无言谁会凭阑意？拟把疏狂图一醉，对酒当歌，强乐还无味。衣带渐宽终不悔，为伊消得人憔悴。"(《蝶恋花》)佳句迭出，我们的理解，他这不光是为那些饱经风霜的女子命运叹喟，也诉尽自己仕途多舛的孤单与荒寂。或多或少，还有他身处那种境地的尴尬吧。

宋仁宗对自己要求再严格，但他一人之力难保整个社会不奢侈无度、堕落无序。和平久了，社会上享乐之风日渐盛行。从这个方面来说，柳永的世俗之词（权且称作世俗吧）可谓应运而生。社会本来就是世俗的，只是柳永把这些现实变成词表现出来罢了。

柳永在词韵歌赋方面的成就，经过时间的洗涤，远远超过了那些位高权重的达官显贵们吟咏的所谓雅词。柳永扩大了词境，拓宽了歌赋的领域，不要以为柳永只会帮那些歌女们填词写曲，他还有许多篇章用凄切的曲调唱出了盛世中部分落魄文人士子的痛苦、底层人物的真实生活。他描绘都市的繁华景象及四时景物风光，还有游历、咏史、咏物等题材的词也有不少流传开的。他不仅从音乐体制上改变和发展了词的声腔体式，而且从创作方向上改变了词的内涵和趣味，用通俗化的语言着意描述市井民众的生活情调，使词这种被所谓高雅人士把玩的东西变成大众的兴趣点，即变"雅"为"俗"，对词的普及与发展，在那个时代功不可没。这点，有真才实学的宋仁宗也是认同的。

陈师道《后山诗话》中云："柳三变游东都南北而巷，作新乐府，骩骳从俗，天下咏之。遂传宫中，仁宗颇好其词，每对酒，必使侍妓歌之再三。"看看，在陈师道这里，连三番几次黜落柳永的仁宗都好上了柳永这一口，他不喜欢狂妄的柳永，却耐受柳永的俗词，而且不是传说中那么自律。其实这个也没必要追究，历史本来就是千人千面，无法论证的。就连鄙视柳永的那些权贵，像当朝丞相晏殊，虽然不屑于柳永的所作所为，但也一样接受他的某些作品。

从高层来看，仁宗和晏殊对柳词既接受、喜好而又排斥、贬黜，这个看似矛盾，其实一点都不矛盾。无论是皇帝还是丞相，他们也同常人一样有娱乐的需求。可作为统治集团的最高层，支配他们的是正统的道德标准和行为规范，站在统治者的立场上，他们难以容忍柳永这样的人存在。因而被主流社会所排斥，成为柳永无法规避的命运。

再看士大夫阶层，情形亦相当复杂，实难一言以蔽之。比如苏轼、李清照的态度也许可以一斑窥全豹。生于仁宗景佑四年的苏轼约比柳永年小五十岁左右，作为同朝人，苏轼有机会见证、感受柳词在社会上的影响和传播，而五十年的时间距离，也足以苏轼更为理性和客观地做出评判。可惜不是这样。宋人俞文豹的《吹剑录》说："东坡在玉堂，有幕士善歌，因问：'我词何如柳七？'对曰：'柳郎中词，只合十七八女郎，执红牙板，歌杨柳岸晓风残月。学士词须关西大汉铜琵琶、铁绰板唱大江东去。'东坡为之绝倒。"苏轼的询问，明显带有与柳词一比高低的心理。柳永已死，以苏轼当时的政治地位和辞赋方面的声誉，远非柳永所能望其项背，但柳永的词名像一堵无形的墙，对文人身份的苏轼造成一定的心理拥堵。所以，他需要这种自慰。

李清照是个杰出的词人，在她所处的年代造诣是相当高的。作为词人，她就高度评价柳词"大得声称于世"；而身为贵妇人，她亦不能避俗，无法不痛斥其"辞语尘下"。

但是，柳永的旷世才华不管通过什么途径，反正得到了多数人的认可，无论是在上层社会，还是民间都得以广泛流传。

无论词曲上有多大成就，在民间有多高的声誉，应当承认，柳永对功名的向往之情一直就没放下过。醉里眠花柳的时候，柳永挂念的却是功名，"低吟浅唱"的闲逸生活还是未能安抚他一颗志向高远的心。说白了，功名利禄在他的人生里就不是云淡风轻的事，而是一直盘踞在他的心头，从来就没有离开过；也或者，正是未有功名成了他人生的一大缺憾，他想不留缺憾，才对仕途这条正道耿耿于怀吧。这样说吧，对官场自作多情，千方百计想挤进官场施展手脚的文人，并非柳永一人。如我们都觉得清高的大诗人李白，在《与韩荆州书》中肉麻地写道："生不用封万户侯，但愿一识韩荆州。"这马屁拍得不一般吧，谁看了不得心中大喜啊；诗圣杜甫，冒着安史之乱，穿着麻鞋，跋涉几百里，追赶逃难的唐玄宗，可说是忠诚，却也可见其巴结权势的想法；就连高傲的王维，栖身终南山，心在长安城，也是不肯歇息的人……

所以说柳永揣了当官的心思，实在无可厚非。好在，虽然他的仕途充满艰辛，但上苍终不负他，有生之年还是走过仕途。仁宗景祐元年，柳永四十七岁时，终于考取进士，做上官了。虽然官很小，但比余杭县宰这个空职强，是屯田员外郎。据资料显示，北宋的屯田员外郎承于唐代，官居六品，其职是掌管天下屯田之政令。但到了宋朝，这个官职久已有名无实，各地军事区域进行屯田时，皆由各地长官主持。宋朝在工部下也设屯田司，置屯田员外郎一职，掌屯田、营田、职田、学田、官庄之政令及其租入种刘，兴修给纳诸事。也就是说，柳永好不容易才得到官职，却是个有名无实的闲职，这确实叫人不爽，他一生的郁郁不得志也就在情理之中。按照北宋的制度，朝廷命官不能出入民间妓院，几近天命之年，柳永才开始有所收敛，不再明着去逛青楼了。

可是，命运总是跟柳永过不去。就在他任闲官职的某年，有一天，天空出现了老人星，柳永以为是祥瑞之兆，遂作了一首《醉蓬莱》：

> "渐亭皋叶下，陇首云飞，素秋新霁。华阙中天，锁葱葱佳气。嫩菊黄深，拒霜红浅，近宝阶香砌。玉宇无尘，金茎有露，碧天如水。正值升平，万几多暇，夜色澄鲜，漏声迢递。南极星中，有老人呈瑞。此际宸游，凤辇何处？度管弦声脆。太液波翻，披香帘卷，月明风细。"

本来是想歌功颂德，拍马屁的，结果"此际宸游，凤辇何处""太液波翻"等句，与仁宗皇帝为宋真宗写的挽词相近。这下捅了大娄子，时运不济的柳永又触犯了龙颜，宋仁宗借此发难，声称今生不再提拔柳永，任他自生自灭。

这正应了中国的那句古话"命里有时终须有，命里无时莫强求"。一个小闲官都做得如此跌宕，这当官简直是跟柳永的八字犯冲。前途无望，柳永后来或是去漫游，或是辗转于改官的途中。漫长的道路，漫长的希望与寂寞中，柳永写下了大量的羁旅行役之词。最著名的是《八声甘州》。清人陈廷焯《词坛丛话》曾写道："秦写山川之景，柳写羁旅之情，俱臻绝顶，有不可以言语形容者。"怀才不遇的柳永一生并没有开拓出能够展示自己才华的舞台，加上改官曲折，更无升迁之望，进入四处颠簸的漂泊生活，心态也发生了很大的变化，渐渐养成了一种对萧索景物，秋伤风景的偏好。

漂泊的柳永晚年穷困潦倒，而且他也不复当年在妓馆酒楼一呼百应的辉煌。想想也是自然，没有人能一直处于顶峰，风光黯然时，才能体验最真实的人生。不过柳永算是又达到人生的另一层次——临到死时他一贫如洗，连丧葬的费用都没有，却是谢玉英与陈师师等众名妓念柳永的才华与曾经的帮扶，出资安葬。出殡时，东京城的各路名妓竟然都来了，她们卸下浓妆，收起妖艳狐媚，个个出落得像良家妇女，居然使京都半城缟素，一片哀声。最讲情份的还是谢玉英，她为柳永披麻戴孝，声称要守孝三年。谁知，不到两月，谢玉英因病而亡。大多史料上说谢玉英是因痛思柳永而去世。这样也好，对泉下的柳永是个慰藉。谢玉英死后，一代名妓李师师出面，将谢玉英与柳永合葬，愿他们在地下能做长久夫妻。后来还为了纪念柳永，歌女们在每年柳永的忌日开"吊柳会"，能在这样的人群里有如此风光与尊崇，纵观古今，大概也只有柳永了。

柳永，也算是完成了他自己。

据清康熙《崇安县志》卷七载："柳永有子名涚，字温之，庆历六年贾黯榜，官至著作郎。"可大多史料中未提柳永有子嗣。

还有柳永葬在何处，都有好几种说法。一种是宋代的祝穆持，在《方舆胜览》中记载：柳永卒于襄阳，死之日，家无余财，群妓合资葬于南门外；第二种说法是宋代的曾达臣、宋末元初的陈元靓。曾达臣在《独醒杂志》中记载："耆卿墓在枣阳县花山，每岁清明词人集其下，为吊柳。"陈元靓在《岁时广记》中亦载：柳耆卿"掩骸僧舍，京西妓者鸠钱葬于县花山，其后遇清明日，游人多狎饮坟墓之侧，谓之吊柳七。"《枣阳县志》也有记载："宋词人柳耆卿墓在兴隆镇花山。"第三种说法是宋代词人叶梦得在《避暑录话》中记载：柳永"终屯田员外郎，死旅，殡润州僧寺，王和甫为守时，求其后不得，乃为出钱葬之。"王和甫究竟葬柳永于何处？叶梦得未提及；第四种说法是清代著名诗人王士禛在《分甘余话》中说："相传柳耆卿卒于京口，王和甫葬之，今仪征西地名仙人掌有柳墓，则是葬于真州，非润州也。"仪征古名真州，柳墓在仪征仙人掌；明代《隆庆仪真县志·免谈考》载："柳耆卿墓在县西七里近胥浦（胥浦，地处江苏扬州仪征境内。）"清代《嘉庆扬州府志·冢墓》亦载："屯田员外郎柳耆卿墓在仪征县西七里近胥浦。"似是柳墓在仪征县的可能性更大一点。

　　一个人物的历史没有一个国家的历史那般严谨，柳永子嗣的真假并不重要，柳永的墓到底在何处，也不重要，重要的是这个人，他那些流传后世的千古词作，他在中国的文学艺术史上，有过浓重的一笔。

到了日本我想你没办法

曹乃谦有个著名的小说《到黑夜我想你没办法》，使他名声大振，这篇小说当年在《北京文学》发表后，得到过汪曾祺先生的高度评价，并且引起了瑞典文学院诺贝尔奖评委马悦然的注意，翻译了他的大部分作品。后来，马悦然到中国专门去山西大同约见曹乃谦，充分肯定了他的作品。据媒体传言，马先生还预言曹乃谦有望问鼎诺贝尔文学奖，这下，曹乃谦红遍大江南北及海外。

我早就看过曹乃谦的小说，对他慕名已久，只是无缘谋面。这次有幸与他一同去日本做文学方面的交流，在异域共同生活的一个星期里，真正领略了曹老爷子（他年龄最大，我们对他的尊称）的风采。

初看上去，曹乃谦一本正经，刚开始那几天绝不参与我们的闲谈瞎聊，一个人"洁身自好"地在自个儿房间里吹箫。后来，到京都时，日本的著名作家宫本辉先生请我们吃饭，那天的晚饭，使曹老爷子终于绷不住了。曹乃谦一直生活在山西大同，六十年的饮食习惯使他的胃很难接受日本的料理，那些生猛海鲜，对曹老爷子简直成了灾难，到了日本只能是没有办法。但为了国家形象，曹老爷子还得装成什么都能享受的样子，趁人不备，迅速将自己盘中的生鱼片倒进我的盘子里。其实他不知道，我也享受不了那些玩意，每次都是硬着头皮咽下去的。曹老爷子就惨了，他实在咽不下去，被我拒绝后，只好想着法子掩饰糊弄过去，偷偷地再叫服务员端走那些生鱼片。但还是叫人家发现了，日本人反对浪费，宫本辉问他为什么不吃就叫端走了。没办法，曹乃谦只好坦白交代，他有痛风，不能吃海鲜。还有，他的胃不好，还摘除了胆，根本不能吃生凉的食物，只能吃些热乎的，但日本的饮食大多以生、凉为主，动不动就给你上冰水。宫本辉体谅曹乃谦的身体状况，叫人给他做了非常贵重的松茸，没想到曹老爷子咬了一口，依然难以下咽。这下，宫本辉面有不悦，问他到底想吃什么？曹乃谦说想吃烤土豆，或者炒土豆丝。其实，曹老爷子也憋着一肚子气呢，对他来说，吃这种饭等于受罪。那是个档次很高的饭店，哪能有土豆？一时陷入了僵局，大家都不说话了。曹老爷子认为自己没错，他的犟劲上来，也不顾什么国家形象了，嗓门很大地说他还有两种病没说呢，有病就是不能乱吃东西。有人问他还有啥病？他说一时想不起来。明摆着是老爷子较上劲了。还是带队的李锦琦反应快，他说老爷子你不该还有种习惯性流产吧？我们紧跟着起哄又给他加上一个脚气，凑够了他的病数。翻译过去，宫本辉笑得岔过了气。吃饭的气氛顿时活跃起来。

在奈良那天，午餐终于给每人上了一块指头粗细的红薯，可形状很像蝉蛹，在曹老爷子眼里，大概又是生猛海鲜类吧。他没敢吃，人家端走后，我们告诉他那是红薯，他后悔莫及，连连叹息。

后来的几天里，我们尽拿曹老爷子的"两种病"开涮，他不但不生气，还很配合，化解了不少尴尬。曹老爷子这个人像他的小说一样，直率、简洁，不该说的，他绝对不多说，想说的，谁也别想拦着他。去早稻田大学演讲时，给我们每个人四十分钟，我这人口拙，担心说不够四十分钟，他就为我分担了十分钟，并且将他的经历讲得有声有色，赢得满堂喝彩。

在东京那几天，其他人睡午觉时，我与他睡不着，两人就出去逛街，只有我一人在说，听不到他几句话，他学会了日本语"哈依"，你说什么，他只会点头说"哈依"。在日本有个好处，不断地鞠躬可以锻炼颈椎，可是腰受不了。我的腰椎间盘突出，那几天可受老罪了。曹老爷子的腰没事，他的礼数非常周到，碰上打扫卫生的都要鞠躬致意。

有天，我们去皇宫那里转悠，看到三个光身子的女子雕像，我叫他过来留影，他在我的摆布下站好，我将他的热脸贴在女雕像的冷屁股上，却忍俊不禁，笑得喘不过气来，连相机快门都按不下去了。他问我笑什么，我说了后，他笑得眼泪都出来了。

曹老爷子命运非常坎坷，平时不苟言笑，但这次被我们逗得笑声不断。他说他从来不与文学圈子来往，在创作上一个人特立独行，可这次短暂的日本之行，使他觉得与搞创作的人在一起，还是挺好玩的。他这个人其实很有情趣的，不但会吹箫，还会二胡、扬琴等等，凡是民族乐器，他基本上都会。而且，他还唱得一口酸曲。那天在东京，与几个翻译家、作家吃饭时，曹老爷子喝了点酒，兴致上来，在我们的煽动下，他唱了几曲《要饭调》，纯粹的山西口音，别人听不大懂，我是陕西人，与山西话比较接近，经过我"翻译"，再翻译给日本人，听得大家眼眶都湿了。

郑小驴印象

    郑小驴出生于一九八六年，是个真正的"八〇后"。他真名叫郑鹏，很大众化的一个名字。如果在"百度"里搜索，会出现许多与写小说的这个郑鹏无关的信息。我原来以为，郑鹏把笔名起成郑小驴，是为了区别于他人。其实不是，小驴告诉我，他出生在湖南湘西隆回，他们那里没有驴，他对这种没见过的动物有足够的好奇心，加之他性格倔犟，像头小驴似的，认准的事只会往前冲，便起了这个笔名。现在看来，年仅二十二岁的郑小驴，还真像头小犟驴，在文学这条窄道上左冲右突，硬拼着属于自己的道儿。

    我是从小驴的博客上"认识"他的，曾经看到他的一篇博文，写他刚上大学时，家里突然失火，房屋全被烧毁，他父母在长沙的建筑工地打工，过年时无家可回，一个瘦弱的青春身影陪伴着父母默默地守在四面透风的工棚里，倾听着大城市新春的喧闹声，过了一个寒冷凄清的春节……

    小驴一家人的遭遇使我唏嘘不已，想象着那个工棚里一家三口围在一起过年的情景，联想到我的少年苦难，心里特别难受，当即给博主留了一条不起任何作用的安慰话语。那个情景一直萦绕在我心头。后来，我写下一个短篇小说《下水》，写得温暖而百感交集，与小驴一家人的悲苦相去甚远，却能聊以自慰。

    后来，小驴到了《大家》杂志社，在博客上给我留言约稿，我们这才真正建立起联系。

    第一次见到小驴，是二〇〇七年的夏天，他与韩旭来北京约稿，当时我有事没能如约参加他们的聚会。第二天在一个朋友的安排下，我们还是见了面。同时，小驴带来了马小淘和沙言，这三个小朋友极富教养的言谈举止，给我留下了非常美好的印象（后来我还收到了小淘和沙言寄来的著作和杂志，在此一并谢了）。第一眼看到小驴，觉得他太瘦，有点弱不禁风，可他极其明亮的眼神，透露着一股执拗和坚定，没有他的一些同龄人的狂妄、傲慢和欲望，令人欣慰。小驴不善言辞，像个姑娘似的，带点儿腼腆，带点儿羞涩。小驴的这个劲头，有点像我当年刚当兵时的那个样子。我一下子喜欢上了小驴。

从那之后，我开始关注小驴的作品，像刊发在《青年文学》《上海文学》等杂志上的小说，能看到的，我都看了，感觉小驴不像"八〇后"写作者，他的叙述完全是传统意义上的，没有他那个年龄段写作者的狂放恣意。如果非得要用年龄段划分，小驴在"八〇后"写作者中绝对是个异数。他的作品大多都与这个时代脱节，不时尚，也不喧哗，但他的小说色调却是明朗的，没有一点对自身苦难的宣泄，他的语言比较平实，却不乏张力。

如果说，小驴的《鬼子们》《少年与蛇》等小说，还有点"异想天开"的话，他后来的《一九四五年的长河》，还有这次发在《十月》上的《一九二一年的童谣》和《枪声》等等，已使小驴对小说有了自己的判断能力，对人生、生活，还有命运，已经有了自己的见解。

写了一圈，小驴把想象的目光拉回故乡，投向他的出生地——湘西，那里发生过的许许多多能扯清、能道明的家族人物、历史故事，还有那里的民俗风情，都成为他现在追寻的书写内容。可以这样说，小驴的一些作品里并非严格意义上的历史，而是他对历史想象力价值取向的重新打量。他的想象力不是一个小说功能的概念，也不仅仅是艺术创造力的呈现，在当下小说越来越复制现实生活而忽略想象的环境中，"写什么，怎么写？"只成为一部分作家自觉实践的小说信条。无疑，小驴是这一部分写作者中甚为年轻的一员。虽然，在追寻家庭历史的创作群体中，有一大批知名或者还不知名的作家，他们写出了许多不乏独具创造精神的作品，也不免可圈可点之作，但小驴的自觉意识还是促使他对生存、个体生命、地域文化之间的真正困境产生了挖掘意识，在小驴这个只有二十二岁的年龄段，难能可贵。

像中篇小说《一九二一年的童谣》，小驴对家族的追忆，从遥远的一九二一年开始，经历了多次历史变革，那么多艰难困苦的岁月，小驴就是通过这种表达方式，对故乡日常流程中逐渐流失的痛与爱的重新打捞。就是在叙述郑家家族经历盛衰过程中的恩怨情仇、伦理危机、道德崩溃、精神破产，揭示了命运无常中人作为历史人质的无奈与被动，演绎出人性在与强大的社会异化力量对抗中的脆弱与毁灭，里面包含了中国农村变迁的重大信息，郑家人在各个时期面临的困惑和灵魂挣扎。在众多的悲剧人物中，给我印象最深的，是那个能作诗的美丽祖母。在风雨飘摇命运多舛的年代里，她的前夫被当作地主枪毙后，改嫁到郑家，成了"我"的祖母，面对游手好闲的祖父，祖母生下两男一女后，为守住一份家业，以温良恭让的道德力量与现实社会进行妥协，想以隐忍、克己、宽容、善心去面对她愿意和不愿意面对的人生，她的命运是悲惨的，她的人生充满了痛楚。她在自己的挽联中这样写道：

"悲怀何处遣，晚岁风光，梅花惟瘦骨，维枝有托，庭茂芝兰，屋起烟尘，那见春温伏荫，苟地下能安，聚首泉台，晨昏依阿母。

薄命竟如斯，卅年婢妾，藜藿饱枯肠，更狠多贪，杏魂凄冷，晴空霹雳，顿教筋断肢离，恨天阍莫叩，伤心家室，血泪洒啼鹃。"

这首挽歌写出了一种存在被现实不断侵蚀的无奈心境，从祖母她老人家的精神气质上，时时透露出她坚韧的品格和面对人情世态的感伤。这令人心碎。

再说《枪声》，这是小驴对当下乡村人们自身存在另一种可能的思考，通过一个看似简单的"枪走火"行为，无意识地透露出了乡村人物之间的隐秘关系，应该说小说的情节起伏还是很大的。从郑时通的枪走火，还有郑时通的朋友老郑莫名其妙的自杀，小驴把这些事件写得波澜不惊，从头至尾，就像一条缓缓流淌的河流，看似单一平静，却暗藏了无数玄机。

总体来说，小驴给自己的小说写作或多或少还是设置了难度的。也就是说，小驴的这两篇小说是有追求的。在当下小说越来越生活化，缺乏虚构能力的当下，小驴的这番努力没有白费，能在《十月》这种高档次的杂志发"小说新干线"，就是个例证。但是，可能是小驴年龄太小的缘故，他的生活阅历和人生经验还不太丰富，他的有些作品还缺乏足够的耐心，语言需要好好锤炼。小说除过语言、结构等等方面需要讲究外，还得讲究叙述语气和节奏等等内在的情绪。像《一九二一年的童谣》在叙述节奏的把握上，小驴写得随意了一些，有些地方还可以描述得更详尽一些，有些地方完全可以简略，可能会使这部小说更显紧凑。还有《枪声》，虽然看起来人物丰富复杂，而且把郑时通和老郑两个人物的心理矛盾，甚至怪异都写出来了，但是这种不牢靠的预设，如果仅靠习惯的叙述或者常识性的描述，传递给我们的信息，很容易使人产生简单白描化，并且使我们对小说人物的真正复杂性没法理解。我的意思是，小驴既然能够自觉地有别于这个年龄段的写作，那么，你有青春这个成本，就不要急，把这活做得更精致、更有说服力一些。

第五辑

晚秋，或者就是初冬

我要不要一声呐喊？让匆匆而过的风在我面前驻步，或作短暂的停留？街头的树叶高悬在空，已在风中飘浮，日渐逼近的季节，似过客，来而往复的一切只属于旅人！

1

挺拔超然的树，因为叶子的陪衬，在我心中，它是高贵的，风是美丽的，叶是智慧的，晚秋因此而清高，那种风的气质，只能作为仰望。心中感叹，如果树是物，风是质，我只能从树旁绕过，对风的秩序，作些调整，用凌乱的脚步，掩饰我的目不斜视，哪怕我被认为严肃。

但我心里很虚，没有一点可以充作自信的实质。自喻为被风拍打的落叶，曲曲折折地飘到没有阳光的角落里，思绪像被晚秋簇拥着的苹果，鲜亮艳丽。我目送着，清脆的苹果红得把周围过于浅淡昏暗的天空映成了深蓝。往往这种时候，不被人重视的黑马，站在空旷的荒野上，一生都在站着休憩，马鬃似打盹一般弯了下来。我的地平线，断断续续，露出清淡的经历，在一个屋顶处，或在一棵树下，毫无生气地呈现我与风的距离，像无边无际的荒野一样遥远。

风，可望而不可及。

黄昏的余晖，终于像一群美丽的鸟，飞累了，停落在我面前的地上，与我面对，距离拉近了，我才看清，高贵的风其实一点也不高贵，华丽的风其实一点也不华丽，冷傲的风其实一点也不冷傲。

我与风，是处在一条线上的旅人。

彼此走累了的时候，可以相互搀扶着，在狭窄的山道上，缓缓而行，哪怕错过一条大路口，我也心甘情愿。

回想以往的路程，似深秋的葡萄园，人们摘走了最后一串葡萄，那些丰润果汁，被牙齿榨干咽进肚里，将捣碎的果皮，像沙子一样吐到荒草里，那是人们乐意制造的声音，总带着让风无法理解的伤痕。

2

你是风，已来到这个不同寻常的晚秋，使我怦然心动。我随着你的脚步，走进你的灵魂，我在心里默默念着歌颂你的诗句，与你的名字一样美丽，它描绘出一条滚烫的河流，沿着美妙的村庄向前铺展，延伸——然后又出现了一片暖融融的草地。很快，我们就进入了一座高大，燃烧着的森林，我的心灵已经贴近你的文字，触摸属于你才能拥有的风景。

我发现，我的内心如此苍白，在你面前，我像个孩童，瞪大双眼，看到了你的本质，看到了你的朴实，看到了你的善良，看到了你的才能。

你的心扉一旦打开，季节全是谎言，是谎言塑造了你，是谎言把你推上树尖，是谎言抖落了树上的叶片。不是你。

你是无辜的，哪怕是晚秋。哪怕是初冬，与你没有一点关系。

你是温暖的，你吹绿过美丽的春；你是善良的，你携来热烈的夏。

你一下子就走进了我的内心，叫我措手不及。我在惊惶之中，与你同行，把我古板的心交出来，去共同感知一座名山——香山上的斑点，那是被你的灵魂染红的斑点。

3

你现在住在大都市中的一幢高楼里，日夜被噪音围困，人的气味、烟雾，淹得你面色苍白，可你内心丰富。还有你的魅力，冲淡了我的私心杂念，我只想与你走在空旷的田野上，感知被抽去筋络的平淡，宁静而致远的信念。

我的灵魂偶尔被你吹绿，我才发现，属于我的领地，在你出现以前，无比荒凉。我只想保持我们共同的游荡，与你相拥在一棵红枫树下，鸣奏一曲相知恨晚的悲歌。

我就知足了。

这种幸福，我从来没有过，在我灵魂深处，没有栖息地，哪怕一片枯黄的草地，哪怕一块荒芜的砾石堆。

我是多么幸运呵！

你在我的身边，用你的美丽感染着我的心灵，用你的光环罩住我过早进入晚秋的心境。

悲伤会偶尔窥视，会将你嚼烂，纷纷扬扬地洒在你我之间，我们踩着碎片，回到人车拥挤的街道上，在一间还算温暖的小屋里，共同感叹。

美好的季节，总是很短暂。

4

对于风的破译，使我很幸福地感冒了。我在心里盼望着，我的这场感冒永远如此，让我呼吸你的气息，那股细细的暖流蓄在我的心里。

多好！

这才是我们能够引起共鸣的证据。

我将好好珍惜。

回味这短暂的相聚，我用旅人的心境，细细玩味，晚秋之后的初冬过去，你能在你心里，永远给我一席之地吗？

那么多的现实等待着你，一旦走进尘世，会淹没了你。我将用什么方式保留我的灵魂依附在你心的周围？让我感动一生，心存美丽。

我站在黑夜里，满眼是泪。泪水浸透了我的心，我用潮湿的心倾听着你的足音，你能留下一生叫我心颤的纪念吗？

冬的寒气已经进驻。我透过泪帘，仿佛看到你款款向我走来，用你美丽的眸子还有楚楚动人的微笑，给我投来一次挽救的机会。

就盼这么一次，只要能救出我们的回忆。

我相信记忆有着可靠无误的间接传导的能力，借助于这种能力，我们内心深处那即将封闭的，对我们呼唤无动于衷的黑夜会突然明亮。甚至往事的阴影依旧像阴影般虚无缥缈，一缕看不见的芳香，一个无声的声音，也会在我们彼此的心间缭绕，并升腾为永久性的纪念。

时间赋予的今后，我想，都无法再从我们的心间取走。

那是我们唯一的财富！

在瞬间逗留

在承德外八庙中，名气最大、游人最多的，当属俗称"大佛寺"的普宁寺。在来承德的路上到处都能看到大佛寺的巨幅广告牌。其次，就是号称"小布达拉宫"的普陀宗乘之庙了。须弥福寿之庙置身二者之间，规模不小，声名却远没有那般显赫。尤其是在以避暑山庄盛名的承德，须弥福寿之庙就更少被游人念及了。可是，须弥福寿之庙在承德却是最重要的一座寺庙，因为它是乾隆皇帝给藏政教首领班禅额尔德尼六世建造的行宫，其意义非同一般。承德的大型文化实景演出《康熙大典》里，康熙有一句台词："敬一人而使千万人悦，修一座庙胜养十万雄兵。"文治武功盖世的高宗乾隆皇帝深谙此道真谛，并且将祖父的意愿发挥到极致，把历代解决不了的民族、宗教、文化等诸多问题以一座庙宇得以解决。由此可见，修筑这座须弥福寿之庙的政治意义远远大于庙宇本身。

须弥福寿之庙建于乾隆四十五年，当时清朝正处于鼎盛时期。曾历经忧患的西藏，在清政府平息了策旺阿喇布坦的叛乱后，又对其实行了废除藏王，设噶厦，规定四个噶伦的职权等政治改革，相应地限制了一些大农奴主的势力，使得班禅、达赖执掌了实权。相当长的一段时期，西藏保持了和平稳定的安定局面，清政府与西藏的关系也密切起来。在乾隆三十九年，英国殖民主义者以狡诈的手段进入日喀则，要求和西藏订立经商矿砂合约，六世班禅站在维护民族统一的立场上，态度鲜明地表示："西藏是属中国大皇帝管辖，须听命中国皇帝。"以未经清政府皇帝批准而予以拒绝。

可是，英国殖民主义者野心不死，多次派侵略分子进藏采取阴谋手段，制造班禅和达赖之间的矛盾，离间西藏地方和清政府的关系，以达到侵略分裂西藏的目的。西藏政教首领认识到要抵抗侵略就要紧紧依靠清政府，因此，六世班禅在得到乾隆举行七旬庆典的消息后，通过章嘉国师，主动要求入觐朝贺。

乾隆对班禅六世的不招而至欣然应允。六世班禅在西藏问题上是有功之臣，乾隆对此极为重视，决定在承德隆重接待六世班禅的到来，而且动用和珅这个股肱之臣操办接待事宜，还命和珅长住承德长达一年之久，专门督建这座须弥福寿之庙，也就是六世班禅的行宫，他自己还先后三次亲赴承德巡视，足见乾隆对须弥福寿之庙的重视程度。

陪同我们游览的小彭是承德最优秀的导游之一，曾获得过"河北最佳导游"称号，他子承父业，对导游事业非常热爱，从他的言谈举止不难看出，他对宗教旅游极其虔诚。选择游览须弥福寿之庙，是小彭极力向我们推荐的。小彭说，到了承德，须弥福寿庙是一定要朝拜的。在承德，我们只有一个下午的时间，在这么短的时间里，还有别的安排，哪怕只是一个瞬间，我也想要看看，乾隆建造的"班禅行宫"到底有什么特别之处。

不过，我对乾隆把六世班禅行宫建在承德而不在京城深感疑惑。小彭说，当时京城常有天花疫情，为了确保六世班禅不被传染，乾隆才把接待地点定在了承德。承德是皇家的避暑胜地，又是清政府的第二大办公地点，仅次于北京，倒也无可厚非。

据史料记载，在承德狮子沟北山坡上仿班禅居所——日喀则的扎什伦布寺形制，兴建须弥福寿之庙，仅用一年时间即建成，并配造了仪仗七十二对。乾隆先后发出六道谕旨，催促驻藏大臣留保柱专程前往扎什伦布与六世班禅商议入觐事宜，并征询章嘉国师意见，确定迎接等事宜。为了能与班禅直接对话，缩短彼此间的距离，已近七十岁高龄的乾隆还特意学习了一般常用藏语，研习了藏史，考虑到六世班禅一路长途跋涉，车马劳累，令沿途官衙为他备轿迎接送行事宜。

走进气势不同于一般的庙宇山门，小彭介绍道，须弥福寿之庙的建筑形制，特点可归纳为三方面。一是均依中原地区修建佛寺按中轴线向纵深布置对称建筑的形制，前后营建了数重院落，保持着汉族传统宫殿的格局。

如从山门至碑亭、琉璃牌坊、妙高庄严殿、万法宗源、琉璃塔都位于中轴线上。中轴线东西侧建筑如东西山门、琉璃牌坊及坊前白象、大红台四个角殿、御座楼与吉祥法喜、东西护法台都呈对称形式。这确实是中国传统的平衡建筑。二是根据地形起伏，依山就势因地制宜，打破了传统布局的呆板。如主体建筑大红台就是相互对应。吉祥法喜与御座楼一东一西，都是一前一后，吉祥法喜虽与生欢喜心东西对称，但吉祥法喜与大红台相连，而生欢喜心却与大红台相隔。又如寺庙中部的万法宗源殿与吉祥法喜殿缺乏联系，可又在万法宗源殿东侧建有白台，使得斜角呼应，富于变化和灵活造型。三是从建筑形式上看，大红台、吉祥法喜等都是藏式建筑，大红台北角的吉祥法喜和大红台后面的万法宗源，群楼围着主殿，具有藏族寺庙"扎仓"的布局特征。可作为藏式建筑的大红台宙头嵌的琉璃垂花门却又是汉式装饰。

总体上看，寺庙的建筑布局因山就势，错落有致，主体突出，金瓦生辉，十分壮丽，充分显示了汉、藏两族文化交融的建筑艺术，形式上的确很独特。

我们缓步进入中轴线上南北向的五孔石桥。桥架在狮子沟上，长约一百二十尺，宽约二十尺。山门辟三个拱口，上建门楼，悬挂着乾隆御书"须弥福寿"匾额，门前列石狮子一对。可别小看了这对石狮子，它们在全国绝无仅有，高出其他石狮子一个头。山门正北为碑亭，亭四面墙壁开有拱门，内有乾隆四十五年立的《须弥福寿之庙碑》。碑文用四体文字镌刻，高八米。碑头碑身为一块整石所造，周围和两侧都刻有云龙纹样，碑座为一巨石雕成龟趺，下部基石刻有波涛纹样，四角还有鱼、虾、蟹、龟等动物装饰。令人惊奇的是，这四个角内常年汪着一摊积水，从来没干透过。小彭说，这是个没人解释得了的奇迹。在避暑山庄和外八庙的全部装饰中，此碑的形制和规格是最高的。碑亭以北，地势逐渐高起，有不规则的石级三处，可登达精美至极的琉璃牌楼，牌前两侧有一对石象，高二点四五米，雕刻精美。在封建社会，皇宫里的大象是和平景象的象征，寓意"万象更新"。而佛像后背光或菩萨坐骑的大象，则寓意佛法无边，神圣不可侵犯。此处的石象象征着大乘教有最大法力，能普度众生。顶端是乾隆亲笔书写的"总持佛境"四字，喻义六世班禅总领佛界，乾隆的这个评价相当的高。

乾隆还在《须弥福寿之庙碑记》中写道："黄教之兴，以宗喀巴为鼻祖。有二大弟子：一曰根敦珠巴，八转世而为今达赖喇嘛；一曰凯珠布格塔克巴勒藏，六转世而为今班禅额尔德尼喇嘛。是二喇嘛，盖相递为师，以阐宗风，而兴梵教。则今之班禅额尔德尼喇嘛，实达赖喇嘛之师也。达赖喇嘛居布达拉，译华言为善陀宗乘之庙。班禅额尔德尼居扎什伦布，译华言为须弥福寿之庙。是前卫、后藏所由分也。"给予了六世班禅极高的赞誉。

庙建成后，六世班禅历时一年，率领甘丹、哲蚌、色拉三大寺堪布及高僧百余人，随从僧俗官代表约两千多人，浩浩荡荡，从后藏扎什伦布寺出发，途经青海、宁夏、归化（呼和浩特）、多伦诺尔，绕过北京，到达了承德。这里面还有一段插曲：六世班禅不远万里来朝贺，显见他对乾隆的敬重。当时因为京城有天花疫情，加上天气炎热，极易传染，所以，在六世班禅快到承德的时候，乾隆专门派御医前去给他们打天花疫苗。一行两千多人，唯独六世班禅一人拒绝注射疫苗。

为何六世班禅拒绝打针？小彭说史料上没有记载具体原因。是六世班禅对天花之疫不以为然，还是不相信大清政府提供的疫苗？或是他对乾隆安排在承德见面心存不悦？这段历史已无存考证，只能任凭后人猜测去想象了。但是，六世班禅后来从承德到了北京，在西黄寺圆寂，的确是因为天花，享年才四十二岁，这在史料上却是真真切切有记载的。

再说六世班禅来到承德，乾隆在避暑山庄举行了盛大的欢迎仪式，并破例允许六世班禅乘大黄轿进入避暑山庄大门。到澹泊敬城殿，六世班禅敬献了象征幸福吉祥的哈达、金佛像、法器等，并欲行叩拜礼。大器天成的乾隆皇帝随即下座相扶，令其免拜，还用藏语亲切问候。六世班禅在乾隆的宠爱下，游览了山庄，后回须弥福寿之庙休息。第二天，乾隆又到须弥福寿之庙看望六世班禅，六世班禅向乾隆呈献物品四十件和途中日记一册，记录了他在途中每至一站，必祈皇帝万寿的诚意。乾隆将自己身着架缓的画像送予班禅，并在妙高庄严殿举行盛大法会，由班禅讲经、章嘉国师翻译给他听。

这次君臣会面，乾隆与六世班禅君臣倒也其乐融融。

往前走，就是著名的大红台了。大红台由三层群楼围绕三层阁楼组成，平面呈"回"字形布置，群楼东西各十三间，南北各十一间。群楼内正面五间突出，北面七间突出，檐柱之间装以隔扇。外墙下部装花岗岩条石，上部砌砖，抹朱红灰面。壁开矩窗，窗头嵌琉璃花罩，真窗、盲窗相间。小彭特别介绍，盲窗上的空间全用云母片镶嵌，异常珍贵。中间做琉璃门，由东西踏道上达。

由底层南面大门可进入群楼。群楼为木结构，分隔成四百余间。第一层东面有四大天王坐像、十六罗汉像和喇嘛教噶举派祖师那若巴、回洛巴等佛像。小彭说，大家见到的大多寺庙中四大天王都是站着的，唯有这里是坐着的，并且笑容可掬，完全没有怒目威严的凶相。这个很有讲究，在皇家庙宇里才能如此，可见这个寺庙的规格之高。还有，在藏传佛教中，历来只有十六罗汉一说，至于为什么后来有些寺院建造的是十八罗汉，就不得而知了。小彭又介绍道，当年，班禅六世第一眼看到大殿里坐着的四大笑容天王和十六罗汉，深感欣慰。或许是在远离故土数千里之外的皇家庙宇里追寻到了对藏佛教的一种膜拜之情。

第二层东南角有八角形的三层转塔，塔上有龙凤呈祥雕刻，精细美观。妙高庄严殿高耸在群楼中央，像微黄教始祖宗喀巴成佛的佛境，是六世班禅曾在此为乾隆讲经，并把从西藏至热河途中的每一站对乾隆的祈祷、祝福记录献给乾隆。乾隆在此回敬礼物四十余件，并题"宝地祥轮"匾额。此殿一层前面供宗喀巴，西面宝座为班禅讲经之用，正面宝座为乾隆听经之用，后供释迦牟尼；二层中供释迦牟尼，左右为阿难、迦叶。

第三层供三尊密宗佛，是佛家禁地，即使岁月被风侵雨蚀，面对这样一种信仰和这样一段历史，我们这群被世俗生活浸染的俗人，只能与其擦肩而过，是无缘面佛的。下楼参观主殿——妙高庄殿。妙高庄严殿平面为正方形，位群楼正中央，楹额"妙高庄严"。三层上下贯通，重檐攒尖屋顶，上覆铜制鎏金鱼鳞瓦，角脊下面做成龙头形，脊身波状，匍匐金龙两条，一只朝上，一只朝下，每条重量都在一吨以上。屋上八条金龙，姿态各异，栩栩如生，金光闪烁，活灵活现，大有跨空欲跃之势。据说整个殿顶用了头等金一点一五万余两，在蓝天白云的映衬下，金碧辉煌，庄严富丽。可见，乾隆在维护国家统一、民族团结方面是毫不怜吝的。大殿与群楼形成全封闭内院，光线暗淡，气氛肃穆，神秘莫测。

大红台东为御座楼，供皇帝礼庙使用。高两层，平、立面处理与大红台相同，正面红线向前跨出两米，群楼中央设小佛一座。御座楼北殿门额"南无阿弥陀佛"；殿内条幅有"到来佛相原如是，静处尘心那更生"；"功德无边复无量，因缘非色亦非空"。南殿条幅"象法涌祥轮西方震旦，智光腾宝炬海藏天宫"。客堂题额"万法宗源"，联"便有香风吹左右，似闻了义示缘因"。大红台西北角利用地势建殿，名吉祥法喜，方形五间两层，为六世班禅的起居之所。重檐歇山，上覆鱼鳞镏金铜瓦，前后檐装隔扇，东西山墙直贯到顶，墙上设藏式小窗两层，东西间设扶梯通达二楼。一楼为班禅住所，设佛床六张，明间供释迦牟尼，地面与大红台外顶部持平。二楼为佛堂，设宝座床、楠木屏风、佛龛等。殿内陈设琳琅满目，富丽堂皇，俗称金殿。殿内有联"宝阁护香云静资礼梵，灵峰呈寿相妙悦安禅"。殿前以群房相围，外墙封以实壁，正南开门。门前陡坡按山地园林手法顺坡势曲折以大块自然石料蹬道，间植高大挺拔的油松，行宫特征突出。

大红台地势继续升高，中轴线上建有金贺堂和万法宗源殿，组成一独立院落，原为班禅眷属及弟子住所，后为经堂，又合称"万花仲院"，院平面呈凸字形，外观为一白台形式。庭院北面是万法松缘殿，阔九间，深三间。据传，此殿原有"万法宗源"题额，可能"万法松缘"一名即由此讹传而来。殿前为中庭，东西两侧有深一间的廊庑。南面正中三间，又向南突出二间之深，称"金贺堂"，前间单层，后面两层，都是平顶结构。

建筑是个深奥的学科，一般人只是懂得欣赏不同建筑的美感，至于每一个建筑的特色却并非无限关注。所以就算感觉这个院落的别具一格，却并不深究它的特点。倒是小彭深谙人心，说是这个院门与其他院门不同，样式别致，是印度佛堂式建筑，在中国绝对独一无二。

万法宗源殿后山还建有万寿塔一座。琉璃万寿塔巍然屹立于须弥福寿之庙中轴线最北山巅，建在方形基坛上。塔身为八角形，镶嵌绿色琉璃砖，饰以精致的佛龛。塔下有云形基坛，南有踏道，上置石栏杆。底层有宽阔的木柱围廊，其顶部复黄色琉璃瓦。塔高七层，寓意乾隆皇帝七十大寿，故此又称万寿塔。塔身结构秀美，色调古雅，突破了全庙的空间轮廓线，丰富了建筑群体的艺术效果，在两侧白台衬托下，显得十分秀丽。同时，也不难看出和珅对乾隆的忠心不二。在六世班禅的行宫里，和珅也能匠心独运，处处体现出以主子为中心的内容来。我想，这就是和珅一直能讨得乾隆欢心的秘诀吧。

夏日午后的细雨中，虽说是阴雨天气，但这里毕竟是塞上，并不感到湿气熏蒸。站在细雨里，眺望妙高庄严殿金顶上的鎏金腾龙，或是在碑亭里辨识乾隆皇帝手书的碑文，想象乾隆与六世班禅在此会见的种种情景，盘绕在大脑里的丝丝疑惑，像六世班禅的圆寂之种种，令人难以释怀。

这次承德之行，让我难忘的，还有向导小彭。这天下午结束所有游览之后，我们一行在饭店里就餐的时候，谁都没想到，小彭却在饭店的大厅一角默默地候着，只为等待与我们饭后一别。小彭身材略显微胖，说是节食，并未与我们一起共进晚餐，足足等了我们一个半钟头。天色将晚时，酒足饭饱的我们从餐厅出来，他过来与我们一一握手告别。我们脸红心热，不好意思起来。

雨不知什么时候已经停歇，西边的火烧云把傍晚燃烧得异常热烈，上车的瞬间，我回望了一下远处的须弥福寿之庙的妙高庄严殿金顶，金碧辉煌，正放射着灼人眼目的光芒。

雪之空白

1

到乌鲁木齐这天，是二十四节气中的惊蛰，农谚道："过了惊蛰节，春耕不能歇；九尽杨花开，农活一齐来。"预示着该春播，农忙要开始了。这天的乌鲁木齐风和日丽，与我刚刚离开的古城西安有着天壤之别。西安的迎春花已开得一片灿烂，柳梢泛绿，一派春天的景象。乌鲁木齐就不一样了，虽然春阳暖人，可路边、树根的积雪依旧冰冷地灰暗着，毫无软化在这温和之中的迹象，用这种方式来暗示着边城春天的特殊。三月的乌鲁木齐，离春播还有一段距离，这个我是很清楚的。毕竟我离开这才十二年嘛。之所以要说这个节气，是为了记住这个日子，就像十二年前的正月十五，我离开生活了十六年的新疆；十八年前的中秋节，我离开生活了九年多的喀什。有了这些特殊的节日或者节气，记忆就变得更为深刻，使我对每次的离开都会铭记于心。像刻在石头上的某个词，因为痕迹的存在，想忘记都难。

此次来疆，非常偶然，要做一个典型人物的专刊，任务其实很重，我可以不来的，但我争取来了。因为我心里一直揣着一个巨大的愿望：去喀什的英吉沙县，看看老单位。离开那里已经二十四个年头了，最初在喀什的时候，我还回去过一两次，之后，就再也没去过了，偶尔想起来，是很惦念的。虽然后来的那么些年一直在新疆，但要撇开身边事去一个想去的地方，即使这地方就在跟前，也总有各种身不由己的理由。更何况，在新疆，看着在眼前的地方真要迈开腿过去，却不是看到的那点距离，真的是要费了心思和时间的。所以这个愿望一直没有实现的原因主要在于我自己，习惯沉浸在日常之中，难以提起出行的精神，就一天天地耗过去了。

来机场接我的少卿是工作对口的副处长，从未谋过面，还没出机舱时只通过一次话，但我一眼就"认"出了他，看来我们有眼缘。

出了机场，深呼吸一口久违的熟悉空气，顿觉神清气爽。上车后少卿再一介绍，我才明白缘分就是这样产生的。十几年前，少卿在我服役的那个连队任过主官。我欣喜若狂，三个多小时的飞行疲劳一下子消失不见。我没催促，少卿自顾讲起老单位的情况。据少卿说，基层的营房设施早已不是原来的样子了，统一规划建成了新型的现代化营房。原来中队的营房全是土坯房，在二十世纪九十年代已经拆除，这我是知道的。二〇〇九年秋天，文友李娟去了喀什，见到我的一个朋友，给我打电话时，我托付她有时间一定去趟英吉沙县，替我去看看老单位。她果然去了，而且还非常用心，之后不久给我邮来一本厚厚的影集，把老单位的角角落落全装在里面。当时捧着那些照片我是非常激动的，那么多年过去，我依然从那些照片里寻找到了当年的痕迹。无论时光怎样变化，岁月总是有迹可寻，总有那抹不掉的东西隐含在里面，等着你去发现，去追忆。

少卿后面的话使我相当震惊，他在当主官时，把营院的白杨树砍伐一空。所有的！他还强调了一下。那可是近千棵高大挺拔的西北杨啊，大多是前辈们栽种下的，我刚去时，已经长到碗口粗了。当然，也有后来我们亲手种下的近百棵，这么多年过去，也长到有碗口粗了吧。无一幸免。那随着来自戈壁滩上的风哗啦啦作响的挺拔的白杨，没了。

我无语，心里非常沉痛，无论基于什么目的，那齐整整的树木最后落得的下场却是悲哀的。我无意评判什么，只是因为内心对距离乌鲁木齐一千五百多公里的那个小地方依然保持着二十多年前的记忆。记忆真是个了不起的东西，无论你离开多久，走了多远，都会扯着你的心扯着你的梦，还要扯着你的——感觉。但我当真是个缺乏想象力的人，居然想象不出被砍伐掉白杨树的营院当下是什么面目。我闭上了眼睛，上飞机前，在西安就没停歇，又坐了三个多小时的飞机，早过了那种不知黑白昼夜的年龄，身心都很疲劳。

少卿还在介绍我当年养马时奋笔疾书的那个场所，那是个破败的饲料房，里面常年充斥着饲料混合着其他一些莫名的气味。只能说那时不光年轻，内心也足够强大，强大到可以无视任何外部环境，仍然能够编织自己的梦。当然，那所房子亦不复存在。截至目前，我算得上是从老单位走得最远的一个吧，有关我的一些传说，被少卿他们演义得面目全非，我却没有了一点矫正的心思。任它去吧。

早先在飞机上就想好了的，一出机场就吃盘拉条子的欲望显然受到情绪的影响，没那么强烈了。望着车外的积雪袒露在城市的边边角角，似被随意扔弃的抹布，那星星点点闪现出来的雪白一点也没有飘落时的那份纯粹与浪漫。我回到多年前对黑色积雪的厌恶，心里极不是滋味。他们问我最想吃点什么，我沉默着，在他们长时间的等待中，我首先说服了自己，不要刚回到新疆就不愉快，也确实抵抗不住拉条子的诱惑，依然说出"拉条子"三个字。

为什么不呢！世事总在变迁着，没有什么会一成不变地守候在原地，再美好的事物也是经不住岁月风寒的侵蚀。

我心里并不释然，对乌鲁木齐的巨大变化惜字如金，少有赞美。这个曾经生活过七年之久的美丽城市，十二年来一直占据着我心中的重要位置啊，我怎么能这样熟视无睹呢？

司机拉着我们去的第一家拉条子拌面馆太高档，根据我多年前的经验，这种地方很难吃到可口的饭菜，可我拗不过他们。到了那里，服务员说已过了饭点，没有拌面可吃了。我心欣喜，情绪陡然好转，已是下午四点，内地该准备晚饭了，新疆虽然还早着，但过了午饭时间有两个多小时吧。在我一再地要求下，终于在一家小店里吃到了拌面，不是正宗的拉条子，而是手擀面，有些微的遗憾，好在手擀面也是我喜好的。我不吃肉，选择的是素菜拌面，觉得很可口，又没啥好客气的，一大盘面吃得很生动。少卿在旁边一再劝阻，再过两三个小时就是晚饭，别吃得太饱，留点肚子给晚上吧。不是赌气，我平时最恨浪费，就算旁人看来小家子气也罢，在哪里吃饭，都很少剩余。这次也一样没听劝，将一盘拌面吃得一点不剩。

晚饭我几乎没吃食物，也没喝白酒。出于礼节，我用红酒与领导、老同事们走完这个流程。

当天晚上的失眠是注定了的。

2

先我一天到来的另三位同事还没展开工作，等我一起商谈采访计划。在我的房间里，与有关处长、干事拟定此行程序一直到晚上十一点多才散，我开窗放了一些新鲜空气进屋，以冲淡屋里浓重的烟味。自戒了烟后，这几年我对烟味也敏感了起来，但这不是我失眠的主要原因。当然，少卿所说的老单位砍伐杨树也只是一个方面，还有其他一些因素，像这次的任务，我就很有压力。十几万字，能不能写出新意，都是我所担心的。再就是，我是借着这次出差的机会顺便送女儿到西安上学，又回老家看望了父母。父亲前阵子从梯子上摔下，两只脚腕骨折，骨折了却还不告诉我，也是想我鞭长莫及，只能徒增烦恼吧。我不是神仙，没法在短短的两天里把父亲的脚腕弄利索，连安慰话都说不了几句就仓促离开，心里着实内疚。到西安后，才知道根本买不到来乌鲁木齐的机票，我当时极其绝望。单位领导催促，说其他三人已到新疆，就等我了，实在买不到机票就坐火车。我让人打电话问了，火车票买不到两天内的卧铺。硬座没有问，到新疆的路途，我的腰椎已容不得问硬座了。那天下午，西安的天气还比较热，一点都不像是早春，倒有一股子初夏不依不饶的闷热劲头，在那样的热灼里，我越发焦躁不安，不知何去何从。还不断有电话打来，大多是平时不怎么联系的人，选好日子似的，都选择那一天给我打电话，我都萌生了要查一下日历的念头，那天到底是个什么黄道吉日！人在绝望的时候，想法都是很奇怪的。那天下午，我感觉到了我的重要，平时很少有这么多人密集地找我。我经常认为自己是个不重要的人，可那天于我不是享受，是煎熬，是被放置在温火中烤了这面再翻过来烤那面，不让你一下子焦糊，就是让你慢慢体验那种不急不缓，却渗进肌肤再透到心里的煎熬。在无休无止的电话中，我总想发一次火，可不知冲谁发才好，谁都没有理由做被我发泄的对象。

后来，单位领导从北京给我解决了一张别人的退票，是头等舱，回去肯定不好报销，我犹豫要不要坐，心头一直不安。最后决定就坐头等舱走了，却接到订票人的电话，说有了一张经济舱的退票，问我走不走。当然走了，再熬下去只怕我真的要烤糊在西安了。只是经济舱的票与前面头等舱的票航班时间不同，得提前走。我一丝犹豫都没有，拿上东西便直奔机场。一路慌张，没误航班，却闹了个心里不平静，怎轻易就睡得着？

直到凌晨四点，才迷迷糊糊睡了。临近七点，一如既往地醒来，看窗外还在沉沉的夜色之中，才明白身在新疆，离天亮还早着呢。我曾经熟悉的那个时差毕竟离开我十二年了。十二年不是一眨眼的工夫，想要迅速地回到原来的状态是不可能的，尽管我也试图使自己尽快适应，就算有那么多年打下的坚实底子，这个时候也派不上用场。时差不是随身的衣物，说换过来就换过来了。再睡是睡不着了，平时也有四五点早醒的时候，能看到窗外由片片的黑变成浅浅的灰，再由浅灰染为淡淡的白，一切变化得那么宁静自然，于是早醒也就顺理成章。乌鲁木齐也是一个喧嚣的城市，但此刻静谧的毫无边际，若非心中有事，这种静谧绝对是一种享受。我不能坦然地享受这样的凌晨，便拿出任务规划，细细地想着，直到天色泛白。

按照计划，我们的美编老孟和另一个编辑跟着典型人物一整天，要拍出他真实的工作状态，按时间顺序刻画一个真实的普通人。把他们送到典型人物所在单位，我回来与另一编辑召集当地的写手，分配任务，把具体章节细化到每人头上，工作算是展开了，心里才觉得稍稍踏实一些。也可能是一天的忙碌，使身体回归了以前的状态，毕竟对新疆的作息时间有过十六年的切身体会，适应得也就不知不觉。这个夜晚睡眠恢复了正常。

第三天一大早，天空不似来时那般明媚欢畅，倒是一派阴沉压抑，似有雾霾，多年前的经验告诉我，乌鲁木齐一旦出现这种天气状况，地窝铺机场肯定会出现大雾。果然，刚吃过早饭不久，老孟就提着包从机场赶回来了。昨天拍了一天片子，老孟的任务基本完成，他要圆多年的梦想：去和田看看产玉的地方，或许还有别的想法。昨晚定好机票，凌晨六点就出发去了机场，按时间推算，该到和田的时间，他却返回了招待所。

老孟的返回也警告我，喀什暂时是去不了的。喀什与和田相邻，只是喀什要偏北一点，在地理位置上，离乌鲁木齐近一点。但无论远近，于新疆这样宽阔的地域而言，那都是不短的距离，就是飞机在空中飞行的时间，也比很多省与省之间的距离更遥远。这种天气飞机没法起飞和降落，从电视上也看到地窝铺机场延误的航班不少。工作还没头绪，我又不是那种可以为一己意愿便能扔得下所有的豁达之人，心中有事便一切难以实施，反倒成了不小的负担，所以也没打算这两天就去。况且，我对去老单位的欲望，已经没有开始那般强烈了。人就是这样充满了变数，不知道要鼓足了多少勇气才形成的一个念头，却总会因为一些称不上理由的理由，或者根本不需要理由就无端地消散。好在，这只是个人的一个想法，对旁人是构不成大碍的。

鉴于天气的变化，要去看望一位朋友母亲的计划就得提前。朋友的父亲早已去世，母亲与兄嫂一起生活。本来，是想在即将到来的一个节日去看望朋友母亲的，那更具有纪念意义。可天气突变，不容忽视，先不去喀什，我或者可以用内因外因来搪塞，但于一个儿身在外的母亲，又是如此千山万水的距离，我却找不到不去看望的理由。在大家的劝说推脱声中，我固执己见，坚持今天就去。于是，我们驱车一个小时，去了朋友的母亲家。那是个慈祥善良的母亲，听说我们来自他儿子的城市，激动得流泪了。我们可能是陌生的，仅仅是因为来自她儿子所在的那座城，便消尽了所有的陌生感，一切都变得熟悉起来，亲近起来。忽然就想起一句话，因为你在那城，所以那城的一切都是亲切。母亲对儿子的城也是一样的情感。

3

这天早上，就是到乌鲁木齐的第四天，从熟睡中醒来，我没听到前几日窗外的喧闹，这个时间不应该有的安静如海水温存地漫过海滩一般。我的心猛烈地跳了一下，不会吧，难道我的预感还能这么准确吗？我起床轻手轻脚走到窗前，深吸了口气，猛地将窗帘拉开，果然，窗外大雪纷飞，整个世界已经银白一片，哪里还看得到其他颜色，那些堆积在路边、树根下的黑色积雪，好像破絮遭逢了新鲜软和的棉花，掩了那一份破败，又变得新鲜和洁净起来。

天若有情，是什么也阻止不了的。

雪下得酣畅淋漓，毫不顾忌季节的更替。这算是春雪了，乌鲁木齐特有的春天景象。离开新疆这么多年，再也没见过这么大的雪了。我很幸运，没有错过。这天是三月八日，也是一个我们男人值得尊敬的节日。

祝愿天下的母亲、妻子节日快乐！

突如其来的这场大雪，使我们的情绪都平静了下来。老孟也不再张罗要去和田的事了，早饭时，他神态安然，也不见有多么失落，看来对老天的安排他还是能够接纳的。

这么好的雪天，不出去走走简直是犯罪。我想该去以前住过的地方看看，都在市区，路程也不远，即便天上纷飞着雪也不会有什么行程上的影响。五年前的那个冬天来乌鲁木齐时，那时还在上初中的女儿特别提出要我去以前的房子那照张相带回去，她是想要看看她曾经的"属地"会让时间改变成什么模样。但我被人忽悠来忽悠去，最终没能去成，害得我被女儿说成骗子。这次跟女儿一路同行到西安，明明知道我很快就要去新疆的，女儿却再没有叮咛要照相的事，想来她是早已忘却了，她在乌鲁木齐五年多的时间，还处于懵懂的年龄段，离开时才刚上小学二年级，一些事一些人再说起来，她已表现出一脸茫然。少不更事！我却一直记着五年前女儿的照相一约，是不想再错过了，就当是跨越时间对五年前的女儿安抚一下吧。

其他两人有写作任务，当然也对我的故地没兴趣，换作是我，也是一样的，不过是一个城市里无数个民房中的一个，又不是什么名胜古迹，谁有那份耐心关注？若非是因为有了时间的跨度和空间的距离，就算有更多的记忆，恐怕我也是提不起劲头来的。但正因为有这个前提在，就无法平息内心的这份渴望，就有这份激动在。

我叫上得了闲的老孟一起出行。

雪下得飘飘扬扬，潇潇洒洒，一如当年。路上的积雪已经没过了鞋面，看这架势，一时半会儿没有止歇的意思。路上的行人车辆依旧，乌鲁木齐人对大雪司空见惯，只要天上不下刀子，就不会影响到他们的正常出行。不像北京，偶尔下场小雪，连地面都盖不严实，就大呼小叫地动用什么"雪天应急措施"，往马路上撒的融雪剂比雪还厚，什么时候雪停，差不多时间雪就化没了，马路上却留下了白煞煞的一层融雪剂，单位的车也不能派了，生怕发生意外。

我们在大雪纷飞中堵堵停停，走了近一个小时，才赶到原来的市中心——人民广场。

雪中的人民广场显得更加净洁、肃穆，没有游人，就没有吵闹。记得以前可不是这样，什么时候都显得吵闹、杂乱。广场没什么变化，面积改变不了，就是一个休闲的场地，要不是彻底地改头换面，想变化也不是件容易的事。能看到变化的是广场周围。东边的天山百货大楼依旧，招牌却已经换成"友好商城"，听说被兼并了。至于是什么时间兼并的，无心去问，只是想起以前，从幼儿园接送女儿，必须经过这座天山百货大楼现在的友好商城门口，尤其是下午，女儿在幼儿园已经吃过晚饭，可她一定要进到商场的，买瓶酸奶或别的吃食，有段时间还是固定了要在里面上一次洗手间，我在外面等着。完事后女儿轻松得像个逛商场的老手，楼上楼下转悠，时不时地还要指着某件商品，问一声售货员价钱，她哪里有金钱的概念啊，不管得到什么答复，她都一样用无比惊讶的语气道一声，这么贵啊！常惹得旁人笑得不能自持。更多的时候，她是去商场三楼的儿童乐园里玩，她是吃饱了肚子，我还饿着急着回家，为此经常闹些小别扭。如今女儿都上了大学，幼时的玩伴她所记寥寥，但她却记得从幼儿园回家必买酸奶的细节，她还能描绘酸奶瓶的形状，而这个我却是不记得了。看来不同的人对记忆是有选择性的，也许是不经意的，谁知道呢。

　　广场北边紧挨着的是自治区党委大院，似乎看不出有什么变化，听说院子里面的楼拆了又盖，变化还是非常大的。这叫紧跟时代，不拆不盖就赶不上发展的脚步了。我对这个大院的印象仅限于妻子曾在里面的一个杂志社工作过六年，有时会在星期天，带上女儿去妻子的办公室给老家打个长途电话，怕别人看见，从没理直气壮地与父母大声说过话。

　　我原来的单位离广场不远，在解放北路西边，每次上下班步行都得经过广场。在纷纷扬扬的大雪中，似乎看到了我的影子从大十字那边匆匆走来，广场笑模笑样地接纳着，可是我总是一副匆忙的样子，很少停留。广场经风历雨，容过多少人多少事，它怎会在意曾经我如何奔波来回呢，它若有记忆，那一定是一片没有季节的草原，一年又一年，草枯的时候就紧跟着草荣。车在广场向西拐过，我要先去看看老单位。

　　那座六层老楼依旧，只是楼的性质早就变了，我刚调离不久，单位就搬到了现在的南湖，这幢老楼租给了政府的一些机构，物非人也非，里面自然不会有一个我认识的人了。但还是进去在一楼转了一圈，出来在院子里旧楼前照相留影，权作对故地尊重吧。毕竟，在这幢楼里工作过七年。

去南门家属院绕了一个大弯，原来的路线都改成了单行道，我们沿着广场北边一直绕到东边的二环路才到。二环原来只是个比较宽的双向车道，现在可不同了，上边高架，下边双向，但车流不减，不断地堵车。

终于看到了熟悉的院落，尽管墙体刷成了粉红色，可面貌一点都没改变。进门的那一刻，我还是很激动的，要拉老孟下车一起去看我的老住处，他事不关己地缩在车里不下来，嫌雪大弄湿衣服。也是的，这里与他毫不相干，干吗在雪地里遭这份罪呢？我先到老门诊部后加的这个单元门前，抬头望着五楼那个窗口，百感交集。雪片情深意重地纷至沓来，扑进了双眼，但我确定，我眼里不是雪水，是泪，盈满了眼眶。那个窗口里面，曾经有过一间我的带阳台的屋子。我们一家三口与别人在一套三居室里合住了四年，而那个狭小的阳台，就充当了我书房的角色，每当夜深人静之时，我就在那里开始我的梦想之旅。我那会儿晚上抽烟是很厉害的，阳台没有暖气，又怕惊扰了熟睡的妻子和女儿，就靠着烟劲来驱逐睡意和寒意。那时候真是年轻，在冰冷的夜里居然也可以大半夜大半夜地熬，最后冷到手脚都麻木时躺进温暖被窝的那一瞬，感觉那就是世上最幸福的事了。在搬进这间屋之前，我们借住了干休所的一间屋住了几月，更早些时候，是租住在城市边沿的土坯民房，民房没有暖气，但有火墙，我们都不会烧火墙，有时火灭了也不知道，就有半夜被冻醒的时候。所以，能拥有一间带着暖气的楼房住着，即使是与人合住，我也非常知足了。

在楼下我留了张影，一点都不想上去看，再看也已是别人的居所，找不回原来的样子的。一切都过去了，属于我的，就只有记忆里那份绵延的满足感。

雪越下越大，整个大院似无人居住，在雪花的飞舞中静悄无声。我在院子东边的亭子前转了半圈，亭子的样貌自然也是不变的，连顶端那飘逸的壁画都是老旧的模样。再穿过原来的锅炉房——现在纯粹是垃圾集中点，来到三号楼前，这才是我此次来看的重点。这也是一幢旧式砖混结构的六层楼，南北走向，每个单元每层有三家住户，我住在四楼居中对着楼梯的那套两居室，大概四十平方米大小吧，东边没有窗户，只有下午的时候才能看到阳光。这是我在乌鲁木齐时住到最好的居所。这套房子是一九九九年七月分给我的，粉刷后不到一个月就急匆匆地搬了进去，急于结束两家共用厨房、厕所的历史。只是，我在这套房子里住的时间并不长，外出学习一年，紧跟着就调走了，占用三年，我实际上只住了一年。我还是爬到四楼，虽然住的年头不长，但总算是我们一家单独居住的处所，有着别样的感情。

没想到，十二年过去了，四〇二室的门居然还是我当年刷的那种蛋青色，这让我一下子有了认同感，恍惚十二年的时光不在，我还是那个意气风发的青年，还是每日的朝九晚五，每月总有那么几晚，整夜整夜坐在与厨房相邻的过道里，手边的浓茶依然温温地热着，夜起的女儿朦胧着一双睡眼偶尔会抿一口我那苦涩的茶水……我举手竟有敲门进去的冲动，好似这些年自己只不过是出了一趟长差罢了。可敲门进去，屋里还是我熟悉的布置，还是我温婉的妻子，欢跃的女儿吗？我打消了敲门的念头，听说房主已换过几茬，因为是公寓房，多是临时居住，都不屑大动干戈，眼下住的是谁，说不上来。再说了，里面还不一定有人，就别动心思了。我摸了摸门，仅仅是门而已，现在，它们都是别人的！旧有的时光真的不在那里，谁能找得回过去？能找到的，只能是一种缅怀罢了。依旧照相留影，悄然下楼，在大雪中默默离去。

雪下得不依不饶，漫天飞舞，气势甚是壮观。我想着回招待所，午饭后一人出门踏雪，寻找当年雪中独行的感觉，没想到当年的同学立贵早候在那里，约一帮人中午等我吃饭。不好拂人家好意，便去了离住处不算太远的一家饭馆，吃本地正宗饭食。

果然，小馆非常地道，除过油肉之外，都是我爱吃的新疆风味。立贵他们是熟客，为示尊重，给我们点菜上菜的是老板娘，年龄三十出头吧，长得比较顺眼，就是话太多，一听就是纯粹的本地人。我对服务员之类的向来平等对待，从不发难。这个老板娘话再多，我也只是吃顿饭而已，本不该饶舌的，可还是想多说几句。原因其实很简单，我们先上的是炒面片，立贵特意介绍这是饭馆的招牌，如果不先上等会人多起来，恐怕就吃不上了。那就先上炒面片吧。我要一份素炒的。和我相处较熟的朋友都知道我不吃肉，一般会照顾我点几个素菜，没觉得奇怪。只是那个老板娘接受不了，她瞪大双眼，像看外星人一样，打量了我好久，才念叨着"肉肉"不可思议地离去。我见过对我不吃肉表示不解的人多了，可像老板娘这样的，的确是第一次。她不把肉叫"肉"，而是叫"肉肉"，使我想起好多小孩刚学说话时的发音，可她是三十多岁的娘们啊，为啥对这个字表现出这么不正常？在后来为我们上饭、上菜时，只要她一进包间，嘴里就没停止过念叨"肉肉"，而且是连续不断，像诵经一样，使我百思不得其解。在给我递过素面片时，她的目光还特意在我身上停留了好长时间，我敢肯定她不是盯着我的脸看，至于她想从我的身上看到什么奥秘，只有她自己知道。我被她看得很不自在，但还是忍住没说什么。立贵他们看出了我的不悦，提醒老板娘该离开了，她这才梦醒似的，长声念叨了一声"肉肉"，依依不舍地走了。

此后，给我们上菜的换成了一个小伙，直到我们离开，再没见那个老板娘的面。

这顿饭对我来说，吃得莫名其妙。

我看出来了，大家都先吃了炒面片，后来上的一桌子菜基本上没动。唯一能让我释怀的，是饭后冒雪步行回的招待所。十二年之后，我重新在大雪里走了一回相对较长的路，尽管不是独行，但身陷浓得化不开的白雪之中清冽的感觉，还是很美妙的。

4

雪后定是好天气。早晨起来，看到外面阳光明媚，从窗外飘入的空气清冷甘甜，顿觉神清气爽。饭后，大家一块说了说这几天的工作进展情况，心里有了底，商量下一步的计划。老孟坚持还去和田，对别的行动一概不感兴趣。这也是他的作风，执着于心。按原来的计划，该去喀什了，既然工作的比较顺，还是大家一起去喀什比较合适，上网一查，全天没有了去喀什的机票，这也难怪，气候突变，积压下好多航班，只能等等再说了。去和田的机票却一点都不紧张，可这对我绝对构不成诱惑，没有诱惑，自然就没有动力。老孟当即定了下午七点去和田的航班，上午乐滋滋地要去玉石市场转转。我本对这些东西不感兴趣的，但玉本质温润，是可喜之物，去看看也无妨。谁知一看还真吓一跳，这价钱涨得也太离谱了。反正不是我喜欢的玩意，涨得再高与我关系不大。老孟却说，要是我离开新疆那年，买些玉石存放到现在，可就发大了。我对曾经的好多事都后悔过，唯独对金钱，除过工资、稿费，向来对其他来路的金钱不抱任何幻想，从不羡慕一夜暴富的那些人。钱多自然是好，可于我，有了这样的好说不定就会有那样的不好，万事万物有相辅相成，也有相克，物极必反的事例在我的周遭也不是没有见过。何况我这种性情的人，适合的就是平淡安宁的生活，活在太多的欲望里反而喘不过气来，何必呢！所以，我不认为自己错过了赚钱的机会，虽然未曾大富大贵，却对自己眼下的生活状态非常满足。有多少钱就过多少钱的日子，总不至于为赚一百块钱却非要一千块甚至一万块钱的奢华生活而兀自纠结，那太耗损人了。当然，我也见过蚊子身上都可以刮下几两肉，却绝不舍得花几毛钱买个馒头的人，这样的钱就算这雪一样伸手便可抱个满怀，却又如何？

晚饭时，才知道老孟半下午提着包又奔赴机场，实现他的和田之旅了。我说，不会再看到老孟提着包回来了吧。大家都说，今天肯定不会，天气这么好，这个时间段，老孟该在飞机上，过一会儿就到和田了。我们安下心来，为一个同事庆祝生日。可是，祝福的话还没说完，电话响了，是老孟。以为是他到了和田报平安的，正纳闷这不是他的风格，他是美编，总是一脸的清高样，瞧了我们都是凡人，逢年过节的他都不屑回一个我们这些凡人短信的，更别提他会给我们报平安了。可电话的确是他打来的。他的那个航班取消，他又一次提着包从机场往回赶来。

万事万物皆由缘而定，我只能说，老孟与和田的缘分没到。

我与喀什呢？却太有缘分了，从十七岁到二十六岁，整整九年的时光，是在距乌鲁木齐一千四百七十四公里的那个叫喀什和英吉沙的地方度过的。那时还没通火车，除过飞机，从乌鲁木齐到喀什得乘坐三天半的汽车。每次经过漫长的颠簸回趟老家，总觉得那里是天边边，实在是太遥远了，什么时候才能不那么遥远。可是只要返回那里，心里才能平静下来，做自己喜欢做的事时，觉得我与那里脱不了干系的，那里才是我的根本所在。更不用说，那里是我的成长期、充实期、彷徨期，也是今天的——蓄谋期。

可是，这次我怎么就没法去喀什？不是天气的原因，就是没有了机票。总之，一直没有顺着我的意愿实现。后来，我做出决定，此次不去喀什了。

其实，我坚持要去，还是有办法的，可以等待别人的退票。就好像前几天在西安，不就是这样等到来乌鲁木齐的机票嘛。

是我与喀什的缘分已经没有了？还是十九年前我离开的时候，我们的缘分就已经到头了？

不是。我与喀什永远有着不可分割的血脉，生命里注进了九年的历程，那九年如今依旧鲜明在我的心中，好像只要回首，也就只是寸步之遥。这种缘分，怎么可能这么轻易就断了呢。

送走客人，我来到户外，在凛冽的寒风中，踩着厚实的积雪，望着白茫茫的大地，脑子里盘旋着的全是一千四百七十四公里之外的喀什下面，一个叫英吉沙的小县城。我于一九八五年一月二十一日中午到达县城北边的那个四方院子，直到一九八九年一月三十日离开，什么时候我都清楚地记得，那四年零九天，我是在成排参天的白杨树环绕的那个院子里度过的。那些白杨，经常被来自戈壁滩上的风吹出一片哗啦啦的声音，那些骄傲的挺拔的白杨！

那种记忆是永远都抹不去的，无论怎样努力，它们都一直在，不曾消减，连模糊一下都不肯。

只是如今，我还有去的必要吗？没有了那些白杨树，可是，我现在绝对没有责怪少卿，还有其他人的意思。

可能上天也不想让我去吧。

没法找到答案。只有脚下积雪发出"咯吱咯吱"痛苦却有力量的叫声，充斥着我的耳膜，使我的大脑像这雪地一般空白。

在酒泉，一路芳香

　　走出机舱的一瞬间，那个香味以迅雷不及掩耳之势填充了我的胸腔，我浑身一激灵：是那种久违了的香味，能够唤起我生命深处记忆的味道像子弹一样击中了我。我迫不及待地环顾四周，在光洁坚硬的鼎新机场，还有机场以外，视野无遮无拦的荒滩戈壁，当然寻找不到那种香味出处的，可我还是万分地激动。这香味可是我多年前身处荒凉边地的时候，排解孤独与寂寞的伙伴，它已融入我的血液里，流淌了十六年的生命历程。

　　到了东风基地，也就是举世闻名的酒泉卫星发射基地，那个香味急不可待地把我带到驻地外面一棵灰色的矮树跟前，让我瞻仰它朴素的容颜。我先闭上双眼，深深地吸了一口浓郁的花香，然后，才静静地注视灰色叶片间，小米粒一般簇拥成一堆的金黄色花蕊。

　　这就是沙枣花，有着南方桂花一样浓郁芳香的边地花朵，精灵一般，将苍茫荒芜的边塞春夏季节装点得芬芳无比。

　　整个卫星发射基地都笼罩在沙枣花的芳香里，还有那坚韧不屈的胡杨林，纤弱却不惧风沙的红柳枝，使得这次我们多民族作家的参观活动充满了诗情和画意。酒泉卫星发射基地本身就具有诗情画意，更具有一定的传奇色彩，它不但圆了几千多年前中国古人的飞天梦，更推进了中华民族巍然屹立在世界民族之林的前沿。据资料介绍，酒泉卫星发射中心是中国建设最早，规模最大的卫星发射中心，也是各种型号运载火箭和探空气象火箭的综合发射场。如今，已经拥有完整、可靠的发射设施，能发射较大倾角的中、低轨道卫星。自一九五八年创建以来，曾为中国航天事业的发展创造过骄人的十个第一：一九七〇年四月二十四日，中国的第一颗人造地球卫星在这里升起；一九七五年十一月二十六日，第一颗返回式人造地球卫星在这里升空；一九八〇年五月十八日，第一枚远程弹道导弹在这里飞向太平洋预定领空；一九八一年九月二十日，第一次用一枚火箭将三颗卫星送上太空；随后还有第一次为国外卫星提供发射搭载服务、第一艘载人飞船，都从这里顺利升空……酒泉卫星发射中心已成功地发射了二十一颗科学试验卫星，其中，这里发射的八颗可收回卫星，成功率达百分百。至今，已经成功发射了四十九颗卫星、九艘神舟飞船、一艘天宫空间实验室，相继将九位航天员安全顺利送往太空；就是这里，奇迹般成长出三十四位将军；就是这里，被沙枣树和胡杨林、红柳丛簇拥着的荒芜之地，是全世界三大航天发射场之一。

沙枣花香袭人，大漠雄风猎猎，胡杨树林飒飒。矗立在戈壁深处的发射塔，流淌在大漠腹地的黑河水，还有震撼世界的辉煌发射史。酒泉卫星发射基地，经过几代航天人艰苦卓绝的奋斗和努力，如今成为中华民族的骄傲，也是我等普通中国人的骄傲。

离开酒泉卫星发射基地，一路向西，大漠戈壁，荒凉孤寂。但是，只要有水的地方，就有绿色，有绿色的地方，就少不了沙枣树。沙枣花在塞上的初夏季节怒放着奇异的馨香，还有生命力极强的胡杨、红柳、骆驼刺，构成了西部干旱地区特有的自然风貌。六月的河西走廊，中午有了初夏的烈焰，更有边塞特有的早晚凉爽，更有一路的沙枣花香，陪伴着我们的旅程。望着车窗外平坦的戈壁滩，那些突起的小沙丘，偶尔一闪而过的村庄、麦子地，还有羊群，这些熟悉的地形地貌，人文环境，还有早早占领了心肺的沙枣花，把我拉回到三十年前，十七岁的我离开家乡父母，坐了七天火车汽车，沿着古丝绸之路，从秦川大地，穿过河西走廊，出了玉门关，又走了两千多公里，到了新疆最边远的南疆喀什军营。那里，同样是干旱的戈壁滩、荒漠、盐碱地，绿洲上的植物同样是胡杨、红柳，当然，还有沙枣花。

在那里，我像这些干旱植物一样，开始了自己的人生旅程。

如今，在同样的大漠戈壁中穿行了近三个小时，如同穿越了三十年，心潮很难平静。一路上，在同伴的疲惫声中，我却精神抖擞。

能望见连绵起伏的祁连山时，一片神奇的绿洲出现了。"酒泉到了！"吴市长兴奋中充满自豪的大嗓门，把大家从昏睡中拉扯出来，纷纷探头打量这个孕育发展了辉煌灿烂的中华文化、艺术传承，处处是关隘要塞、长城烽燧、大漠驼铃、画工青灯、石窟佛陀、悲壮征战、英雄传奇、壮丽诗篇的丝路明珠——酒泉。

真正的"酒泉"，还在酒泉市城东的一公里处。我们没进酒泉市区，先来到"酒泉"，一睹这个城市的名片。按吴市长的说法，把最好的一面先展示给客人。这也是我们最想的。在"酒泉公园"门前，直接跃入眼帘的，是一座清宣统辛亥三月立的巨型大石碑。这座石碑的材料是酒泉本地产的戈壁黑玉。碑面刻有"西汉酒泉胜迹"六个刚劲大字，从气势上有点先发制人，致使你肃然起敬之感。进得门来，除过顺应旅游潮流新建的"历史古迹"，真正值得称道的还是名曰"酒泉"的那眼泉水。如今的泉眼被强制成方形，不大，但泉水清澈见底，纯净度令人惊奇。我以为是经常清理的缘故，导游却说每年最多清理一次，这眼泉奇就奇在几乎没有杂质。这在风沙肆扰的河西走廊，的确是个奇迹。史载，这口泉距今已有两千多年的历史。据传，汉将霍去病在河西击败了匈奴，捷报传到长安，汉武帝赏赐御酒一坛。霍去病不像现在的官员，把功劳全据为己有，过失全赖给别人，他深知胜仗来自于将士们的英勇拼搏，绝非一人之功，为使将士们能够共尝皇帝赏的美酒，下令将御酒倒入此泉之中，让三军将士畅饮。从此，泉水便带有浓郁的酒香，故名"酒泉"。

对这个地名的由来早有所闻，但对"酒泉公园"这个地方抱有好奇心。一问，果然在一百多年前清朝同治年间，这里曾是古肃州的总督府所在地。担负收复新疆失地大任的陕甘总督左宗棠，最初就是在这里坐镇指挥三军，与沙俄、中亚浩罕国展开长达十几年的驱逐列强之役。十五年前，我还在新疆时，曾写过一部近四十万字的长篇历史小说，就是写左宗棠率领三军收复新疆的那段历史。文中多次写到肃州的总督府大本营，都是在想象中完成的，今天，才有幸一睹真容，还是有几分激动的。在泉水边，抚摸着那株据说是左宗棠亲手种植的"左公柳"，内心感慨良多。据传，左宗棠带领官兵，将这种柳树从酒泉一直栽到了新疆的主要干道，对绿化自然环境功不可没。当然，我因为固执地不按他人的意愿修改，致使那部长篇小说的出版几经磨难，个中滋味还是挺复杂的。

其实，真正让我难以释怀的，是下午参观嘉峪关。这是我一直想来的地方，可一直没机会，在这个初夏的普通日子里，我终于登上了嘉峪关城楼。

在新疆的十六年间，我曾多次乘坐火车穿梭于河西走廊，回老家陕西探望父母。每次都必须经过这个地方，耳听着列车广播里有关嘉峪关的介绍，但只能透过车窗玻璃，远远地眺望一闪而过的嘉峪关城楼，心想着什么时候才能真正一睹大漠雄关的真容呢。这对当时的我只能是一个奢望。漫漫探亲路，单趟就是七天的车程，使我一直没有勇气在酒泉下车，去看一眼嘉峪关。

如今，我来了，在阳光昏黄的这个初夏午后，在沙枣花香的陪伴下，我终于登临嘉峪关城墙，目睹了巍巍关楼的雄姿，看到了传说中那块多出的城砖。可是，自从我踏进嘉峪关的第一隘口，穿过沙枣树夹道时，右眼睛不知眯进了一粒什么尘埃，揉了好久，用干净的衣角粘也没用。只好半眯着一只眼，单眼游览嘉峪关了。

据史料载，嘉峪关始建于明洪武五年，从初建到筑成一座完整的关隘，是明代长城沿线九镇所辖千余个关隘中最雄险的一座，因地势险要，建筑雄伟而得有"天下雄关""连陲锁阴"之称。嘉峪关由内城、外城、城壕三道防线成重叠并守之势，壁垒森严，与长城连为一体，形成五里一燧，十里一墩，三十里一堡，一百里一城的军事防御体系。关城以内城为主，以黄土夯筑而成，西侧以砖包墙，雄伟坚固。内城开东西两门，东为"光化门"，意为紫气东升，光华普照；西为"柔远门"，意为以怀柔而致远，安定西陲。门台上建有三层歇山顶式建筑。东西门各有一瓮城围护，西门外有一罗城，与外城南北墙相连，有"嘉峪关"门通往关外，上建嘉峪关楼。整个建筑布局精巧，气势雄浑，与远隔万里的"天下第一关"山海关遥相呼应。

登上关楼远眺，长城似游龙浮动于浩瀚沙海，若断若续，忽隐忽现。天气较好，塞上风光，奇特大漠戈壁，可尽收眼底。只是，我的右眼一直处于半眯状态，无法全景式欣赏了，当然，我对边塞的这种景致早已见多不怪，不用眼看也能了然于胸。

下了城楼，穿过高大的雄关，到了"关外"，看到不远处的兰新铁路，还有正在修建的通往新疆的高铁桥梁，我竟然异常激动。原想近五十岁的人了，经历了这么多，不会像以前那么容易动情了，谁知，真正来到"关外"，听到火车的鸣笛声，还是控制不住自己，快步冲上城楼前面的坡道，站在高处，半眯着眼望通往新疆的铁路线，发了好久的呆。

我已满头花发时，才得以站在嘉峪关的城楼下，留下与大漠雄关的合影。不知不觉间，泪水蓄满了我的眼眶。我默默地跟在大家后面，安静地离开了嘉峪关。因为没有用心在意，走出嘉峪关景区，我的右眼里已没有了那粒尘埃，是被那泡泪水冲刷出来了？还是那粒尘埃在此等候了我多年，就为眯住一只眼，让我单眼专注地凝视雄关的高大伟岸？反正，一出嘉峪关的城门，我的双眼不知不觉间又恢复如初了。

只是，在晚上的诗歌朗诵会上，当朗诵者激情豪迈地朗诵到王之涣的《凉州词》"黄河远上白云间，一片孤城万仞山。羌笛何须怨杨柳，春风不度玉门关。"还有王维的《送元二使安西》"渭城朝雨浥轻尘，客舍青青柳色新。劝君更尽一杯酒，西出阳关无故人"时，泪水再次光临，模糊了我的视线。记忆中，多少年我已经没被泪水青睐过了。如今，我是怎么了？难道是真的老了，越来越脆弱。我还不到五十岁就知天命了？

直到今天，我还依然坚定地认为，在新疆的十六年，我从来没觉得有多苦，有多艰难。十六年间生活过的那几个地方：喀什、英吉沙、乌鲁木齐……即使那七天的探家路程，也不觉得有多长，多累。反之，我认为那十六年，是我人生最重要的经历，更是我今生最大的财富。

在酒泉只住了一夜，注定这是一个无眠之夜。诗歌朗诵会之后，望着窗外天空明亮的塞外圆月，在一个陌生的边塞古城，朗月之夜，想起三十年前我从一个十七岁的农村青年，到更远的边疆军营的第一个夜晚，或者更多的星稀月明的夜晚，我身背钢枪徘徊在监狱的高墙之上，那时候会有些什么想法？单纯抑或复杂，惆怅抑或激昂？甚至想到，那时候的塞外圆月与现在的有何不同？

可惜我不是诗人，无法用现在的激情来吟诵当时的心情。

由于有了酒泉不眠之夜的胡思乱想，第二天沿着疏勒河故道，途经玉门关、瓜洲，直至敦煌，到达此次的目的地阿克塞。我仿佛回到了十几年前，一整天一整天地坐在车上，穿越在广袤的新疆大漠戈壁，沿途的荒无人烟，见多不怪的秃山沙丘，还有偶然遇到的绿洲，千篇一律的耐旱植物红柳丛、白杨林，当然，还有芳香如故的沙枣花，一切都显得是那样的正常，那样的自然不过。

阿克塞是哈萨克族自治县，位于酒泉的最西端，分别与青海、新疆交界，位于阿尔金山脉下方。这可能是全国人口最小的县了，常住人口不到一万两千人，总面积却有三万两千平方公里。资源也十分丰富，有年产量达二十万吨左右的石棉，占全国石棉产量的百分之六十以上，是全国三大石棉主产区之一。人口少，环境好，收入又偏高，阿克塞县竟然先后两次登上全国的百经济强县，这在西部，尤其是边塞，绝对是少有的。

在阿克塞的两天时间里，顺利完成了此次行程的重要活动：文学改稿会。在美丽富饶的边城阿克塞，由于海拔高气候偏凉，正是沙枣花盛开的季节，整个县城笼罩在浓郁的沙枣花香里，因为文学，这么多的创作者聚集于此，以文学的名义欢聚一堂，还有什么不快乐的！同时，在阿克塞除过对当地民俗风情的了解，最大的感受莫过于人少、车少的安逸环境，这在当下的中国，是多么弥足珍贵的幸福啊。

幸福总是短暂的。似乎刚来，就要走了。

从阿克塞转道敦煌，是酒泉行的最后一站了。敦煌因为莫高窟，向往已久，梦想终于得以实现，还得感谢文学，更得感谢这次活动的主办方《民族文学》杂志与酒泉市政府。一路上，吴市长不止一次地说过，全世界可以不知道酒泉，甚至不知道有甘肃这个地方，但都知道中国西部有个敦煌。敦煌被誉为二十世纪世界上最有价值的文化发现，以精美的千佛洞壁画和塑像闻名于世。因那些壁画形象逼真，尤其是"飞天"图案，被唐朝人赞誉为"天衣飞扬，满壁风动"，成为敦煌壁画最具代表性的象征。据资料介绍，千佛洞始建于十六国的前秦时期，历经十六国、北朝、隋、唐、五代、西夏、元等历代的兴建，形成如今这么巨大的规模。现有洞窟七百三十五个，壁画四万五千平方米、泥质彩塑二千四百一十五尊，是世界上现存规模最大、内容最丰富的佛教艺术圣地。就近代发现的藏经洞，内有五万多件古代文物，一九六一年，被公布为第一批全国重点文物保护单位之一。一九八七年，被列为世界文化遗产。同时，莫高窟是古建筑、雕塑、壁画三者相结合的艺术宫殿，壁画容量和内容之丰富，是当今世界上任何宗教石窟、寺院或宫殿都不能媲美的。

我们参观的十个洞窟各有千秋，都画有佛像、飞天、伎乐、仙女等。有佛经故事画、经变画和佛教史迹画，也有神怪画和供养人画像，还有各式各样精美的装饰图案。对于我这样慕名而来的普通人，根本不懂得这些壁画的艺术价值和佛教真谛，只能是凑个热闹，了却一桩心愿而已。但这种走马观花式的瞻仰，对我来说，还是很有必要的。

从莫高窟辗转月牙泉，欣赏到大自然的鬼斧神工之后，我似乎悟出了一点：在敦煌，高雅的艺术珍品壁画与自然形成的月牙泉，是否相得益彰，才闻名于世的？

带着这个疑问，从敦煌机场登上了返回的飞机。在机舱门关上的那一刻，还能闻到沙枣花的香气。

这是一次非常有意义，也很难得的芳香之旅。

云南行吟

再说昆明

这是我第六次来云南。确切点说，应该是第六次来昆明。对一个身不由己的人来说，单单一个云南，都显得太大，它的很多地方我都没有踏足过。但是昆明，却像梦一样，竟吸引着我第六次来到这里。彩云之南在我的心目中，永远像诗一样，有着看不透猜不够的迷人之处，她如一袭清纱的少女，媚眼处，总有一剪春风摇曳，更有一袖盈香，令人心驰神往。昆南是云南的华服，我丝毫不怀疑，每次来昆明都会有意外的惊喜。

到昆明的时候，刚立冬没几天，北京已是寒风瑟瑟，而昆明，到底要温和许多，还没有真正进入冬天的寒凉，不然，以出门时的薄衣秋衫，又如何能架得住那样的细冷！我们住在昆明的翠湖边上，因了云南大学，翠湖成了一个很有文化底蕴的地方，据说，当年沈从文、朱自清等就在这里喝茶淘书、谈古论今。我们毕竟是过客，无法更深入地去感受当年的文化名人的感受，不过，也有让我们兴奋的事情，就是正赶上红嘴鸥飞到昆明过冬，成千上万的红嘴鸥似雪片一般在翠湖上空翻飞，场面蔚为壮观。

更大的惊喜还在后面。离住地不远处就是曾经威震中华的陆军讲武堂，曾培养出朱德、叶剑英等一大批军事家，还有，辛亥革命的骨干力量也大多出于此讲武堂，因对陆军讲武堂慕名已久，但每次来昆明，却总是受制于时间和条件，没机会拜谒，这次，终于能从容地来这所曾培养过中国现代史上许多叱咤风云人物的军事院校参观了。

云南陆军讲武堂是清末各地创办的讲武堂中最为重要的一所。它初办一九〇七年九月，由陆军小学堂总办胡景伊兼管，开学之初有学员八十六人，而到二月，留堂者仅四十一人，学堂设施及教学质量均较差，结果才七个月就停办了。一年以后，由护理云贵总督沈秉堃及云贵总督锡良经过一番筹备后又重办起来。讲武堂复办之际，正好日本陆军士官学校第六期中国留日学生毕业回国，云南当权者便从中物色人才，任命大批回国留日学生为讲武堂的骨干和教官。在这批人中，同盟会员占有相当大的比例，如李根源、李烈钧、张开儒、方声涛、赵康时、沈汪度、唐继尧、庾恩旸、顾品珍、刘祖武、李鸿祥、李伯庚、罗佩金等人。复办之后，学生达到六百余人，分甲、乙、丙三班，设步、骑、炮、工四个兵科，学习期限分为一年和两年半两种。两年半属特别班性质，开有国文、伦理、器械画、算术、地理、历史、英法文、步兵操典、射击教范等课程。辛亥革命爆发前，在云南陆军讲武堂接受过军事训练和民主革命思想洗礼的学员近八百人。这批学员返回新军和巡防营，成为辛亥云南起义的重要骨干和基本力量。一九一二年改称云南陆军讲武学校。一九三五年后改名为"中央陆军学校第五分校"，一九四五年停办。一九四九年中华人民共和国建立后，改为中国人民解放军昆明步兵学校，为新中国培养军事人才。

浸淫在学堂的历史之中，不免有些恍惚。历史早已定格成一幢幢古旧的建筑，一帧帧泛黄的照片，一页页饱蘸着情感的文字。我们这些后来者，只是这些历史的参观者，像是他人的梦境里，我们闪现一下，并不知晓，更无感觉。军事当先，军事的发展也许更需要的是特定年代的造就。如今国与国之间的军事较量，早已不仅仅是炮火下的实战，所以，军事人才的横空出世，才更显珍贵与奇崛。当然，历史本身就是用来缅怀的。缅怀，或许也是一种体验！

从陆军讲武堂的历史中闪身而出，我们再去的就是西南联大的旧址。车子从侧门开进云南师范大学校园内，刚下车走了几步，一个身着民国学生装的女孩向我们跑过来。像是黑白胶片的历史回溯，一切衔接得如此自然，若非身边的人太过现代，我还以为真以为是置身于民国的校园呢。在"国立西南联合大学"的校门前，我们还原了现实的真相，争相与"民国女孩"合影,只是不知道,当日后再翻看这样的合影时,是否还会有时光流转的恍然。尾随着"民国女孩",我们进入了联大旧址。

西南联大是由原来的"国立"北京大学、"国立"清华大学、私立南开大学三所名牌大学,因战争祸乱,三校南撤合并而成。"三校有不同之历史,各异之学风,八年之久,合作无间,同无妨异,异不害同,五色交辉,相得益彰,八音合奏,终和且平……"实属难得。

现在云南师范大学的前身即西南联合大学的师范学院。三校北返时"为答谢三迤父老的养育之恩,经教育部批准,将西南联大师范学院留在昆明独立办学",所以云南师范大学成了西南联合大学在云南的一支余脉。

在校史馆前面,穿过一片树林便是西南联合大学的纪念碑,纪念碑在最高处,下面依次是李公权先生墓,"一二·一"烈士墓,"一二·一"运动纪念馆,还有纪念这场运动的雕塑、西南联大校舍及保留下来的一幢铁皮教室。

校史馆是一幢新建的两层小楼,一楼主要是一部南迁史,二楼则是联大师生如何在当时坚苦卓绝的情况下薪火相传,陈列了当时的鸿彦硕儒。最后一部分是西南联大产生的两院院士墙、党和国家领导人和二十八位烈士名录及介绍。有点遗憾的是,对穆旦、汪曾祺等文化名士没有一点介绍。这也难怪,西南联大出了那么多的名人,漏掉几个人文方面的名人也很正常。

来了这么多次昆明,却是第一次走进官渡古镇。古镇位于昆明市南部,离市中心约十公里左右。官渡是著名的历史文化名镇,是古滇文化的发祥地之一。官渡古镇在南诏大理国时期,已是滇池东北岸一大集镇和交通要冲。宋朝以前设立的渡口,渔舟及过往的官船都在此停靠,又改坐轿或骑马过状元楼入昆明城。历史上的官渡,是滇池船舶往来的重要渡口,也是通往滇南交通要道上一个政治、经济、文化较为发达的集镇,明清时就有"小云南"之称,因此得名"官渡"。古镇分布着较多的古建筑、佛寺、阁楼、庙宇,俗称"六寺、七阁、八庙"。

明朝天顺二年,官渡人用糯米饭拌泥在螺蛳壳堆上建起重达一千三百五十吨重的"金刚塔",在方形高台基上建成的中大塔四角小塔的五塔建筑,突出对五佛的崇敬和供养。因为塔基地下水丰富,金刚塔逐年下陷，慢慢地下陷了近两米左右，严重影响到了塔身。现代官渡人，用科技手段抢救古迹，将下沉的塔身升了起来，恢复勾勒了"古渡渔灯、螺峰叠翠、月映月台、杏圃牧羊"的古典人文风韵。

在官渡，我们见到了另一民间手工艺奇迹——乌铜走银，这是云南一种独特的铜制工艺品，以铜为胎，在胎上雕刻各种花纹图案，然后将融化的银（或金）水填入花纹图案中，冷却后打磨光滑处理，时间久了底铜自然变为乌黑，透出银（或金）纹图案，呈现出黑白（或黑黄）分明的装饰效果，古色古香，典雅别致。由于一般多以镶嵌白银为主，故称"乌铜走银"。很荣幸，我们见到了乌铜走银的第六代唯一传承人金永才大师，由于市场的原因，现在的这种传统工艺日渐式微，可他还一直撑持着这家店铺，而且，他还坚持经营着传统饵块的制作工艺。传统的饵块全部由手工舂制、捏揉而成。需经过选米、泡米、蒸米、舂碓，揉捏、晾晒等多个环节。从这里出产的饵块，黏性大，筋骨滑润，鲜香可口，在自然条件下，保存时间可长达三个月之久，这种饵块的传统制作技艺已被列入昆明市非物质文化遗产保护名录。

我们品尝了大师店里的手工烤饵块，口感的确非同一般。向大师致敬。

再会大理

大理十年前我来过一次。大理以苍山、洱海天下闻名，印象十分深刻。

大理地处云南中部偏西，云贵高原与横断山脉结合部位，地势西北高，东南低，地貌复杂多样。境内的山脉主要属云岭山脉及怒山山脉，著名的苍山位于州境中部，如拱似屏，巍峨挺拔。大理市东巡洱海，西及苍山脉。地处低纬高原，四季温差不大，常年气候温和，土地肥沃，以秀丽山水和少数民族风情闻名于世。

洱海是由西洱河塌陷形成的高原湖泊，外形如同耳朵，故名洱海。面积虽没有昆明的滇池大，但由于水位深，蓄水量却比滇池大，是中国的第七大淡水湖。

洱海共有三岛、四洲、五湖、九曲。洱海属断层陷落湖泊，湖水清澈见底，透明度高，自古以来一直被称作"群山间的无瑕美玉"。可以说，洱海是白族人的"母亲湖",白族先人称之为"金月亮",是个风光秀媚的高原淡水湖泊。我们一行在这个风平浪静的日子里搭乘轮船游洱海,那干净透明的海面宛如碧澄澄的蓝天,给人以宁静而悠远的感受,让我们领略到了"船在碧波漂,人在画中游"诗画一般的意境。

到大理一定要去看崇圣寺三塔的。三塔位于大理古城西北部约一公里处,是由一大二小三个塔组成。大塔称千寻塔,当地群众还称它为"文笔塔",通高六十九点一三米,底为九点九米,凡十六级,为大理地区典型的密檐式空心四方形砖塔。塔顶有铜制覆钵,上置塔刹,塔顶上角设金翅鸟,在一九二五年大理地震时被震落。南北两小塔均为十级,高四十二点一九米,为八角形密檐式空心砖塔。三座塔鼎足而立,千寻塔居中,两小塔南北拱卫,雄伟壮观,显示了古代劳动人民在建筑方面的聪明才智。只是,塔后面十年前还没有这个寺院,新修的这座寺院,虽没有古刹的凝重厚实,但也气度非凡,与寺前的古老崇圣三塔结合得几近完美,有了相辅相成的意味。

从崇圣三塔出来,回到大理古城。古城东临碧波荡漾的洱海,西倚常年青翠的苍山,形成了"一水绕苍山,苍山抱古城"的城市格局。这座古城从公元七七九年南诏王异牟寻迁都阳苴咩城,已有一千二百年的历史。现存的古城是以明朝初年在阳苴咩城的基础上恢复的,城呈方形,开四门,上建城楼,下有卫城,更有南北三条溪水作为天然屏障,城墙外层是砖砌的;城内由南到北横贯着五条大街,自西向东纵穿了八条街巷,整个城市呈棋盘式布局,如果不熟悉古城的布局,迷失的可能性是很大的。

大理不光有旖旎的高原风光,更有独特味美的食物。在大理,不,在云南,吃的不仅仅是美食,更是民族风情和民间智慧,即便是很普通的食材,也能吃出风雅韵致,还有情趣。云南多地理环境和干湿分明的立体气候,极有利于动植物的生长,得天独厚的原料,为烹饪提供了丰富的资源。每年的五月至十月份,是云南各种野生菌类的生长期,此时到云南千万别错过吃菌类菜,干巴菌、鸡宗菌、牛肝菌、青头菌、奶油菌,都是味美佳品,鸡枞菌更是把菌类食文化发展到了极其精制的境界。我们来的这个季节,不是各种野生菌的生长季,虽说有点遗憾,但这种遗憾也只是稍纵即逝,因为还另有美食供我们大饱口福。

尤其是大理洱海的酸辣鱼，鲜嫩回甘、酸辣并重的独特风味，自成一格。当天的晚饭是在关帝庙旁边的古城风味庄吃的。吃酸辣鱼时，千万别忘了用鱼汤泡饭，那可是一绝。大理旧时有句民间俗语"纵有家财万贯，不吃鱼汤泡饭。"意思是好吃得能把你家吃穷了。我第一次吃酸辣鱼，不知道还有这一说，被别的美食灌饱了，肖克凡老师才说鱼汤泡饭的妙处，可惜我已腹中再无余地，鱼汤泡饭纵是绝味，此时也再无诱惑力。为了不在大理留下遗憾，第二天游完洱海后，中午专门又点了酸辣鱼，鱼刚端上来，我先泡了一碗米饭。这一吃才知果然是人间美味，一碗根本打不住，又连吃了两碗，连舌尖上都漾荡着酸辣香浓的可口劲，的确是太好吃了。

大理还有一道小吃，叫乳扇。这是云南的十八怪之一"牛奶做成片片卖"。提起乳扇，凡是到过云南大理的人都不会陌生，席宴上、闲情时品三道茶，或在古城街道，都能品尝到乳扇，以至在记忆中留下难忘的印象。这是一种呈扇形的高级乳制品，分乳白、乳黄两色，含有较高的脂肪，营养价值高，醇香可口，是白族人招待客人的上等食品。白族群众请客送礼，探亲访友，都少不了它。

再见腾冲

在来腾冲的路上，必须得经过怒江。过了怒江的隆阳双凤大桥，我们在保山的潞江坝吃午饭。《香港商报》云南办事处张兴明主任的朋友是本地土司的二十二代玄孙，他热情直爽，带我们去的是个农家菜馆。其中有道菜是撒撇拌米线。

撒撇是用净瘦黄牛肉剁成肉酱，在开水里汆熟，再把刚杀的牛苦肠兑水煮涨，用纱布过滤后，与挤去水分并切末的新鲜韭菜和茴香一起，配以香柳、盐巴、辣椒面、味精等调料，再与牛肉酱、苦水一起拌匀即可食用。

撒撇因有牛苦肠水，不但具有丰富的百草营养成分，而且有清热解毒和健脾开胃的功效，初食有点微苦，再食回味悠甜，加上具有药效作用的植物佐料，撒撇便成了一道口味极佳的药膳食谱。胃热上火，风火牙痛，体内各种炎症，经食用撒撇一次或两次，即可消炎止痛解毒，常吃还有预防癌症的特殊作用。

可是，听人介绍，撒撒的原料是从牛胃里取出还没消化的牛食，好多人一下子有了心理上的反应，接受不了，难以下咽。也难怪，吃本来就是糊里糊涂的事情，天下美食，多是有着非常手段或材料，不看不听，便是欢快的享受。所谓眼不见为净便是这个道理。我本是不好肉食的人，一听这非凡的材料，更是缺了尝试的勇气，一口都没吃。也好，万事总有不全，留下这个遗憾，就当是个念想，等调整好了心态，下次来云南再品尝吧。

所以，对这种美味，我也不好评价。

傍晚时分，终于到了腾冲。腾冲其实只是个县，位于云南西部中缅边境，属于保山市管辖，历史上曾是古西南丝绸之路的要冲。腾冲以中缅边境贸易、著名侨乡，以及"二战"中缅印战区的主战场著称。由于地理位置重要，历代都派重兵驻守，明代还建造了石头城，称之为"极边第一城"。

"好个腾越州，十山九无头。"腾冲的山头多少年前都是火山口，火山奇观最适合攀登的火山群是小空山。山上林木葱茏，山头呈截顶圆锥状，从山顶下到四十七米深的火山口底部，到处可看到火山渣、浮岩和火山弹。腾冲火山公园的另一大奇观，是神奇壮观的柱状节理，特别是分布在黑鱼河峡谷中的柱状节理，真正是大自然鬼斧神工的杰作。二〇〇八年来的那次，我专门去看了那个地方，的确是个奇观。

从火山公园出来，到腾冲县城西南四公里处的和顺古镇，这里是云南著名的侨乡。该乡人口不到六千人，而侨居国外的和顺人却有万人之多，分布于十三个国家和地区。虽然地处西南边陲，但和顺却拥有浓郁的江南水乡韵味。这里民风淳朴，生态良好，民居建筑古色古香。值得去看的有艾思奇故居、和顺农民图书馆、弯子楼民居博物馆、刘家大院等。因为以前来参观过这些地方，我们便在湖边喝茶歇息，目的是让采风团的团长王巨才老师和诗人李皓兄赐我们墨宝。在大理洱海的轮渡上，我已讨得两位书法大家的墨宝，但意犹未尽，趁两位高兴，我又讨得两幅，真是收获颇丰。

到腾冲，有个地方必须得去，这就是国殇墓园。国殇墓园建在腾冲县城西南一公里的叠水河畔，占地八十八亩，园中安息着三千三百多名为国捐躯的抗日将士。墓园里，松柏森森，碧草萋萋。现在我们看到的墓园门头上石刻匾额上的"国殇墓园"四个大字，是时任云贵监察使李根源先生题写的，意为悼念为国作战而牺牲的将士。门外两边的粉墙上分别绘着"龙虎风云"彩色圆形图案，象征着军威国威，象征着气贯长虹的民族精神。进门东西两侧绿化地上是雕像群，左侧草地上立着一位年仅十五岁的小战士雕像，往里是一幅长长的抗战历史壁雕。滇西抗战在中国的抗日战争史上是极为惨烈的，我们无法想象如今安宁而平和的腾冲当年在炮火的硝烟中充满着怎样的血腥，只是明白那一段被雕砌起来的历史依然如此强烈地震撼着我们的心灵。我们默默地看着这些雕塑，没有人此刻能轻松地说出一句话来。我注意到，一路上风趣幽默的著名诗人李琦大姐，此时一言不发，已经泪湿眼眶。

由大门经长甬道沿石级而上至第一台阶，再沿石级至第二台阶的挡土墙，上面嵌有"碧血千秋"的隶书刻石，落款是蒋中正为国殇墓园落成时举行公祭大会题写的挽词，由李根源先生书写。"碧血千秋"就是国殇墓园的主题，概括了国殇墓园的历史意义和滇西抗战的不朽功勋。

第二台阶上，是庄严肃穆的忠烈祠，为重檐歇山顶仿清建筑，殿堂供奉着抗日阵亡将士的英灵。上檐下高悬着黑底金字匾额，是蒋中正题写的"河岳英灵"，门楣上悬着国民党元老、大书法家于右任手书的"忠烈祠"匾额，祠堂内外还悬挂着何应钦、云南省主席龙云及远征军第二十集团军将领的多副挽联。

忠烈祠右边是烈士中军衔最高的寸性奇中将，在他的墓碑左侧，则是蒋介石书写的墓志铭。

忠烈祠后面布满墓碑的圆锥形小山叫小团山。拾级而上登上月台，一眼看到正中石壁上刻着"天地正气"四个大字，这是于右任先生在情绪激昂的悲痛中写下的草书。月台周边的山坡上埋葬着三千多名抗战阵亡将士的骨灰，坡上一块块碑，刻着他们的姓名和军衔。烈士的墓碑排成八个放射性方块簇拥着坡顶的阵亡将士纪念塔，似乎是一个冲锋队形，令人仿佛又看见勇士们浴血奋战的身影。

岁月沧桑，逝者如斯。

来云南已是第六天了，每天都是和风日丽，拜谒墓园的时候，天空突然飘起了细雨。雨滴是上天的眼泪，难道这是上天的意思，让我们的泪水与上天的泪水一起，向英灵致意！

和平名片

　　一个城市，只要有了自己的性格和气质，才会有自己特有的味道，比如狗不理包子，就是天津的味道；

　　一个城市，只要有了自己的历史和传承，才会有自己特有的标志，比如五大道，就是天津的标志；

　　一个城市，只要有了自己的文化和民俗，才会有自己特有的内涵，比如天津的相声，就是天津的内涵。

　　天津的这些味道、标志、内涵，全在和平区地盘上。和平区是天津市的城中城，可以说，和平区是天津历史文化的名片一点都不为过。

　　城市名片被称为一个城市的文化符号，对于塑造城市形象、弘扬城市文化、提升城市软实力具有重要的作用。和平区是一个有着深厚文化底蕴的中心城区，也是一个见证天津百年繁华的商业商务聚集区，被称为北方的商埠。和平城区的面貌日新月异，既有五大道和劝业场具有和平区特色的文化遗产、标志性建筑群，又有现代化的摩天大楼，形成了和平区精致典雅、高端大气的城区特点。

　　而最具和平区文化魅力和精神内涵的，应该是相声。毫不含糊地说，天津是中国相声艺术的发源地，也是中国民族文化得以弘扬的重地。早就有这么一个说法：谁的相声要说到北京乃至全国去，得先过天津这道关。也就是说，天津不光是相声这门传统艺术发源地，还是全国相声演员的培训基地。

那天，我们去听相声的名流茶馆，位于和平区新华路。走进茶馆，仿佛穿越到上世纪二三十年代，茶馆屋顶的宫灯和壁画，老式的木头桌椅，古色古香的茶具，还有所演人员的着装打扮，不仅仅是复古了传统文化的表象，而且能从现场的欢乐气氛中感受到传统民间艺术的气韵和魅力。

名流茶馆成立于一九九一年，是改革开放茶馆行业复苏以来，天津第一家具有传统民俗特征和举办民间演出性质的相声茶馆。每天的听众，除过像我们这些慕名而来的外地人，还有一大批固定的当地老听众，但他们不全是上年龄的老人，环顾四周观众，年轻人反而占大多数，还有一些像我这样满头白发装老成的中年人也不在少数。这些观众有相声的超级发烧友，也有为享受相声的艺术形式，当然，还有纯粹是放松心情，图个乐子的。

我们去看的那场，坐在舞台右手显要位置的一位女士，她总是最先发出尖利的爆笑声，起初以为她是茶馆的托儿，她尖锐的笑声其实就像会场上的"领掌人"，她则是为了引导看客们的"笑"。直到被同行们多次戏谑的青年相声演员谢洪利上场后，妙语连珠地报复他的同行时，竟然被这位女观众的笑声惊得忘了词。我坐在前排，看到了她大笑之后脸上有一丝快乐之后的惭愧，这才坚信，那只是个笑点较低，又控制不了自己声音分贝的热心观众而已，并非我想象中"领笑"的那种托儿。其实，笑声是自然的，相声有逗人开心的功能，不过有了这位女士无所顾忌的爆笑，倒使相声的"笑果"更加浓烈了。

说起来才得知，这名流茶馆是在老舍夫人胡絜青与吴同宾等先生的指点协助下策划、设计的。装修沿袭了中国传统茶馆风格，池子内摆放大型方桌，靠背椅，雕梁画栋，更有数盏宫灯悬挂，呈古色古香，典雅庄重的气氛格局。马三立先生题写"名流茶馆"的匾额，胡絜青为名流茶馆题写"名流"二字，为茶馆提升了文化品位。"名流茶馆会名流"一度成为流传于京津文化界的口号。马三立、骆玉笙、苏文茂、王毓宝、关学曾、魏文亮、田立禾、杨少华、冯巩等著名相声演员都曾在这里登台演出过。

一些参加全国相声大赛的演员，参赛之前都要到名流茶馆来"压活"，因为天津的相声观众特别专业，得到这里观众的认可，才能有信心去参赛。郭德纲在北京成名之前在名流茶馆说过多次相声，观众反应特别热烈，每次都要返场再说几小段才行。可那时他在北京还处在无人喝彩的低谷，他夫人王惠也在这唱过大鼓。

我们观看的演出也非常精彩，除过说《吉祥三宝》段子的于浩、张杰年龄相对比较大点外，其余像《写对子》的王文庆、王俊，《宠物趣谈》的吴斌、李鹏，都是年轻的"八〇后"演员，可以说，他们是相声艺术的希望。像谢洪利、王文庆、吴斌，他们的功底已经很扎实了，说的这几个段子，比央视春晚的那几个网络笑话版相声不知要强多少倍。相声是语言艺术，在一定层面上要求很高的技巧功底，真正的相声不同于东北的二人转，光凭模仿，说几句调皮话是远远不够的，得靠演员的表演功夫，有些相声段子不在于说什么，而在于怎么说，是谁在说。就像说《吉祥三宝》的于浩和张杰俩搭档，他俩的功夫已达到炉火纯青的地步，在进入正文之前，他俩的随意发挥声情并茂，配合默契，在表演尺度的把握上恰到好处，使语言艺术的表达趣味横生，把观众一次又一次地带入快乐的高潮。

现在从电视中看到的许多相声表演，和传统相声有些不同了。虽然和传统相声一样有逗笑的特性，但在艺术上却有所不同——不是全凭语言的表演，而带有戏剧性的情节，颇有喜剧小品的特点。语言的艺术最讲究以幽默动人。幽默也很滑稽，但滑稽却非幽默。幽默在逗笑之后还会给人以美的感受，引人联想或深思，有回味可享。这才是艺术，相声独有的艺术。

名流茶馆相声表演的宗旨一贯是，满足广大人民群众的文化娱乐需求，促进海内外文化交流，面向大众，为观众提供低消费、高质量的艺术享受；弘扬民族文化，为演出团体提供展示艺术、培养演员的阵地。因为相声艺术兼容并蓄，博物天下，海纳百川，纵横捭阖，崇文尚德，超胜于物，秀外慧中，所以才深受广大观众的喜爱。说句实话，谁不想天天过得乐呵，活得有滋有味呢？来到名流茶馆，两个半小时的相声演出，能使你从头笑到尾，这一刻，什么金钱名利，什么就业升职，什么人际关系都抛到了九霄云外，沉浸在欢声笑语之中，这就是人生的最大乐趣。

"名流茶馆"已走过近二十个春夏秋冬，更是以其经营活跃，民间艺术特色鲜明，通俗文化档次高的特点成为天津津味文化阵地的代表，被人们称为天津茶馆文化的"旗舰"，天津文化的大品牌。其实，也是和平区的文化大名片。

五十岁说：属羊的命（代后记）

　　老人们说，属羊的人命苦。我对这种先入为主的结论不以为然，每个人的一生都有他的酸甜苦辣，所有的经历都是人生的一部分，确实也有一些偶然存在，但与生肖属相无关。我属羊，但我的这半生还是不错的：平安、普通，处处有着幸福和好运。

　　虽然，我出生在丁未年农历十月，对于属羊的来说，这个季节也透着那么一丝无奈，叶落草枯，天地灰黄，缺少食物。或许是为佐证这个季节的悲苦，果然，出生于西北黄土高原的我，童年基本上是在饥饿中度过的，这种饥饿穿透了我整个童年和青少年时代，确实使我很长一段时间的记忆里充满了苦难。当然，这种记忆是否属羊毫无关系。那个年代，整个中国大地都处在饥饿之中，到处都有苦难，无论你是什么属相，属龙属虎，想龙腾虎跃只能是一种奢想。

　　母亲说，我从出生就营养不良，还体弱多病。尤其是两岁那年的冬天，有一次受风寒差点一命呜呼，父亲顶着风雪半夜去敲乡村医生家的门，始终敲不开。母亲抱着发烧的我，毫无办法，只能以泪洗面。那次是非常可怕的，连续几天吃药打针对我都不起作用，眼看着我连哭声都没了。那个缺衣少食的年代，如我般大小的孩子因病夭折太正常不过。可我的父母没有因为生活的困苦而有一丝放弃的意思，父亲迎着风雪爬坡上山，去几十里外求医问药，母亲几天几夜抱着我不松手。可能是父母的坚持感动了上苍，我终于度过了那道难关。

十七岁那年，我平生第一次出远门，当兵去了新疆最偏远的南疆喀什，在英吉沙县中队的看守所监墙上看了四年零九天的犯人。期间，我做过近一年的饭，喂过猪、马，养过鸡，还给中队放过一阵子羊，在那个远离中队十几公里一望无际的荒滩上，与羊群相处了一个冬天。那个冬天开始的时候，我已服役期满，面临着走与留的重大选择，内心惶惶不安，情绪极其波动时，我选择了远离人群，到中队农场来放羊。可能我属羊，天生与羊有种亲近感吧，面对几十只温顺、认命的羊，我的情绪由烦躁而逐渐平静下来。面对一群温和认命的羊，我没法对它们动怒，即使那些调皮捣蛋的羊，我也不会抽打，只是象征性地吆喝几声吓唬一下。在那个寒冷的冬天，我与那些羊共同抵御了风雪，还有寂寞，平静地度过了一段平常的时光。

与羊待在一起的时光，我根本无法预知自己的未来。未来本来就是一部天书，或者可以看个模糊，却终究没有人能够真正看懂看透。我当时很迷惘，羊们可以毫无城府地面对着它们命定的未来而不知悲哀，我却不能淡定地迎候我模糊的天书。虽然我有羊一样的性格，温顺、胆怯，但我不能像羊那样认命。一个人的出身无法改变，可要走的道路却是可以改变的。这或许就是我这只"羊"与面前一大群羊们的区别——尽管它们让我平静，但我的平静中终有着汹涌的暗流，羊们不懂，它们的喜怒与我的情绪绝然不同。

热爱上写作，是我自己的选择。我内心里将自己从那个表面热闹的集体中剥离出来，从此一人孤独地行走。这是我背负的梦想，也可以说是一种枷锁，用后来白岩松的一句话来说，这样的梦想让我"痛并快乐着"。而这种快乐，就如同我不懂羊们对命运的认同一样，别人也不懂我沉默背后快乐艰难的获得。

起初，我的梦想一直在偷偷地进行。在连队里，中午等大家休息了，我悄悄地来到饭堂，在油腻腻的饭桌上，我把身边的人和事，经过想象，加工成小说。几经修改，誊抄在方格本上，偷偷地寄往新疆的文学杂志。一次又一次地退稿，或者杳无音信，对我的打击是很大的。可是，我还是坚持着写。无论冬夏，在马厩旁边那间堆杂物的小土屋里，趴在给鸡踩草食的木板上，我写出了一部十五、六万字的小长篇。在班宿舍那间仅容一人进出的储藏室里，顶着十五瓦的小灯泡，我站着（没有凳子）趴在水泥台面上写下了四个中篇小说……这些文字没一个字变成铅字。

但我还是坚持往下写，就像穿上了红舞鞋，已停不下来旋转。很多年后，回过头来再看我的这段经历，才发现，我这只属羊的人其实那时候已经表现出了羊性格中最无比的坚韧与执着。虽然，我心里明白，我的坚持并不能过多地改变现实，但滴水穿石，日常的一点一滴是量的积累，亦是质的变化过程。就像时间，没有人看到它对世间万物侵蚀的手段，但它却依然消弭很多东西于无形。很多梦想的实现一开始都是十分渺茫的，我坚持着，许是抱着改变命运的目的，后来，当命运真的发生逆转时，写作的坚持则成了一种追求。

我并不是迷信之人，对于生肖属相与命运的说法不以为然，但偶然间看到一种关于属羊的说法：丁未年的羊五行属火，是火羊。火羊的人少年较辛苦，中年后才能过上安稳舒服的日子。还有，工作中遭遇窘境如若不懂得坚持便难以有成。看罢我心里很惊讶，这似乎是对我本人的总结。少时的遭难我可以以大环境来蔽言之，而我在之后的人生道路上，像一只温顺的绵羊，温吞而无锐利之气，却执拗地一直向前走着，走着，有时觉得很累，快要放弃了，又咬紧牙关给自己打气：快看到曙光了，不远处已经有了一丝微弱的希望。就是这样，我没有执披铠甲，没有磨刀霍霍的兵器，却坚持了下来。因为写东西，四年后我从英吉沙县中队调到了喀什市，后来还提了干，又从喀什走到了乌鲁木齐。在新疆整整生活了十六年后，我从乌鲁木齐走到了北京。完成了一只属羊的人一次次人生转变。

这看似简单的走过，或许正合了我这个属羊的人命运预言：坚持则有成；也或许这本就是一个出生于丁未年属羊人的宿命。

我很幸运地走到了五十岁，年过半百了。可能我这个从不吃羊肉的属羊人，一生都是幸运的。